私《わたくし》雨《あめ》邸《てい》の殺人に関する各人の視点

Each person's point of view
on the murder at
the WATAKUSHIAME residence

渡辺優

Yu Watanabe

双葉社

私雨邸の殺人に関する各人の視点

装画　田中寛崇
装丁　坂野公一＋吉田友美（welle design）

私雨邸の見取り図

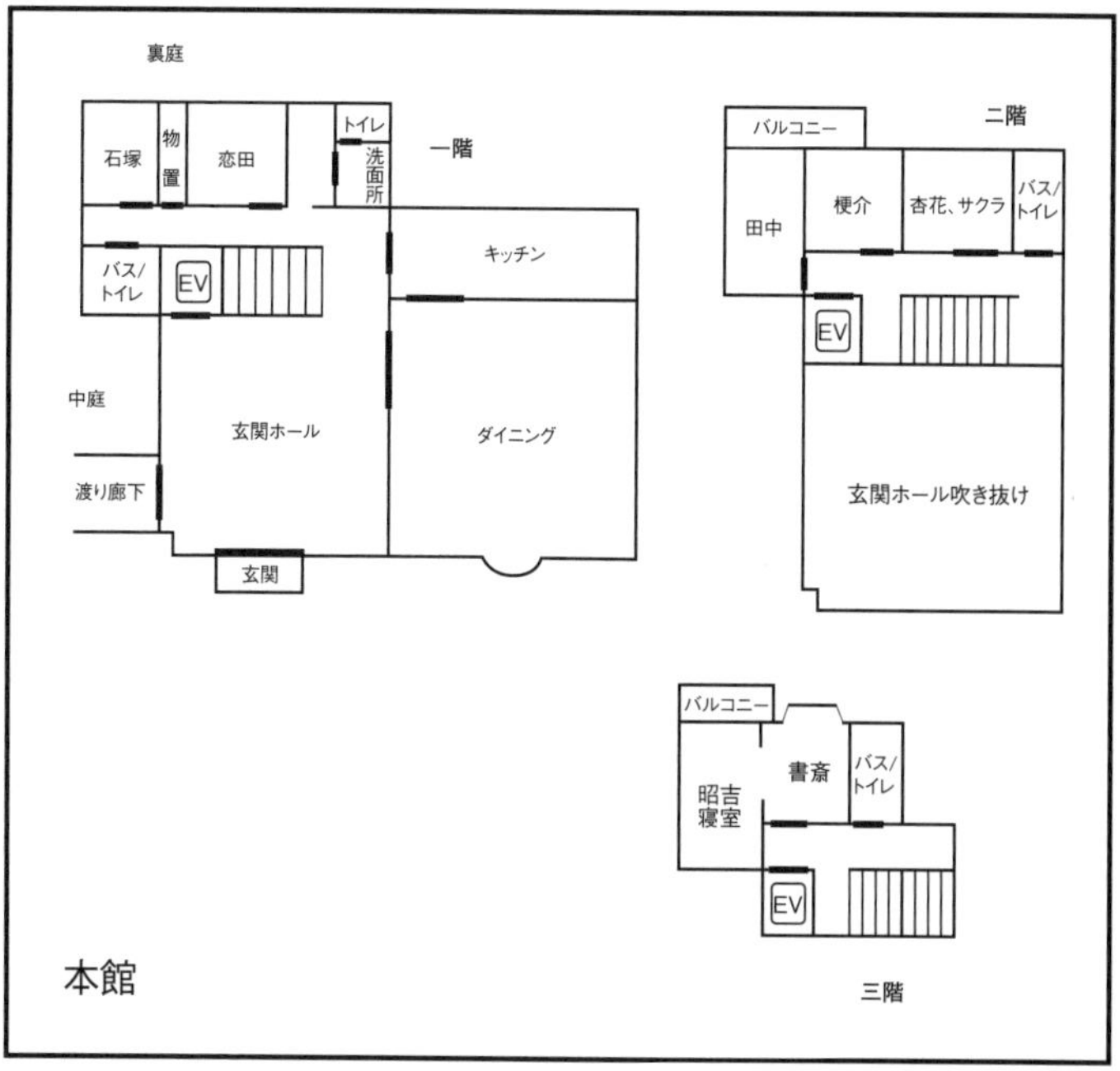

本館
裏庭
一階
石塚
物置
恋田
トイレ
洗面所
バス/トイレ
EV
キッチン
中庭
玄関ホール
ダイニング
渡り廊下
玄関
二階
バルコニー
田中
梗介
杏花、サクラ
バス/トイレ
EV
玄関ホール吹き抜け
三階
バルコニー
書斎
バス/トイレ
昭吉寝室
EV

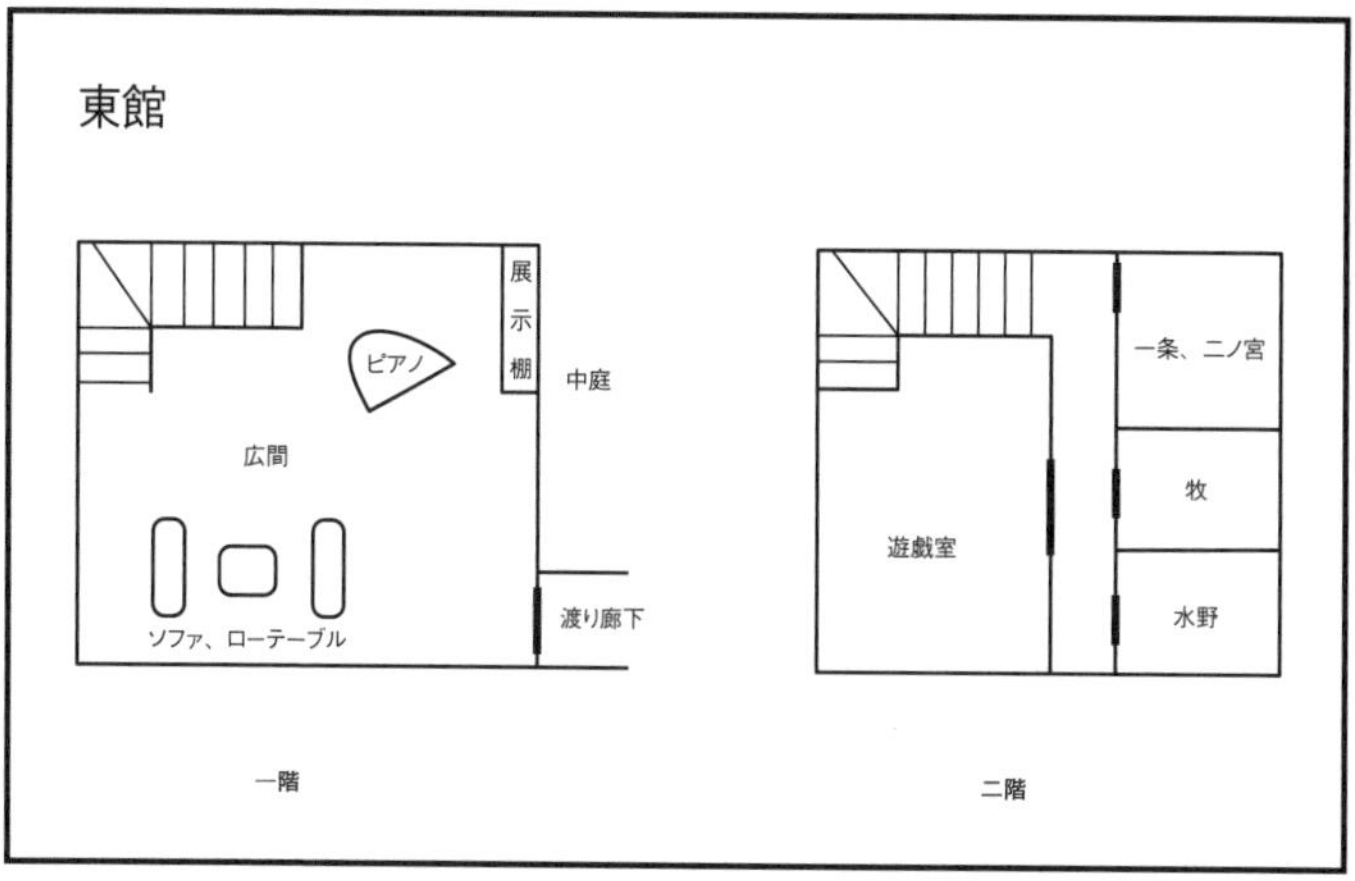

東館
展示棚
ピアノ
中庭
広間
渡り廊下
ソファ、ローテーブル
一階
一条、二ノ宮
牧
遊戯室
水野
二階

登場人物

雨目石昭吉(77)……　雨目石鋼機株式会社名誉会長
雨目石サクラ(11)…　雨目石昭吉の孫
雨目石梗介(29)……　雨目石昭吉の孫。サクラの異母兄
雨目石杏花(25)……　雨目石昭吉の孫。サクラ、梗介の従姉妹
石塚(52)……………　雨目石鋼機社員。会長補佐
二ノ宮(18)…………　T大学ミステリ同好会会員
一条(21)……………　T大学ミステリ同好会会長
恋田(44)……………　日雇い料理人兼家事代行
水野(33)……………　地元会社員
牧(24)………………　地元出版社の雑誌編集者
田中…………………　無職

0

（六月二十二日　昼）

【X】


午後三時四十分。

私雨邸《わたくしあめてい》を取り囲む鉄柵、正門の鍵を開けたのは雨目石《あまめいし》サクラだった。

後部座席での長い移動で体力をもてあましていた彼女は、車を降りるや否や運転していた会長補佐の石塚《いしづか》から鍵の束をひったくると、長い髪を背中で揺らしながら全速力で駆けだした。クラスで二番目、五年生の学年全体でも三番目に足が速い彼女は、すぐに正門へとたどり着く。鉄の門扉に巻き付く年代物の鎖と重たい南京錠を相手に、小さな白い手で格闘する。

その背後、続いて車から降りてきたのは雨目石梗介《きょうすけ》だった。車内では窮屈にしていた長い手足を開き大きくひとつ伸びをすると、広がる山々、晴れ渡る青空を遠く眺め、その眩しさに目を細めた。視線を下ろせば、初夏の陽光を受けて白くたたずむ私雨邸。普段生活の拠点を置いている都心とは別世界の空気で肺を満たすと、彼はその端整な顔に小さく笑みを浮かべて、開錠に取り組む年の離れた妹のもとへと歩き始めた。

車のトランクに回った石塚は、折り畳んで積まれていた電動の車いすを下ろし、慣れた手つきで広げた。そこに座るべき主人は既に車を降り、黒檀の一本杖をついて姿勢よく館を見据えている。石塚は速やかに横に着き、老人の着座に肩を貸す。老いた身の骨の軽さ、肉の薄さに、往年の社長としての彼を知る石塚はいつもわずかに狼狽《うろた》える。座面におさまった膝の上にカシミアのひざ掛けを広げると、白髪の老人はかすかに顎を引き謝意を伝えた。

「おじいさま、はやく!」

跳ねるように手を振る孫娘の声に、雨目石昭吉《しょうきち》は目尻のしわを深くして思う。齢七十を幾ばくか過ぎて、この世の美醜あらゆるものを見てきたと自負するからこそ断言できる。これほどまでに美しい少女は地球上どこを探しても他にいない。可憐で無垢。純粋にして活力に満ちた輝かしい魂。彼女のためならば残された人生、なにを犠牲にしても惜しくない、と。

彼は二十八時間後、六月二十三日午後七時四十分に、私雨邸本館三階の自室で遺体となって発見される。

第一発見者は雨目石サクラである。

・・・

午後三時五十五分。

Ｔ大学ミステリ同好会の二ノ宮《にのみや》は、会長である一条《いちじょう》と共にＡ駅に到着する。初めて降り立つさびれた雰囲気の無人駅に、本当にここで間違いはないかと若干の不安を覚える。今回の企画は発案からアポイントメント、旅程の組み立て、先方との諸々の調整に至るまで、すべてを二ノ宮ひとりが受け持った。出不精の会長をわざわざ引っ張り出してきておいて、出だしから早々につまずくわけにはいかない。ひとつしかない改札を出ると二ノ宮はすぐにスマホを取り出し、待ち合わせの詳細をやり取りしたメッセージを再び確認する。

同じくＡ駅に降り立った恋田《こいだ》は、改札口にたたずむ二人の若者を見て、すぐに今回の客だろうと当たりを付ける。大学生が二人いる、とあらかじめ連絡を受けていた。しかし彼らの頼りなげな佇《たたず》まいを見て、少々当てが外れたかと考える。大学生なら山のように食べるだろうと、大量の食材を仕入れてしまった。既に業者が館に搬入を済ませている頃である。もっと食べさせがいのありそうな客がいるといいのだけれど……と、頭の中に今回の四日間の献立を思い浮かべたところで、正面の道路の先から田舎道には似つかわしくない派手な外車が現れる。

サクラ、梗介の従姉妹《いとこ》である雨目石杏花《きようか》は、シルバーのＢＭＷをＡ駅改札口向かいの路上に停めると、ピンク色のサングラスを外してそこに待つ三人を窓越しに見た。待ち合わせ時刻の五分前。ルームミラーにちらりと微笑みかけて化粧を確認し、ドアを開いて彼らの前に降り立つ。

ボンネットを回り込んで現れた杏花の短いスカート、そこから伸びるごく薄い黒のストッキングに覆われた脚に数秒見惚れた二ノ宮は、慌てて視線を空に逸らす。

同じく杏花を視認した恋田は、この女は意外に食べそうだ、と考える。

・・・

午後四時五分。

水野《みずの》は山道を単独でトレッキング中にぬかるみにはまり、左足首をひねる。ちょっとした捻挫だと軽く考えていたが、歩き続けるうちに痛みは耐えがたいほどに増す。こんな日に限って応急手当用品一式を家に忘れてきており、麓《ふもと》までまだ三時間ほどの行程があり、夜からは強い雨の予報が出ていて、スマホの電波は入らない。

まだ遭難の実感はわかず、どうしたものかと漠然とスマホをいじるうち、一件だけ微弱な電波を発しているＷｉ－Ｆｉのネットワークがあることに気がつく。ロックのかかったネットワーク名は、『watakushiame-tei』。あの館だ、とすぐに理解する。

・・・

午後四時四十分。

社用車のオフロードバイクで私雨邸に到着した牧《まき》は、あたりに人の気配がないことを確認すると柵の向こうに手を伸ばし、正門のストッパーを勝手に外して敷地内へと侵入する。エントランスに続くアプローチが五十メートルほど。彼女はその半ばで立ち止まると、カメラを掲げて館を撮った。薄灰色の石壁は陽光を受け白く眩しい。石の佇まいは無骨な砦のようでいて、黒い洋瓦の屋根や窓枠の瀟洒《しょうしゃ》な造りは欧州の古城のようでもある。微妙にアングルを変えながら続けて十数枚ほど撮影すると、彼女は踵《きびす》を返した。今すぐ帰路を行けば、雨目石杏花と顔を合わせずに済むはずだ。

と、いつの間にか正門前に男が立っている。左足を曲げて、柵に体重を預けるように身体を傾かせながら、わずかに顔を歪ませ手にはスマホを持っている。驚き硬直する牧に、男――水野は、「すみません」と頭を下げる。「Ｗｉ‐Ｆｉを貸していただけませんか」

同時に、私雨邸正面の玄関扉が開く。顔を出したのは雨目石サクラである。

・・・

午後五時五分。

サクラに呼ばれた石塚は館の物置で埃を被っていた救急箱をようやく見つけ、水野の捻挫した足にテーピングを施す。水野は無事接続を許されたＷｉ‐Ｆｉでトレッキング仲間に迎えを頼むが、皆多忙で都合がつく者が見つからない。

帰るタイミングを逸した牧は、しぶしぶその身分を明かす。館を撮影に来た雑誌編集者。石塚を通して撮影許可は取ってある。「仕事を終えたのでもう帰ります」と告げる牧に水野の目が期待に輝くが、彼女のバイクにタンデムシートはなく、山道での二人乗りは難しい。

そこに、客を引き連れた雨目石杏花が予定より早く到着する。玄関ホールはやにわに人口密度が増し、杏花、サクラ、石塚の三人が客の紹介やアクシデントの報告に忙しく口を開く。

・・・

午後五時十分。

私雨邸玄関ホール奥の階段脇に設置されたエレベーターが開き、車いすに乗った雨目石昭吉が現れる。ホールに集った人々はいっせいに彼に視線を向け、しばし口をつぐむ。彼はホールに集う面々をゆったりと見渡すと、「これはにぎやかだね」と、満足そうな笑みを浮かべる。

・・・

午後六時。

雨目石家の面々、招かれた客、招かれたわけではない客たちがテーブルに着き、最初の晩餐《ばんさん》が始まる。

・・・

午後六時十六分。

私雨邸からほど近い森の中、田中《たなか》は首吊り自殺に失敗する。

1

（六月二十二日　夜）

【A―二ノ宮】

前菜はサーモンのカルパッチョに、薄いチーズとレタスのサラダ。オリーブに、ドライトマトだった。

飴色《あめいろ》に木目が浮いた長テーブルの上に、皿とグラス、銀食器が並ぶ。天井から吊り下げられた華奢《きやしや》なフォルムの照明が濃い黄色の灯りを落とし、並んだ品々を暖かく照らす。鮮やかに光を跳ね返す美しい料理を見て、それでもあまり、食欲がわかなかった。ベルベットのクッションがなめらかに沈みこむ椅子の上、僕は小さく身じろぎをする。緊張していた。

左隣では、同好会会長の一条さんがいつもの無表情で折れそうに細いシャンパングラスを傾けて、なにかしゅわしゅわしたお酒を飲んでいた。安居酒屋でジョッキを傾けているときと変わらない、堂々とした態度に見えた。僕は彼に倣《なら》おうと、自分の前に置かれたジンジャーエールのグラスに手を伸ばす。

「おふたりとも、T大学の学生さんだそうだ。有望な若者にお越しいただけて、大変嬉しく思います」

一条さんの斜め左、長テーブル短辺の上座に座った昭吉さんが僕らふたりに向けてグラスを掲げ言った。僕は伸ばしかけた手を引っ込めて、「いえ、そんな、こちらこそ」と頭を下げる。一条さんを横目で見ると、彼もかすかに笑みを浮かべ目礼していた。

「本当にこんな山奥まで、ありがとうございますね。おじいさまが無理を言ったんじゃないかって、心配してたんです」

僕の右斜め向かいに座った杏花さんがにっこりほほ笑む。僕らをここまで連れてきてくれたひとだ。ちょっとその辺ではお目にかかれないくらい、華やかな美人だった。豊かな栗色の髪を肩に垂らして、今は濃いピンク色の、胸の谷間ががっつり覗《のぞ》くドレスを、なんとも自然に着こなしている。「いえ、決してそんなことは」と答える自分の声がやや上ずっているのがわかる。

「僕は別の心配をしてたよ。おじいさまが騙《だま》されてるんじゃないかって」

僕の真向かいの席で、金色の髪の男が言った。彼も昭吉さんのお孫さんで、梗介さんとかいった。なるほど杏花さんと同じ血を感じさせる、どこか浮世離れした気品ある佇まいだった。彼らと向かい合って座っているせいで、顔を上げるたびに緊張が増していつまでも落ち着かない。

「騙されている？」

一条さんがそう聞き返した。天上の人間にそんな気軽にものを聞き返せるなんて、さすが一条さんだ。

「うん。だって、ネットで知り合った大学生が来るなんて言うから。女子大生にでもパパ活されているんじゃないかって」

ははっ、と左手で大きな声が上がる。昭吉さんが身体をそらして、愉快そうに笑っていた。昭吉さんは小柄でありながら、大きくてよく響く声をしていた。彼に実際に会うのは今日が初めてだが、車いすのお年寄りと聞いて想像していたより、ずっとはつらつとしている。そして、メッセージのやり取りから予想していたより、どうやらずっと偉い人で、ずっとお金持ちらしかった。おじいさま、なんて呼ばれ方をしている人間に僕は初めて出会った。

昭吉さんと知り合ったのは今から約二か月前、マイナーなSNSの、マイナーなコミュニティの中だった。僕が大学に入って数週間が経った頃。入学と同時に中学生の頃から憧れていた「大学のミステリサークル」に迷わず入会し、しかしその理想と現実とのあまりに大きなギャップに、ひとり打ちひしがれていた頃だ。

まず厳密には、学内に「ミステリサークル」なんていう正規の団体は存在しなかったので、それに類するものとして僕が入ったのは大学非公認の「ミステリ同好会」だった。会員は僕を入れて三人。ひとりは法学部三年生の一条さんで、もうひとり八乙女《やおとめ》さんという経済学部四年の先輩がいるはずなのだが僕はまだ会ったことがない。たぶんこれからも会うことはない気がしている。彼はもうほとんど成仏してしまった幽霊部員であり、つまり実質会員は僕を入れて二人だ。いや、一条さんは会長であるから、会員は僕ひとりだ。

僕には夢があった。中学の頃ミステリ小説にはまり、特に時代によって、「本格」や「新本格」と謳《うた》われる、ユニークな舞台で知的な名探偵が活躍するロマンあふれる小説に魅了された。「新本格」と呼ばれる小説の中には、頻繁に「大学のミステリサークル」が登場した。彼らは大抵の場合、合宿や旅行などで孤島や山荘、人里離れた館を訪れ、大抵の場合、悪天候やなんらかのトラブルにより外界との連絡が遮断され孤立する。クローズドサークルというやつだ。そして殺人事件が発生する。閉ざされた世界でひとり、またひとりと殺されていくサークルメンバーたち。わくわくする。最高だ。

それをやるのが僕の夢だった。もちろん、本当に人が殺されることを望んでいるわけではない。ただ同好の士たちと一緒にクローズドな空間に引きこもり、ミステリ談議に花を咲かせたり、もしここで殺人事件が起こったらどうなるか、いったい誰が犯人で、誰が探偵役を務めるか、むしろ自分が犯人だったらどのようなトリックを弄するか、なんて妄想でわいわい盛り上がったりしたかった。

しかし、総勢二名の同好会ではそれは叶わない。二名では、どちらかが殺されれば残った方が犯人だ。そんなのただのふつうの事件だ。少子化のあおりを受け大学の学生数も減りサークル人口も減ったことにより僕の夢はついえた。それでもあきらめきれぬクローズドサークルへの思いをSNSに書き散らかしていたところ、昭吉さんからコンタクトがあったのだ。彼は「自分はかつて殺人事件が起こった館を所有している」と言った。

そんな話題をきっかけに僕たちは気づけば二か月もの間やりとりを続け、ついに先日、今回の招待を受けたのだ。週末を孫たちと共に久しぶりに件《くだん》の館で過ごすので、よかったら一緒にどうですか、と。

「おれは正直、こいつが騙されてんのとちゃうかと思てたんですけどね」

一条さんが僕を指して言った。

「見ず知らずのお金持ちのお屋敷に招かれるなんて、そんな夢みたいな話あるかと疑っとりました」

昭吉さんは再び快活な笑い声をあげ、「いやあ、最近の若者はなんとも疑り深いようで」と愉快そうに言った。「怪しいじいさんの誘いに応じてくれて、あらためて感謝しますよ」

「え、やあ、いえいえ、そんなそんな」

僕は両手を振って答える。正直言えば、僕も最初は警戒していた。ネット上の人間の話を鵜呑みにするのは愚かしく危険なことだとわかっていた。しかし僕は飢えていた。「かつて殺人事件が起こった館」なんていうご馳走を目の前に出されて、手を付けずにいるなんて無理だった。

「怖くなかったの？」

鈴のように響く、可愛らしい声がたずねた。一条さんの向かいに座る少女だ。真っ黒い大きな瞳がこちらを捉えている。人形のように長いまつ毛が、ぱちりと瞬いた。

「え？　ええと……」

「知ってる？　この館で、ひとが殺されたの」

「え、ああ、はい。聞きました。えっと」

そういうのが好きなんです、と、このあどけない少女に言うのははばかられた。夕食前の紹介で、小学校五年生だと聞いた。十歳そこらということだろう。普段子供と関わる機会がまったくないので、それくらいの子供に適した話し方や、残酷表現に対するゾーニングの程度がわからない。

「彼らはミステリが好きだからね。殺人なんてなれたもの。むしろそこに魅力を感じるんだよ」

言葉に詰まった僕の代わりに、昭吉さんが答えた。おびえられやしないか、と不安になったけれど、少女は特に表情も変えずに、「ふうん」とうなずいた。

「その、殺人って」

右端の席から声があがった。

「どんな事件だったんですか？」

「いや、ごくありふれた事件ですよ」昭吉さんが答える。「館の初代の持ち主であった実業家が、その愛人に殺されたという。もう六十年ほど前の話で、不思議も謎もなにもない、ただの殺人です。犯人もすぐに逮捕されたというし、ミステリマニアの若者からすれば物足りない話でしょうな」

「なるほど」

「まあしかし、事件が起こり実業家が息絶えたのがまさにこの食堂かと思うと、少々感慨深い気持ちにもなりますがね」

「へえ！」

まさに、ここでですか、と、右端から陽気な男の声が感嘆の相づちを打つ。

「サクラは怖くないの？」

杏花さんがたずねた。サクラちゃんは「ぜんぜん」と大きく首を振った。

「私だって読んだことあるもの。人が殺されるお話くらい」

「そうなの？　私はダメ。ここに来るたびいつも恐ろしくなるわ。今夜も眠れるか心配」

杏花さんはグラスを持ったまま、両腕を抱くように肩をすくめた。僕は、ぐっと寄せられた胸の谷間が深くなるのを目撃する。すると、僕のすぐ右隣からかすかに苛立ちを含んだため息が聞こえた。

隣に座るのは、牧さんという女性だ。雑誌の編集者で、一条さんのバイト先の、社員さんの、お兄さんの、部下だそうだ。僕たちがこの館を訪れるという話を聞き、そんな立派で歴史ある屋敷があるなら、地元のフリーマガジンにぜひ写真を載せたいという多忙な上司の命令で、館の撮影に来たらしい。食事前に軽く挨拶をしたけれど、口数が少なく、どことなく不機嫌な感じがして、少しとっつきにくい印象を持った。両耳にたくさんのピアスを付けていて、耳の横の髪は色が抜けている。正直言って、ちょっと怖い。食事が始まってからも彼女は積極的には話に加わらず、料理の皿が運ばれてくるとスマホで写真を撮っていた。

「いやあ、確かに今それを聞いて、ちょっとぞっとした気持ちになりました」牧さんのさらに右隣に座る男の言葉に、昭吉さんが頷きを返す。

「ああ。私はフィクションの物語やなんかは読まないから、探偵小説の魅力というのもいまひとつわからないんですがね。しかし、そんな事件がこの館の歴史のひとつとしてあることには、ちょっとしたロマンを感じていますよ」

「いや、本当です。館に歴史あり、ということですね」

さきほどから続く男性の声が応える。彼は、水野さんといった。陽気な雰囲気の、親しみやすそうな人だった。

彼は……。

えっと、彼は結局、誰なのだっけ？

【B―牧】

メインディッシュは牛フィレ肉のステーキだった。赤黒いソースがかかっている。口に含むと、血の匂いと、かすかに果物の香りがした。高い肉なんだろうな、という味がする。私の好みではないけれど、高い肉なら食っておかなければならない。今のこの不本意な状況の元をとりたい。

右隣に座った男が「うわ、美味いですね」と感嘆の声を上げた。水野とかいう捻挫男だ。彼のせいで私は帰る機を逃した。彼はもともとの客ではないくせに、山歩きなんて馬鹿な趣味で怪我をしてずうずうしく助けを求めてきたあげく、流れで夕食まで食っている。あの老人、雨目石昭吉というおじいさまが、そうしなさいと言ったのだ。食後には、車で家まで送らせるつもりらしい。施しが趣味の金持ちなのだろう。見るからに金のなさそうな、オタクっぽい大学生を二人も招いているあたりからもそううかがえる。だから私も好みではない肉を完食する。学生二人よりも、たぶん私のほうが金がない。

そもそも、こんなふざけた場所に来たくなかったのだ。上司が今回の話を持ってきたとき、つい「雨目石」という苗字に反応してしまった。それで、じゃあお前が行け、という話になった。嫌だ、と思ったけれど、この会社に入ってまだ二年目の私は上から振られた仕事を断れるような立場になかった。主に地元のフリーマガジンを作っているだけの小さな雑誌社のくせに、社長以下上司たちは自分らを世界の出版業界を牛耳る一大組織のように思っているらしく、下っ端には横柄に振る舞いそんな自分たちに酔っている。ろくな給料も出さないくせに。

　せめて雨目石杏花に直接会わずに済むように、館の外観だけ撮影してさっと帰るつもりでいた。別件の仕事（地元の揚げ物屋の取材）を終えてすぐに約束の時間を勝手に前倒ししてここに飛んできたのに、この男だ。麓の町で会社員をしているという。まだ金曜だというのに、今日は有休をとって山歩き。有休ってなんだ？　そんな制度実在するのか？

「牧さんは編集者さんだから、もっとすごい事件をいろいろ知っているんじゃないですか？」

　急に話を振られ、はっとして顔を上げた。テーブルの向かいに座る、雨目石家の面々。こちらを見ていたのは、金髪にスーツのホストにしか見えない男。梗介さんといったか。

「いや、そういう事件とかを扱う雑誌ではないので」

「へえ、そうなんですね。どんな感じのものを扱う雑誌なんですか？」

「えっと……地元の美味しいお店とか」

　へえ、とうなずく顔がにっこり笑った。知性を感じさせない笑顔だった。喋り方も、彼が話す単語はすべてひらがなで発音されているように聞こえる。これで私より年上らしい。「私はそちらのテーマの方が好きだわ」と、彼の隣に座る杏花が言った。

「月曜日に帰る前に、どこかこの辺りで食べていきたいの。おすすめのお店はありますかしら？」

　彼女はさらに馬鹿みたいな話し方をする。「だわ」とか「かしら」とか、どこのお姫様のつもりかしら？　しぐさも振る舞いもどこかいちいち芝居がかっている。誰に向かって演じているのかしら?

「いや……、この辺りはあまり詳しくないので」

「なんだ、杏花も月曜までいるつもりなのか」

話を切って、おじいさま、昭吉さんがたずねた。

「ええ、月曜日もお休みをとったの」

「大丈夫なのか? まったく、また身内だから甘えていると思われるんじゃないか。いくら社長が父親だとはいえ、他の社員さんに迷惑をかけちゃいけないよ。寛治《かんじ》も杏花には甘いから……」

「やだ、おじいさま。今はね、有休はちゃんと消化しなくちゃ怒られちゃうのよ。おじいさまの時代と違って」

また架空の制度の話をしている。杏花は昭吉の次男である父親が継いだ会社の社員をしているらしい。ずぶずぶの家族経営だ。

「へえ……ならいいが。あまりいつものような不真面目な態度で働いてもらっては困るよ」

おじいさまのお小言に、杏花は「はあい」と答えて赤い唇をとがらせる。その甘い声にぞっとした。胃の中で、食べたばかりの牛の肉がぐるりとうごめいた。

雨目石杏花は、どうやら私のことに気づいていないらしかった。あれから八年も経つから、そういうこともあるかもしれないとは思っていた。私はあのころから、体重が十キロ近く減った。化粧だって覚えたし、髪の色も変わったし、苗字も変わった。なにもかもが変わった。それでも……杏花ほどではないけれど。

ため息をつくと、後ろから手が伸びて、空になっていたグラスに赤ワインが注がれる。「あ、どうも」と振り向くと、ボトルを軽々と片手で支えた石塚さんが目礼を返した。この人も雨目石のところの社員だ。会長補佐と紹介された。ワインのサーブも補佐の仕事らしい。捻挫男の手当てもしていたし、ずいぶんマルチな会長補佐だ。白髪の交じった髪をきっちり横分けにして、顔にはたくさんの難しい仕事を成しとげてきたという雰囲気の皺が幾筋も刻まれている。食べ終えたメインの皿をスマートに下げる。

「もうお腹いっぱい。外に遊びに行っていい？」

子供が言った。雨目石の孫たちのなかで一番まともそうな話し方をする子供だった。「あら、素敵なデザートがあるのよ？」という杏花に、「いらない」と椅子から下りる。さらさらの髪が絹のように揺れた。上質で、金のかかっていそうな子供。

「残念だけど、雨が降ってるみたいだよ」

梗介さんがおじいさまの後ろを指さす。ダイニングの奥、背の低いテーブルやソファが置かれたちょっとした談話スペースの向こうに、縦長のガラスが半円形に張り出した出窓がある。そこから、深い藍色に沈む森が見える。

「降ってるか？」

首をひねって後ろを振り返ったおじいさまが言った。私にも雨は見えなかった。音も聞こえない。けれど、窓を睨《にら》んだ子供が唇をとがらせて「降ってる」と呟いた。

「別に、濡れてもいいし」

「だめよ、滑ったりしたら危ないもの」

杏花が言う。子供は不満そうな顔のまま、けれど、「はあい」と椅子に戻った。

「サクラは妖精の魂を持っている子でね。よく野生に帰りたがるのですよ」

老人はくすくす笑いながら嬉しそうに言った。

「長男から継いでしまった血でね。この梗介もそうです。社会の規範には、ちょっと納まらない。次男の寛治は真面目なんだが。困ったものだ」

子供が外に出たがったくらいでずいぶん大げさなおじいさまだ。孫バカなんだろう。隣で水野さんが「いや、天才とは得てしてそういうものですよ」と、ちょっとこちらが狼狽えるくらいに露骨なお世辞を放った。老人は一切狼狽えたりせず、「天才か、奇人か、どちらかでしょうな」とやはり嬉しそうに頷いた。水野さんは夕食前からずっと、客先の営業マンみたいにへらへらと笑いながら愛想やお世辞を振りまいている。タダ飯と送迎の恩を手早く返そうとしているのだろう。

ため息を吐くと、左手から視線を感じた。オタク大学生二人組の、手前に座ったひとりがこちらを見ていた。黒縁の眼鏡をかけて、部屋着みたいにくたびれたグレーのパーカーを着ている。工学部のキャンパスにいくらでも自生していそうなタイプだ。奥のもうひとりはフチなしの眼鏡をかけて、いちおうちゃんとしたシャツを着ている。関西のほうの訛りがあるようだ。

そこで、キッチンからシェフの恋田さんが出てきた。両手にデザートの皿を持っている。テーブルに置かれたそれは二色のアイスクリームになにか焼き菓子みたいなプレートが載っていて、確かにちょっと素敵だった。恋田さんは小柄で地味な中年の女で、びっくりするほど愛想がない。館に来てすぐにキッチンにこもって、料理を出すときもにこりともしなかった。無駄にへらへらされるよりもプロという感じがして、どちらかというと好感が持てた。

大きな長テーブルに、八人が着いている。

二人が調理や給仕に忙しく立ち回っている。

館には十人がいる。

そこで、私にも雨の音が聞こえた。雨脚が強まってきたらしい。

デザートが並び終わったその時。ダイニング全体に響き渡るように、大きな鐘の音が鳴った。

電子的な、ややチープな音で、リーン、ゴーンと。皆がかすかに顔を上げた。なんの音？　と首をかしげるより早く、「誰だ？」と昭吉老人が言った。

「こんな時間に」

それで、その音が門、あるいは玄関のチャイムだとわかった。こんな時間に、とは私は思わなかった。私は、こんな場所に？　と思った。

人里離れた森の中。ぽつんとたたずむ古い館。

こんな場所に、誰かが来たらしい。


【C─梗介】


石塚さんが玄関に向かった。皆がダイニングの扉を注視して、その動向を見守った。僕はアイスクリームを口に運んだ。二色のうち、緑色の方。僕の好きなピスタチオだった。恋田さんは良いシェフだ。

二口目をすくったところで、妹のサクラがこちらを見上げていることに気がついた。なにか言いたげな目をしていたので、微笑み返してあげた。彼女は海外の友人らがよくするように、ぐるりと目を回して肩をすくめてみせた。妹は僕のことをどうしようもないアホだと思っている。賢い子なのだ。そんなところがかわいいな、と思う。

「会社の方かしら」

杏花が誰にともなく呟いた。杏花は会社に勤めている。偉い。そういうのは、僕にはとても無理だ。そういうことになっている。

「見てくる」

妹が椅子から跳ねるように下りて、あっという間に扉の向こうに消えた。石塚さんの声がしていた。訪ねてきた客と話しているはずだが、相手の声は聞こえてこない。

そのとき、杏花のスマホが鳴った。音の長さからして通話アプリのようだ。この館はどこの基地局からも遠く、携帯キャリアの電波は入らない。固定電話の回線から、か弱いＷｉ－Ｆｉを辛うじて飛ばしている。「あら、失礼」と言って、杏花はソファのある出窓のほうに歩いて行った。窓の向こうは先ほどよりも勢いの増した雨。森のシルエットが滲んでいる。

恋田さんがコーヒーと紅茶を運んできた。正面に座る四人の客たちは、まだデザートに手を付けていない。「どうぞ」と僕は言った。「お気になさらず」

そのとき、石塚さんが戻ってきた。その顔には、なんとも言えない困惑の表情が浮かんでいた。彼がそんな顔をするのはめずらしい。来客について、指示を仰ぎにきたのだとわかる。彼の目はまずおじいさまを捉え、次いで奥で電話をする杏花を確かめて、またおじいさまに戻った。僕のことは一度も見なかった。彼はもうおじいさまに付いて数十年にもなる。僕から得られるものなどなにもないとわかっているのだ。

「どなたかな?」

おじいさまがたずねた。石塚さんは「それが……」と話し始めたものの、次の言葉が続かない。僕はアイスをもうひとくち食べた。そのとき、内なる声が言った。お前が行け、と。

僕は内なる声に従い立ち上がった。扉を開けて、すぐのところに妹がいた。玄関ホールに置かれたキャビネットと壺の陰に隠れるようにして、こちらに背を向け玄関のほうをうかがっている。両開きの玄関ドアのすぐ手前に、男が膝をついていた。全身がびっしょり濡れている。黒っぽいシャツに、黒っぽいジーンズ。滴り落ちた滴が周囲のタイルに水たまりを作りはじめている。

「こんばんは」と呼びかけると、男は顔を上げた。

「あ……すみません」

低く擦れた、震えた声だった。寒いのかもしれない。「本当に……すみません」と、男は繰り返した。

「なにもすまなくないですよ。どうされたんですか? すごい濡れてますけど」

「いや……あの、……道に、迷ってしまって」

「道に?」

僕は開きっぱなしになっていた玄関から外を見た。雨。闇の向こうに、かすかに鉄門の尖ったシルエットが見える。車が通れる道はこの館の前で止まっている。ずっと下ったトンネルの手前を逸れると、南澤《みなみさわ》さんというこの山の所有者の別荘がある。そちらに行きたかったのだろうか? 徒歩で行けるような距離ではないと思っていたけれど。この人はびしょびしょだし、車ではなさそうだ。そうだ、あの人、水野さんも森の中で怪我をしたと言っていた。よくわからないけれど、きっと同じような感じだろう。

「それは大変でしたね」

「あ……はい、いえ……」

男は額に張り付いた前髪のすき間からぎょろぎょろと目を動かしながら、しきりに頭を下げた。そしてまた「すみません」と繰り返す。ぜんぜん目が合わないけれど、その顔は僕の友達のともきくんに似ていた。違法な薬物で四回逮捕されたともきくん。がりがりにこけた頬や、目の下の隈がそっくりだ。

「とにかくなにか、拭く物をもってきますね」

急速に親近感がわいて、僕は彼ににっこりと笑いかけた。

「今、皆でデザートを食べていたんです。ご一緒に温かい飲みものでもどうですか？　その後、行きたいところまで送っていきますよ。ちょうどもう一人、送っていく方がいるところだったんです」

バスルームに清潔なタオルが用意されているはずだ。キッチンよりさらに奥の北側の廊下を進むと、妹がついてきた。

「ちょっと」

「なに？」

「怪しいよ、あの人」

「え、そう？」

「こんなところに来るのがまずおかしい。この辺、うちしかないはずなのに」

「あの水野さんという人と同じじゃない？」

「同じじゃないよ。あの人はぜんぜん山歩きするような恰好じゃないじゃん。ふつうの服と靴だし、小さい鞄しか持ってないし」

「じゃあ、南澤さんのところのお客様かな」

「ちがう。さっき石塚さんがそう聞いたけど、ちがうって」

「なるほど。じゃあ、なんだろうね」

バスルームで、棚の中に積まれたタオルを見つける。上の一枚を手に取って、妹の横を通り過ぎざまに頭をなでた。彼女はうっとうしそうに首を振った。格下になでられるのが嫌いなのだ。

ホールに戻ると、謎の男の他に石塚さんと、杏花、恋田さんが出て来ていた。男は石塚さんに渡されたらしいタオルで既に身体を拭いていた。なるほど。そういえば、すぐそこのキッチンにもタオルがあったな。恋田さんが立っているすぐ横、ダイニングに続く扉が開け放たれたままで、ゲストの数人が立ち上がっているのが見えた。どうしたんだろう。なんだか、さっきよりも騒然とした雰囲気だ。追いついてきたサクラが僕の横で立ち止まる。

「大変なの」

僕たちを見とめ杏花が言った。

「今、電話でね、南澤さんのトンネルのとこが土砂崩れで、通れなくなっちゃったって」

「へえ」

「撤去の人を呼んでくださってるそうなんだけど、たぶんすぐは無理よね。泊まる予定だったし、私たちはいいけど……。とにかく今日は、みんな帰れなくなっちゃったわ」

「へえ」

僕はホールに座り込む男を見た。うつむいて、身体を拭きながら、やはり寒いようで震えている。送っていくよ、なんて言ったけれど、無理になった。タオルも渡せなかった。ともきくんに似た人に親切にしたかったけれど、駄目だった。

そのとき内なる声が言った。お前は本当に役立たずだな、と。

(六月二十三日　朝)

【A―二ノ宮】

クローズドサークルだ。

僕は今、クローズドサークルの中にいる。

左手の窓、カーテンのすき間から早朝特有の清らかな光が漏れていた。壁にかけられた時計によると、時刻は六時四十分。普段なら、一限から授業が入っている日ですらまだ眠っている時間だ。しかし今、僕の頭はすっきりとして、胸には希望が満ちていた。クローズドサークルだ、ともう一度強く思う。空気のように軽い羽毛布団を跳ね上げて、身体を起こす。

昨夜、土砂崩れがあった。崩れたのは館をずっと下ったところにあるトンネル付近。トンネルの少し下の道を折れたあたりにもう一軒別荘があり、そこの所有者であるなんとかさんが、こちらの館に連絡をくれた。トンネルも、館に続く道も、このあたりの山一帯を所有しているそのなんとかさんのところの私道らしい。それで——そんなに激しい雨は降っていなかったように思うのだけれど——、とにかく、土砂は崩れた。閉じ込められた。僕たちはなすすべもなく閉じ込められた！

壁際のベッドでは、一条さんが毛布に包まれ丸まっている。いびきもかかず、身じろぎもせず、熟睡しているようだった。こんな刺激的な状況にあってよく眠っていられるな、と思う。まあもともと、僕たちは日曜日まではここでお世話になる予定だった。だから別に、今のところ土砂が崩れたことによる影響はこれといってない。僕の心を激しくときめかせているということを除いて。

土砂の撤去にどれくらいの時間がかかるものなのか、まだよくわからない。目途が立ち次第、連絡をくれることになっている。その——思い出した、南澤——南澤さんが。話に聞いた感じだと、雨目石さんと同じくらいのお金持ちだ。怪我人や急病人がいるようならヘリを飛ばすと言ってくれたらしい。昨夜、状況を知らせる二本目の電話を受けた杏花さんは、僕ら以外のゲストにたずねた。「どうされます？」と。

夕食後に帰るはずだったのは、雑誌編集者の牧さんと、通りすがりの水野さん。「お言葉に甘えて、迎えに来ていただきましょうか？　水野さんは特に、怪我をされてるわけだし」

杏花さんの問いに、牧さんはうつむきがちに答えた。

「すっかり塞がっちゃってるんですか？　私バイクなんで、どっかしら通り抜けて自力で帰りたいんですけど」

「あら、だめですよそんなの、危ないです。ほら、まだ雨もやまないし、他の場所だって崩れるかもしれないわ。お急ぎならやっぱり、ヘリをお願いしますから」

「いや、私、高い所って苦手なんですよね……」

「僕もです」水野さんが苦笑いを浮かべた。

「それに、大した怪我でもないのにヘリコプターを出してもらうなんて、おそれ多いなあ……。あの、あちらの方はどうするんですかね？　あの人も怪我をされてるんですよね？」

そうだ。

昨夜来た、もう一人の客。あの男は……。

「あの方も、足をくじいてるみたいです。今、おじいさまがお話ししています」

杏花さんが、やや表情を曇らせて言った。

「なんだかね、おじいさまが言うには、自殺じゃないかって……」

「自殺？」

不穏なワードに、水野さんが眉をひそめる。

「ええ。このあたり、多いらしいんです。富士の樹海ってほどじゃないけれど、それなりに深い山だし、地元じゃちょっとした自殺スポットとして広まっているようで迷惑してるって、南澤さんがおっしゃってたわ。あの方も、自殺に失敗して、ここまでたどり着いたんじゃないかしらって……。それでおじいさま、そういう方が大好きだから」

「え？　そういう方というのは」

「苦労している若者が好きなんです。人生に迷ってる若者？　みたいな。そういう方にご自分のお話を聞かせるのが好きなの。心に染みる素敵なお説教を授けて立ち直らせるのが楽しいのね。でも、ご迷惑じゃないかしら？　心配だわ」

杏花さんは視線を天井に向けた。件の客はひとまず本館二階の客室に通されたようだ。温かい飲み物をいれてやってくれ、と、昭吉さんが恋田さんに指示しているのを聞いた。

「夜通しお話しされるつもりかも……。ねえ、お二人も、よかったら道路が開通するまで泊まっていってくださいな。お部屋はたくさんありますし、ちゃんとお掃除も入れてますからご不便はないと思いますわ。明日土砂がどうにかなったらちゃんとお送りしますので。ね、こういうの、ちょっとわくわくしませんか？」

杏花さんは、黙って成り行きを見守っていた僕たちを振り返って言った。

「なんだか、ミステリ小説みたいじゃないかしら？」


そっと扉を開けて、廊下に出た。僕たちの部屋は、昨日夕食をとった本館隣の東館に用意された。すぐ正面に一階に下りる階段がある。左隣の扉は、また別の客室。牧さんが泊まっているはずだ。その正面には両開きの大きな扉があって、遊戯室だ、と説明された。その更に奥の部屋には水野さんが通された。まだ皆眠っているのか、物音は聞こえない。

僕は階段を下りて一階に向かった。東館一階は一フロアがぶち抜きの広間になっていて、広々とした空間が長窓からの光で満たされている。しんと静まり返ったフロアの片隅に一台のピアノが置かれていて、その奥の壁には、なにやらコレクションの並んだガラスケースが設《しつら》えられている。他には、座り心地のよさそうな革のソファに、ガラス天板のローテーブル。

無性に心惹かれ、僕は庭が見渡せるソファのひとつに座り、ゆったりと足を組んだ。細い雨に光る庭を眺めながら、自分が今置かれている状況の素晴らしさを三度噛みしめる。満たされた気分だった。あとは死体さえあれば、それはもう完璧な……。

【B―牧】

花のような甘さと、なにかハーブのような青々しさの混じりあった複雑な香りで目が覚めた。なんの匂いだろう。瞼を閉じたまま、寝返りをうって考える。どちらかといえば好きな香りだ。ちょっと薬品っぽさもある。すっと鼻の奥に抜ける、アルコールのような、ミントのような。

瞼の向こうの明るさにつられ、ほんの数ミリだけ目を開く。白い壁。白い毛布。滑らかなシーツの感触を、むき出しの二の腕で味わった。頭の先からつま先まで、心地よさに包まれている。けれど、徐々に現実が戻ってくる。それで匂いの出どころがわかった。私の顔だ。

昨日、化粧水や乳液を借りた。雨目石杏花に。

いつも私が使っている、ドラッグストアで千円程度で売っているものとは違う、五ケタを超えるデパコスを差し出して、杏花は「どれでも好きなだけ使ってくださいね」と言った。遠慮なく使った。まさか泊まることになるなんて思っていなかったので、そういうあれこれをなにひとつ持ってきていなかったから。普段使わない美容液まで借りたし、トリートメントは二回したし、ヘアオイルはいつもよりワンプッシュ多めに使った。起き上がって髪をかき上げると、いつもよりしっとりした触感が指の間を通り抜けた。

スマホを見る。時刻は九時二十分。ツイッターのアプリを開く。Ｗｉ－Ｆｉが弱いようで、表示が遅くていらいらした。どうせ誰も見る価値のある投稿なんてしないと思い出して、画面を消した。

ガウンを脱いで、昨夜洗って干しておいたパンツをはいて、服を着る。今日もまたパンツなしで眠ることになるかどうかは、土砂次第だ。頭を振ると、甘いオイルの匂いがする。現実感に乏しい気持ちのまま部屋を出た。

一階に下りると、捻挫男の水野さんがいた。

「おはようございます」

水野さんはひとり掛けのソファにゆったりと腰かけ、紅茶を飲んでいた。テーブルの上には空のカップが他に二つ置かれている。誰かとお茶を楽しんでいたらしい。誰だろう。誰にせよ、のん気なものだ、と思う。

「土砂崩れ、どうなりましたか？」

「まだ続報はないですね。どうなんでしょう。またさっき、ざあっと雨が降ったんですよ。山の天気ってアレですし、まだちょっとアレなのかもしれないですね」

「アレですか……」

私は深く息をついた。大きな窓から見渡せる庭には眩しいくらいの日が差しているけれど、確かにそこに茂る草木にはきらきらした水滴がびっしりと残っているようだった。

「とりあえず、朝食にしたらどうですか？　食堂で出してもらえますよ。僕らはもういただきました。素晴らしかったです」

「はあ」

「いやあ、ほんと最高ですよね。こんなすごいロケーションの館にタダで泊めてもらって、食事まで付いて。同じレベルのホテルに泊まろうとしたらいくらかかるかな。ラッキーでしたよ」

「ラッキーですか。それってけっこう、図々しい感想ですね」

陽気に話す水野さんに苛《いら》ついて、私は思ったことをそのまま言った。彼は気にした様子もなく、

「ちょっとくらい図々しいほうがお年寄りは喜びますよ」と、また図々しい見解を述べた。

「土砂が崩れたのは不可抗力ですしね。なにか週末、ご予定でもあったんですか？　早く帰らなくちゃならないような」

「いや、別に」

ネトフリで海外ドラマの続きでも見ながらチューハイを開けたかった。コンビニの生ハムとチーズとじゃがりこをつまみにして、疲労と苦労と苦難ばかりの日常においては救いのようなひとときを過ごす。でもそういう時間の過ごし方は、山歩きを趣味とするような人間には理解されない気がしたので、言わない。

「じゃあ、いいじゃないですか。焦らずのんびり、図々しくお世話になりましょう」

はあ、とため息で返して、私は食堂のある本館へと足を向けた。扉を開ける前にいちど振り返って、「それ、そのカップ、誰かいたんですか」とたずねた。

「ああ、あの若者二人です。ミステリサークルだかの。こんなことになって、すごく楽しそうでしたよ。洋館に閉じ込められるなんて、まさにアレなシチュエーションですもんね。土砂崩れの

トンネルまで歩いてみるって言ってました」

「え、なんでですか？」

「さあ……あれじゃないですか。本当は土砂崩れなんかじゃなくて、ダイナマイトかなんかが仕掛けられてっていう、人為的なものを疑っているとか」

「へえ……」

「いや、本気でそんなことを考えてるわけじゃないとは思いますけどね。ただそういうアクティビティというか、きっと疑って行動することが楽しいんですよ。なんていうか、若さですよね」

はあ、とまた曖昧な頷きを返して、私は東館広間を出た。ティーカップの主は杏花じゃなかった。彼女はどこにいるんだろう？

【C―梗介】

スプーンで卵を割っているとき、牧さんが食堂に入ってきた。彼女はまず僕を見て、次におじいさまを見て、なにか少し、もの足りないような表情を見せた。

「おはようございます。よく休まれましたかな。ああ、どうぞおかけください」

食後のコーヒーを楽しんでいたおじいさまが言った。牧さんは「どうも」とうなずいて、扉から一番近い席に着く。すぐにキッチンから恋田さんが現れた。朝食のメニューについて二、三やり取りをして、またすぐキッチンに戻っていく。彼女は本当に優れたシェフだ。ゆで卵も完璧な半熟。

「これであと眠っているのは、孫娘二人に田中さんか」

　おじいさまがかすかに天を仰ぎながら言った。彼らが滞在している部屋は本館の二階にある。

「田中さん……」と、牧さんが小さく呟いた。

「ああ、昨夜の来訪者ですよ。田中と名乗られた。しかし他は……口数の少ない若者でね。いや、状況が状況ですから、無理もないのですが」

　おじいさまはコーヒーにため息を落として、沈痛な面持ちで首を振った。牧さんは黙っている。なので僕が口を開いた。

「やっぱり、死にに来たひとだったのですか？」

「ああ……どうやらそのようでね」

「なぜ死のうとしたのでしょう？」

「まだ、聞けていない。しかし私にも身に覚えがあるよ。失恋か失業か、そんなところだろう。若いころというのはね、一事が万事に思えるものだ」

　おじいさまはカップに口をつけ、鼻から深く息をもらした。

「だが、ともかく彼は生きてこの館にたどり着いたわけだ。であれば……必ずやり直せる。そのための手助けは惜しまないつもりだよ。この滞在中に、どうにか生きる希望を取り戻してほしいと思う」

　そう頷くおじいさまの目には慈悲と慈愛の色が満ちている。おじいさまらしい、と僕は思った。そこで、黙って話を聞いていたふうだった牧さんが、「どうしてですか？　他人なのに」とたずねた。おじいさまは嬉しそうに口を開いた。その問いを待っていたかのように。

「この年になるとね、若いころに受けてきた恩をどうにか返したいと思うものなのです。私はそれなりの財を成し、今はこうして満ち足りた余生を過ごせているが、そこに自分ひとりの力で勝ち取ったものなど何一つない。特に若いころはね、多くの人に助けられた。東京に出てきたばかりのころ、明日の食事すらままならないときになんの見返りも求めず手を差し伸べてくれたのは、なんの縁もない、ただ駅のベンチで隣に座っただけの他人だったりしたものです。いや、恥ずかしながらね、そういうエピソードには事欠かない人生を送ってきました。偶然の巡り合わせ、運に救われてきた人生でしたね」

恋田さんが牧さんの朝食のプレートを運んできた。テーブルに置きながら、ちらりと顔を上げておじいさまの方を見やる。

「遠くの親戚より近くの他人、とはよくいったものだ。そして今、田中さんの近くにいるのは我我だからね。とにかく、若いころに受け取ったものを今の若者に繋ぎたいという気持ちです。若者には、もちろん貴女《あなた》も含まれますよ。なにか困りごとなどありましたら、このお節介な年寄りに打ち明けていただきたい」

「はあ」

「牧さんは、雑誌の編集者さんでしたかな。どうです？　お仕事は充実していますか」

「あー……ええ、まあ。おかげさまで」

苦笑いを浮かべた牧さんに、おじいさまは愉快そうな笑い声を被せた。機嫌が良さそうだ。しばらく僕は喋らなくて大丈夫そうだと判断して、絶妙な焦げ目の美しいトーストに歯を立てる。

「まあまあ、なにかと大変なお仕事でしょう。いやしかし、ごりっぱですよ、職業婦人というのは。我々男連中なんかよりよほどしっかりしていて、ガッツがある。こんな山奥までおひとりで撮影に来られるとは、大したものです」

「いえ……そんな」

「うちの孫娘も少しは見習ってほしいものです。まったく……古い言い方ですがね、爪の垢を煎じて飲ませたい、というやつですよ」

おじいさまのいつものおしゃべりが始まる。謙遜に見せかけた、わかりやすい孫自慢。気ままで奔放な孫娘たちを、彼は深く愛している。かつて僕のことを愛していたように。

「虫唾が走るよな」

内なる声が言った。

【A―二ノ宮】

土砂崩れの現場というのはなかなかに見ごたえがあった。道路を横切って流水のように崩れた土砂。右手に迫る緑の山肌が、ごっそりとえぐれて土色を晒《さら》している。泥状の土に混じって、大きな石や岩、土と共に流れてきたのだろう細い木々が、あちこちに転がり倒れていた。土と水、緑の匂いが濃く立ち込めている。

「向こう側が見えへんね」

一条さんが言った。彼の言う通り、崩れた現場の道路はちょうど急なカーブにさしかかるあたりで、土砂の向こう側は曲線の奥になって見えなかった。奥のトンネルが塞がっているのかもわからない。

「撤去作業はもう始まってるんでしょうか？」僕はたずねた。

「さあ、どやろ。それらしい音も聞こえへんけど。天気もぐずぐずしとるし、まだなんちゃうかな。また崩れるかもしれへんしね」

二次災害っちゅうやつや、と一条さんはこともなげに言う。二次災害が起こったら、まず最初にまきこまれるのは今の僕たちだ。ド素人が興味本位で、起こったばかりの自然災害の現場を見に行くなんて愚かもいいところである。クローズドサークルという非現実感の生み出すわくわくがそうさせた。野次馬根性丸出しで危機感の足りない馬鹿な大学生、とそしりを受けても反論できない。

ひとしきり現場をながめて満足した僕らは、館に引き返すことにした。ここまで来るのに二時間以上かかった。復路は登りだし、出発のときより体力もテンションも下がっているし、もっと時間がかかるかもしれない。

「ひとつ、気になったことがあるんですけど」

歩き始めて少ししたタイミングで、僕は朝からうっすらと考えていた話を切り出した。

「これってその……本当に、自然な土砂崩れなんでしょうか。昨日の夜、確かに雨は降ってましたけど、こんな土砂災害が起きるほどの大雨ってわけではなかったような気がしたんですよね」

「ああ、小雨でも長いこと続けて降ったらこうなるらしいで。土壌にな、染みこんだ雨の量の問題なんやて。山の循環のキャパを超えたんやろな。しらんけど」

「あ、そうなんですね」

頷きながら僕は赤面した。自然災害を人為的なものと疑うなんて、まるきり陰謀論者のような発言をしてしまった。しかしやっぱり、一条さんは冷静で物知りだ。頼りになる。殺人事件が起こったとしても、きっとクールにスマートに探偵役を務めてくれることだろう。僕は助手がいい。昔から憧れていたのはそのポジションだった。

館に戻ったら、死体の一つでも発生していないだろうか。

いや、しかし、僕だってもちろん心尽くしのもてなしをしてくださっている雨目石家の館での殺人事件を本気で望んでいるわけではない。ただちょっと、この非日常的な雰囲気に浸りながら、そんな空想を巡らせたいだけだ。本当に、殺人だなんて、望んでなんかいないのだけれど——

「さて、戻ったら誰か殺されてるやろな」

一条さんが言った。僕はすっかり嬉しくなってしまい、「最初の被害者は誰ですかね？」とたずねた。

「せやなあ、まずは一発ジャブ、てとこで、水野さんあたりかな。アクシデントで館を訪れた部外者の男。なんで殺されたのか気になるな」

「なるほど」

「あとは、美人も危ないな。色っぽい美人は特に。でもまあ、美人はもうちょい後やろな。水野さんの次や。そんで、その次が俺」

「え、一条さん殺されるんですか？」

「おう、真相に近づきすぎたわ。口封じやね、残念やけど」

「そんな」

「そしたら二ノ宮、後はお前に任せるわ。死ぬときは俺が子供の頃から温めてきた渾身のダイイングメッセージを残しといたるから、ちゃんと解けよ」

「わかりました」

なるほど、そんな展開もありかもしれない。探偵の仇《かたき》を取り犯人を見つけ追い詰める助手。アツいじゃないか。悪くない。

「で、お前はどう思う?」

「え?」

「最初に殺されるのはだれやと思う?」

この質問への回答はセンスを問われるぞ、と僕は考える。いや、正確には昨夜からずっと考えていた。最初に殺されるなら誰がいいか?

ううん、と一拍の間を置いて、僕は答える。

「昭吉さんですかね?」

【B―牧】

ジグソーパズルにハマった。

遊戯室に置いてあったやつだ。夕焼けか朝焼けのモン・サン＝ミシェルを遠く捉えた二千ピース超えの大作で、部屋の中央の広いテーブルの上に枠組みだけ出来上がっているのを見つけたのだ。暇だったので、何の気なしに一ピースを手に取って枠組みの一部に当ててみると、あっさりと嵌まった。次のピースに手を伸ばし、夢中になって、気がついたら数時間もパズルの前に座り込んでいた。こんなになにかに熱中したのは久しぶりな気がする。たぶん環境のせいだ。静かで、Ｗｉ－Ｆｉが遅くて、他にやることがない。

　テーブルの端に置いた紅茶をひとくちすする。アーモンドの香りのする、甘いフレーバーのお茶だった。さっき、相変わらず不愛想な恋田さんがにこりともせず置いて行ってくれたものだ。普段はコーヒーかエナジードリンクしか飲まないから、他人が淹《い》れてくれたお茶を飲むのなんて何年かぶりだった。これが雨目石杏花の生活か、と思う。

　ジグソーパズルの箱に載っている完成図の写真、そこに写るモン・サン＝ミシェルに私たちは修学旅行で行った。有名なオムレツのお店や片言の日本語の飛び交うお土産屋さんの細い通り、薄い色のステンドグラスの窓を覚えている。でも、私の記憶の中に一番鮮明に残るのは、パズルになるほどに美しいこの風景なんかよりも、パリから乗った行きのバスの中で交わした何気ない会話だったりする。こんなの、思い出すのも久々だ。今の私にはすっかり縁の遠い記憶。

　紅茶を飲みながらパズルを楽しむ私はやや意識的に杏花を気取っていた。だから、遊戯室の扉が急に開いたときは必要以上に焦ってしまった。ひとりでダンスしていたところを見られたような気恥ずかしさ。でも、扉を開けた水野さんはそんなことに気づくはずもなく、「あ、どうも」と気さくに部屋に入ってきた。

「それ、パズルですか？」

「はい。ここに置いてあったので……勝手に」

「へえ……立派なもんですね。ああ、これ全部か」

水野さんは遊戯室をぐるりと見渡した。壁という壁に、既に完成したジグソーパズルが額縁に入れて飾ってあった。風景写真のものが多い。このモン・サン＝ミシェルのパズルにも、額に入れるときに使うのだろう専用の糊の袋と、糊を伸ばすヘラまで入っていた。

そういえば、このパズルを枠組みまで作っていたのは誰だろう。勝手に続きを作ってしまって、悪かったかもしれない。でも、もうもともとできていた枠の部分よりも、私が着手して進めた部分の方が多い。これはもう私のパズルだ。もちろん、私がこの滞在中に完成させるのは無理だろう。まだ三分の二以上はピースが残っているし、きっと今にも下界から土砂撤去の連絡が入って、この非日常は終わりになる。図らずも始まったお嬢さまごっこもお終《しま》い。雨目石杏花は最後まで私のことを思い出すことなく、たぶんもう二度と会うこともない。私は好きでもない仕事に追われる社畜として、彼女は浮世離れした馬鹿なお嬢さまとして、それぞれ生きていく。

【C―梗介】

本館二階のバルコニーでひとりシャンパンを開けながら、濃い木々の影に夕日が沈むのを眺めていた。森からは湿った風が吹いていて、化け物のようなしわがれた声の鳥がせわしなく鳴くのが聞こえる。東の空には低い雲が垂れ込めて、もう夜のような闇が下りている。

誰かと一緒に飲みたい気分だったけれど、杏花は仕事があるからと言って付き合ってくれなかった。石塚さんはいつだって仕事。恋田さんも常に忙しそうに館のあちこちを歩き回って、声をかけられる機会はなかった。サクラは裏の森に作ったという秘密基地に消えてしまって、昨日訪れた客人たちもそれぞれの休日を思い思いに過ごしているようだった。学生ふたりは散歩の後は、東館広間で本を読んでいた。牧さんは遊戯室で、信じられないような数のピースのパズルを作っている。水野さんが退屈そうだったので誘ってみたけれど、彼は怪我の大事を取ってアルコールは控えるという。

「誰もお前なんかといたくないんだよ」

内なる声が言う。そんなことはない。ただみんな、タイミングが合わなかっただけだ。長い人生の中の一日、そういうことだってある。

あとは……田中さん。自殺志願者の田中さんは、ずっと自分の部屋にこもっているようだった。その部屋に今、おじいさまがいる。

「この館では、……も……だが……。もし……、……私が……あす、……が」

窓越しに声が聞こえる。途切れ途切れでしか判別できないけれど、どうやら今は、館の来歴などを説明しているらしい。田中さんの部屋はこの館で僕がいつも使う部屋のすぐ隣で、バルコニーを共有している。夕日につられて僕がここに出てきたのが三十分ほど前で、そのときから声が漏れ聞こえていたわけだから、もうずいぶん長いこと話し込んでいる。ただ、聞こえてくるのはおじいさまの声だけで、田中さんが応える様子はこちらからはうかがえなかった。彼は声が小さいから。

「止めてやったらどうだ？」内なる声が言った。「三十分もクソジジイの話に付き合わされて、気の毒だろ」

そんなことはないはずだ。おじいさまはただ親身に田中さんの相談にのっているのだと思う。

彼が死ななくて済むように。もしかしたら、金銭的な援助を申し出ているのかもしれない。おじいさまはそういう、非常に近い距離感の申し出を、見知らぬ人にもしてしまうところがある。彼は若者が死にたがる理由を、失恋か失業と信じているようだったから。お金なら、少なくともその片方の傷は癒せる。

「そんなの、的外れかもしれないだろ」

僕は右腕にはめた時計を見た。

時刻は——十八時四十分。

もうすぐ夕食だ。恋田さんが、今日のディナーは十九時に、と話していた。僕はひとつ息を吸って手すりを離れ、もうひとつ息を吸って田中さんの部屋の窓をノックした。部屋の中、話し声が止んだ。数秒の後、カーテンを開き窓を開けたのは、車いすに乗ったおじいさま。

「おじいさま、田中さん。そろそろ夕食ですよ。下りていきませんか」

おじいさまはにやっと笑って、「まったく……おまえは。どこから声をかけるんだ」と息をついた。

「すみません、こちらからが近かったので」

「まあいいさ。では、押してくれるかな」

「はい。お邪魔しますね」

僕は田中さんの部屋に足を踏みいれ、おじいさまの車椅子の後ろに回った。田中さんはベッドの上に座っていた。昨日会ったときと違って、乾いている。けれど、びしょびしょに濡れていたときとそう変わらない、どこか湿った雰囲気を纏っていた。眉にかかる前髪のすき間から、重たげな瞼と墨のように黒い瞳がのぞく。

「行きましょう。楽しみですね、恋田さんの料理は美味しいから」

「はい……」

田中さんはゆらりと立ち上がり、部屋の扉を開けてくれた。廊下に出てエレベーターへと向かう途中、僕は床板のゆるみにハンドルを取られ、おじいさまの乗る車椅子を盛大に揺らした。転倒は免れたものの、おじいさまの膝からカシミアのひざ掛けがするりと滑り落ちた。

「ああ、すみません」

「まったく、お前は……」

おじいさまが深くため息をつく。文句があるなら自分で操作すればいいだろう、電動なんだから、と内なる声が言ったけれど、僕は言わない。田中さんが腰を折ってひざ掛けを拾ってくれた。

白金色のひざ掛けは僕がまだ学生の頃に、社会勉強の一環としてアルバイトをして貯めたお金で贈ったものだ。このプレゼントをおじいさまはたいそう喜んでくれて、しかし僕のアルバイト先が大学近くのコンビニエンスストアだと知ると、一転してたいそう落胆した様子を見せた。なぜお前はそんな、ごくごく普通のアルバイト先を選んだんだ？　と。

翌週、僕は売り物のアイスを勤務中に食べてコンビニをクビになった。

おじいさまはこのひざ掛けをずっと使ってくれている。

部屋を出てすぐのエレベーターは重量制限により三人一緒には乗れないので、田中さんに先に下りてもらうことにした。扉が閉まる直前、こちらを振り向いた田中さんはほんの一瞬ちらりと笑った、ように見えた。

【X】

私雨邸には十一人が滞在している。

時計の針は午後六時四十五分を指している。

2

【A―二ノ宮】

部屋にスマホを忘れたと言って、一条さんが渡り廊下を東館へと引き返した。僕は少し迷って、先に食堂に向かうことにした。そこで、一条さんとすれ違うように東館の扉から牧さんが現れた。

牧さんは気だるげに頭を傾けて、「どうも」と呟いた。

「あ、えっと、牧さんも食堂ですか？　夕食……ですよね？」

「ええ。まだ帰れないみたいなんで」

なんとなく連れ立って歩くことになり、やや緊張する。しかし、昨日夕食の席で感じたような近寄りがたさや怖さの類は、もうだいぶ薄れてきていた。特にこれといって親密になれるような会話があったわけでもない。ただ、クローズドサークルという非日常的な環境が、そこにいる人間に仲間意識のようなものを抱かせるのだと思う。

「今日も泊まりになるのかな……」

牧さんも同じように感じてくれているのか、僕にそんなぼやきをこぼした。道路復旧の連絡は今なお入っていない。

「でも、一応雨は上がってるみたいですよね。さっき、部屋から夕日が見えましたよ」

彼女を元気付けるような気持ちで、僕は言った。しかしその言葉がフリであったかのような絶妙なタイミングで、中庭を臨む渡り廊下一面の窓が、さっと暗くなった。数秒と経たずに雨粒がパラパラと窓を叩く。「あ」と僕たちの声がそろった。「山の天気って、本当に……」と、牧さんが深いため息を漏らす。

強くなる雨音を聞きながら、本館の玄関ホールについた。ダイニングへと続く扉が開いたままになっている。そちらに足を向けかけ、何の気なしに左を見ると、奥に昭吉さんの後ろ姿があった。車いすに乗って、エレベーターに乗るところだった。

「あれ？」

首をかしげている間にエレベーターの扉が閉じ、彼の姿が見えなくなる。

「昭吉さん、部屋に戻られるんですかね？　もう夕食なのに」

「そうですね……」

同じ方向を見ていた牧さんがうなずく。不思議に思いながらも、ダイニングに入った。テーブルには、梗介さんが一人で着いていた。彼は僕たちの気配に振り返ると、「こんばんは」と、王族のような優雅な笑みを浮かべた。

「こんばんは……あの、今、昭吉さんが上へ」

テーブルの上には既に銀食器とグラスが並べられている。僕は昨日通されたのと同じ、奥側の左から二番目の席に向かった。

「はい。おじいさまは、今日は夕食は要らないと」

「え、そうなんですか。体調でも悪いんでしょうか?」

「いいえ、よくあることです。夜にしっかり食べすぎると、翌日に胸やけする日があるとかで。食後のお酒には下りてくるそうです。まあ、このまま眠ってしまうかもしれませんが」

そこで、キッチンから恋田さんが現れた。テーブルに着いた僕を認め——すっと目を細めると、

「もうお一方はどうしました?」とたずねた。その声の冷たさに、僕は一瞬うろたえる。

「え、あ、えっと……ああ、先輩でしたら、すぐに来ます。ちょっと部屋に忘れ物を……」

「そうですか」

恋田さんの声が和らいだ。梗介さんが「よかったです」とうなずく。「田中さんも部屋に戻ってしまったんですよ。自分はパンだけでいいからと言って。せっかくのご馳走なのに、もったいない」

「あ、そうだったんですね」

食事を辞退されるというのは、提供する側としては悲しいものだ。僕もレストランの厨房でバイトをしているからわかる。プロのシェフの隣でちょっと手伝っただけの皿であっても、自分が手をかけた料理に口をつけてもらえないのは悲しい。

「あ、でも……私たちがここに残ってるせいで、食べ物が足りなくなったりしないですか? なんだかんだで三人も増えちゃってますけど」

僕の隣の席に着きながら、牧さんがたずねた。恋田さんは無表情のまま、「大丈夫です。たくさん仕入れたので」と答えた。それを聞いて安心した。せっかくの素敵なクローズドサークルの

中にあって、飢えるのは嫌だ。「みなさん小食ですし」と、恋田さんが冷たい声で付け加える。

少しして、一条先輩が現れた。やはり昨日と同じ僕の左隣の席へと座ると、「お前、鍵かけて行かんかったやろ」と唐突に言った。

「鍵?」

「おう。お前が持っとるよな?」

「あ! はい、そうでした」

一本しかない部屋の鍵を、そういえば僕が預かっていたのだった。

「せやから部屋入られへんやんと思たら、ふつうに開いたで。不用心やなゆうて、まあ俺もそのまま出てきたけどな」

「すみません、うっかりしてました」

去年まで田舎の実家暮らしで施錠の習慣がなかった僕は、一人暮らしを始めて数か月経った今でもときどき家の鍵をかけ忘れる。あ、かけ忘れた、という記憶すらないので、いつも帰宅してから開いていた扉に気づく。幸いにして、泥棒などに入られたことは今のところないけれど。

「鍵、かけてきます」

「いや、ええよ。そんな貴重品もないしな」

「でも……」

「大丈夫ですよ」

向かいに座った梗介さんが言う。

「玄関の鍵はちゃんと閉まってますから、悪い人は入ってこられないです。なにより、土砂崩れで道も塞がってますしね」

「まあ……」そうですね、と僕は浮かしかけていた腰を下ろした。そこで、水野さんがダイニングに現れた。彼はかすかに左足を庇うように歩きながら、しかし機嫌は良さそうに「こんばんは」と集う皆に声をかけた。

その後、夕食の準備を手伝っていたらしい石塚さんがキッチンから現れて、テーブルに着いた僕たちをぐるりと見回した。杏花さんとサクラちゃんがまだだ。壁の掛け時計を見ると、七時を十分ほど過ぎていた。「呼んできましょうかね」と石塚さんが誰にともなく呟いたとき、ダイニングの扉が開いた。まず目に飛び込んできたのは、強烈な青。サファイアのような鮮やかな青いドレスを着た、杏花さんだ。

「ごめんなさい、お待たせしたかしら」

そう微笑む彼女の豊かな胸元から、僕は慌てて目をそらした。一瞬で確認した限りだけれど、昨夜着ていたピンク色のドレスよりも、胸の辺りの布面積が小さくなっている気がする。なんというか、前衛的なデザインだ。高いヒールがコツコツと床を鳴らす。

「おじいさまは？」

杏花さんのすぐ後ろから現れたサクラちゃんがきいた。こちらは可愛らしい、白い丸襟の付いた水色のワンピースを着ていた。杏花さんとはまたタイプの違うお嬢さまといった感じで、子供ながらに気品を感じる。

「部屋に戻られたよ。起きていたらまた下りてくるって」梗介さんが答えた。サクラちゃんは彼の隣の椅子に座りながら、「なんだ、じゃあ着替えてこなくてよかったのに」と唇をとがらせた。

テーブルには七人が着いている。キッチンには二人が立っている。

そして夕食が始まった。


前菜は、ジャガイモの冷たいスープにライスコロッケ、食用花の入った鮮やかなサラダだった。

乾杯の音頭は、杏花さんに促されて梗介さんが取った。「土砂のせいでなんだか大変ですけど、せめてゆっくり過ごしてください」とグラスを掲げ、皆控えめにそれに続いた。僕とサクラちゃん、水野さんはジンジャーエール、他の皆はシャンパンを飲んだ。明後日、ひとり暮らしの部屋に帰ってわびしい夕食をとることを考えると、もう今から喪失感に襲われそうになる。しかし、果たして僕らがここを発つまでに、道路の復旧は間に合うのだろうか？

その疑問には石塚さんが答えた。月曜の仕事の心配を口にした水野さんに、彼は飲み物のお代わりを注ぎながら「明日も状況が変わらなければヘリを呼びましょう」と言った。明後日までこの状況が続けば、僕らもヘリで帰ることになる。高所恐怖症だという牧さんは「できれば陸路で帰りたいですね」と暗い顔で呟いて、サラダの花を容赦なくナイフで引き裂いた。僕は高い所が好きなので、人生で初めてヘリコプターに乗れるならそれはそれで嬉しい。

二皿目は、ラグーソースのたっぷりかかったフィットチーネだった。

やはり二晩目とあって、昨日よりも打ち解けた雰囲気で会話が続いた。土砂崩れに対する意見交換や愚痴や予想が一段落すると、話題はこの館の来歴に移った。

「私雨というのは、この邸宅の最初の持ち主の名前なんです」杏花さんが語る。

昭吉さんが『雨目石鋼機株式会社』の社長職を退いて名誉会長となり、晩年を穏やかに過ごせる別荘を探し始めたのは今から約十年前のことだそうだ。求めたのは、歴史ある洋館。ヨーロッパの古い町並みや城なんかをこよなく愛していた彼は、若かりし頃には忙しい合間を縫って、欧州の古城を巡る旅によく出かけていたという。しかし会長就任とほぼ同時期に脚を悪くしてしまい、移動は基本的に車いすに頼る生活となった。彼の好みに合致する古い洋館となるとバリアフリーが整っていないものばかりで、これぞというものになかなか出会えない。

「そんなときに、知人のつてで巡り合ったのがこの私雨邸でしたの。昭和初期に建てられたそうなんですけれど、エレベーターが一基、付いていて。私雨さんも足が悪かったのかしら」

「そんな昔に設置されたエレベーターが、現役で使えるものなんですか？」

「ああ、いいえ。あちこち改装はしたみたいです。特にエレベーター周りと、こちらの本館の三階と、それから皆さんに泊まっていただいている東館は、大きく手を入れて」

そうして、古さゆえの不便も無くなった。人里離れた深い山中に位置するが、かろうじて車の通れる私道が延びている。今はその私道が、完全に塞がってしまっているわけだが。

「おじいさまは、この館の名前も気に入ったのね。うちと同じで『雨』の字が入りますでしょう？　殺人事件があった、なんて曰《いわ》くは全く気にならないのに、そういうところにはこだわるタイプなんです」

ふ、と逸らされた杏花さんの視線を追って、窓の外をながめる。夕食前に降り出した雨がいつの間にか上がっていた。「『私雨』っちゅうのは」と一条さんが口を開く。「山の上の方で狭い範囲に降るにわか雨のことやったかな」

「あら、そうなんですか？　まったく知りませんでしたわ。さすが物知りですのね」

不勉強なもので、お恥ずかしいわ、と杏花さんが微笑んだとき、牧さんが席を立った。「失礼」とどこか苦い顔をしながらダイニングを出ていく。スマホを手にしていたから、電話だろうか？　けっこう長い間席を外していたけれど、メインの皿がテーブルに並ぶ前には戻ってきたので、料理が冷めずにすんで良かったな、とちらりと思った。

メインディッシュは鯛の香草焼だった。パリパリに焼けた皮とハーブの良い匂いが食欲をそそる。石塚さんがワイシャツを肘まで捲《まく》って忙しそうに配膳しているとき、キッチンの方からバタンと扉の閉まる音がした。特に気にしなかった。話題は僕たちの同好会の活動へと移り、と言っても、語れるような活動内容は特にない。僕たちがそれぞれひいきの作品のタイトルを挙げてみたところで、誰もピンときてはいないようだった。牧さんが「私は『名探偵コナン』は読みますけど」と発言すると、皆そちらの方に食いついた。子供の頃読んでましたよ、今もアニメとかたまに見ますよ、と盛り上がる。仕方がない。国民的マンガには勝てない。

「今の状況ってクローズドサークルですよね」と、水野さんが気楽そうに言った。「ですよね！」と相づちを打つと、思ったより大きな声が出てしまい、そのうえうっかり摑みかけていた水のグラスを倒してしまった。

「あ！　すみません……」

ほろ酔いの大人たちに笑われる。すぐに石塚さんが乾いたおしぼりと代わりの水を持ってきてくれた。「お前はほんまに好きやなあ」と、一条さんが一歩引いたようなツッコミを寄こしたので、横目で睨む。

少しして、背広の襟を正した石塚さんが再び現れ「次がデザートになりますが」と、コーヒーと紅茶どちらにするかを皆にたずねた。

「私、デザートはけっこうです」

サクラちゃんは澄ました声でそう言うと「ちょっとお外に出てきます」と、弾むように立ち上がって扉を出ていった。

「あまり遠くに行っちゃだめだよ」

閉まる扉に梗介さんが声をかけたけれど、返事は聞こえなかった。窓の外をちらりと見ると、もう陽はすっかり落ちている。雨が上がったとはいえ、こんな暗い中外に出て大丈夫なのだろうか、とやや心配になったけれど、雨目石家の人々が平気そうな顔をしているので、黙っていた。

デザートは洋ナシのコンポートだった。繊細な甘さで、洋酒の香りが鼻に抜ける。

温かい飲み物でひと息ついて、話題は上の部屋にいる昭吉さんに移り変わった。そろそろ下りてくるだろうか、それとももう眠ってしまっただろうか、と予想する。「いつもならもう眠っている時間よ」と杏花さんが言った。「若いお客さまと話したくて、頑張って起きてくるかもしれないけれど」

「杏花さんは昭吉さんと一緒に暮らしているんですか？」水野さんがたずねた。

「ああ、いえ。高校まで一緒だったのだけど、今は別々です。でも、週末に帰ったり、こうして旅行に付きそうことも多いから、あまり離れている気がしないのですけど」

「僕たちは皆、おじいさま離れができていないんですよ」

梗介さんが言った。

「うちも、杏花のところも、親からしてそうなんです。なんやかんやでおじいさまの意見を伺ってしまうんですよね。カリスマ的な、影響力があるというか」

「そうなのよね。お父様なんて、会社を継いでもそうですわ」

杏花さんの言葉に、お茶のお代わりを運んできた石塚さんが低く笑った。

「あら、石塚さんもそう思いますでしょう?」

「いいえ、私からは、なにも」

石塚さんは笑顔のままキッチンに戻っていく。そのとき、梗介さんが「あ」という呟きと共に顔を上げた。

「また雨だ」

皆一斉に窓の方を見る。暗くてはっきりしない。けれど、そうして訪れた沈黙に、サアッという軽い雨音が染みるように響いた。

「私雨か」

牧さんが深いため息をつく。僕は昼間見た土砂崩れの現場を思い出す。えぐれた斜面に新たな雨水が染みていく様子が目に浮かぶようだった。

そのとき、ダイニングの扉が開いた。

サクラちゃんが立っていた。

大きな瞳で、僕たちの顔を順番に、まっすぐ見た。水色のワンピースの前がやや濡れている。

その視線は彼女の兄、梗介さんにぴたりと止まった。

「おじいさまが死んでる」

（六月二十三日　夜）

【B―牧】

石塚さん、梗介さん、杏花の三人が、サクラちゃんと共にダイニングを出ていった。私たち客の四人はテーブルに残ったまま、ただなすすべなく顔を見合わせていた。

「亡くなったって……」

水野さんが唇を舐める。

「これはまた、大変なことになりましたね。なんというか、すごいタイミングで」

私は紅茶のカップを手に取る。「でもまだ、わからなくないですか？」

「え、わからないとは？」水野さんが聞き返す。

「いや……、死んでるように見えただけで、生きてるかも。救急車とか……あ、救急ヘリとか、呼ぶんじゃないですか。お金持ちだし」

お茶を飲んだ。温かさに少し落ち着く。高価なお酒を飲んだ気持ちの良い酔いは、一気に醒めていた。

「僕も行こうかな」軽く椅子を引いて、二ノ宮くんが言った。「現場を見たい。駄目ですかね」

真剣な声だった。「いやいや」と、私と水野さんの制止する声が重なる。

「現場って、事件じゃないんですから」

「え?」

「なにか発作とかじゃないですか。お年なわけだし」

「せやで、おまえ」

「あ、そうか」

二ノ宮くんは椅子に座り直した。「そりゃそうか」と赤面している。死んでると聞いてすぐに殺人事件を連想するなんて、ちょっとミステリの読みすぎなんじゃないか。でも、その赤面の様子がなんだか面白くて、場の緊張がやや和らいだ。「や、でも本当に、助かるかもしれないですよね」と水野さんが言う。「ですよ」と私はうなずく。身内ではないので、無責任に楽観的な意見も口にする。

そのとき、ホールの方からどたどたと忙しなく階段を下りる音が聞こえてきた。次いで、キッチンの扉が開く音、またなにか別の戸を開け閉めするような音。そして再び、階段を駆け上がる足音が響き、遠ざかっていく。なんだ? と首をかしげていると、キッチンから恋田さんが出てきた。彼女は手近な椅子を引いてそこに腰かけ、くたびれたように前髪をかきあげた。彼女がどこかに座っているところを初めて見た。

私たちの視線を受けて、恋田さんは「部屋に鍵がかかってるんですって」と短く説明してくれた。「部屋に鍵?」と、水野さんが繰り返した。二ノ宮くんがぼそりと「密室……」と呟く。私も少し気になった。部屋に鍵がかかっていて、サクラちゃんはどうしておじいさまが死んでいるなんてわかったのだろう。うめき声でも聞いたとか?

「119番、した方がいいですかね？」

「上でもうしてるんじゃないですか」

「救急へリってどのくらいで到着するものなんでしょう」

「ここってAEDとかあるのかな」

「どうでしょう。消火器は廊下で見ましたけど」

そんな会話をとりとめもなく続け、数分が経ったと思う。再び足音が聞こえた。下りてきたのは杏花だった。彼女はわき目もふらずにダイニングの奥にある窓辺のローテーブルへと急ぎ、その上に置かれたクラシカルな固定電話の受話器を取った。耳に当て、けれど、すぐに戻す。振り返って、私たちを見た。

「あの……」

その声が震えていた。彼女の声が震えるのを初めて聞いた。八年前、同じクラスにいた一年間を含めて。

「携帯が通じません。この電話もだめです。あと……、おじいさまが殺されています」

「え！」

そう声を上げたのは、二ノ宮くん。杏花の目が、二ノ宮くん、そして一条くんに止まった。

「そうだわ……お二人、一緒に来ていただけますか？」

【C―梗介】

「ルーターが壊れているみたいです」

三階廊下の奥にあるＷｉ－Ｆｉ機器をのぞき込んでいた石塚さんが言った。おじいさまの部屋の前に出てその背中を見ていた僕とサクラは、ちらりと視線を合わせた。

「壊れているというのは……直せそうな感じですか？」

「いえ、あの、電源に繋ぐ部分、ですかね？　その縁のところが物理的に歪んでしまっていて、恐らく無理でしょう」

「じゃあ、やっぱり下の電話頼みですかね。でも」

「あれはつながってないんだってば」

サクラが怒ったように言った。

「ずっと前に壊れたのをそのまま置いてるだけって、おじいさまが言ってたんだってば」

今、それを杏花が確認しに行っている。たぶんサクラの言う通りなのだろう。この館に固定電話はなく、その古い回線から飛ばしていたＷｉ－Ｆｉも死んだ。なら、もうどうしたらいいかわからない。部屋の中でおじいさまが殺されている。そして外部との通信手段が絶えた。

「南澤さんのところに直接……いや、そうか、土砂崩れか」

石塚さんがそう呟いて、苦々しく首を振った。いつも冷静な彼らしくない。目の縁がまだ赤かった。さっき、おじいさまの部屋を出るとき、その左目から涙が零れ落ちるのを見た。

石塚さんが泣いた。彼の涙に、僕は胸を打たれた。おじいさまが死んだ、という出来事にはまだまるで実感が湧かない。とても現実とは思えない。ただ、おじいさまが死んで石塚さんが泣いた、という目に見えてわかりやすい感傷は、すぐに現実感を伴って心に染みた。

「誰が殺したの？」

サクラが聞いた。彼女は泣いていない。

「さあ、誰だろうね」

僕も泣いていない。ため息をついてなんとなしに視線を上げると、すぐそこのエレベーターが三階に止まっているのが覗けた。そこで、下から足音が聞こえた。階段を上がってきたのは、杏花に、一条くんと二ノ宮くん。「なにがあったんですか」と、一条くんがたずねる。

「こっちです」

彼らを伴って、僕はおじいさまの部屋へと戻る。サクラには石塚さんと廊下で待っているように言った。文句を言われるかと思ったけれど、彼女は黙ってうなずいた。

「そこに」

おじいさまが左腕を下にして倒れている。

続きになっている手前の部屋、十畳ほどの書斎の中央だ。

両足は緩やかに曲げられ、頭はこちらを向いている。

すぐ後ろには車椅子が、やや斜めになって置かれている。

おじいさまの背中には、刃物が突き刺さっている。

「これは……」

二人が息を呑む気配を背中で感じた。おじいさまの周りには流れ出した血が円を描くように広がっている。ちょっとふつうじゃお目にかかれないくらいの大量の血だった。むっとするような鉄さびの匂いが強く立ち込めていた。

「石塚さんが、死んでいると確認してくれました」

部屋に入ってすぐ、石塚さんがおじいさまに駆けよってその死を確かめた。それで、乾ききっていなかった血が彼の靴裏と両ひざを汚した。血痕の一部には、彼の靴跡がいくつか残っている。その靴のまま歩いたので、おじいさまの倒れている所から部屋の扉にかけても、同じ靴跡が薄く残っている。血の乾き具合のせいか、それほど多くの血が付いたわけではなさそうで、廊下に出るあたりで消えていた。

「あの、最初は、とにかくびっくりしちゃって」廊下から顔だけを覗かせて杏花が言った。「死んでる……殺されてるみたいって、すぐにはわからなかったものですから。みんなけっこう、普通にあちこち触っちゃって。ドアノブとかも、みんな触れました。でもほら、さっきあの、ミステリの話とかしましたでしょう？　それで、気づいたんです。触っちゃいけないんですよね？　指紋とか、捜査の妨げになるみたいな。それからは、あんまり触らないようにしました」

杏花もだいぶ動揺しているようで、早口で話す声が浮わついていた。一条くんは扉から一歩入った辺り、二ノ宮くんはそこから半歩後ろの辺りに立って、おじいさまの死にざまを遠く見下ろしていた。僕が一番おじいさまの近くにいる。それで、さっき最初に部屋に入ったときにはよく見えていなかったものまで、はっきり見えた。

「あの、どうしたらいいでしょう？」

杏花がたずねる。

「こういうのって、私たち、どうしたらいいものですか？」

「いや、いやいや」

一条くんは首を振って片手をあげた。

「こんなん警察やろ。と思いますよ。普通に」

「そう思ったんですけど、通じないんです。さっきからネットが切れちゃってて」

「あ、モデムだかルーターだかが壊れたみたいです。物理的に壊されたっぽいんですよ。それでこの屋敷、固定電話は置いてなくて」僕は口を挟む。

「やばいやん」

「そうなんです」

「めっちゃやばいやん。やばいやつがおるってことやん」

「そうですよね……どうしましょう」杏花がすがるような目で言う。「お二人なら、こういうのお詳しいかなって」

「いやいや、詳しくないて。こわ。ちゃうやん、これはだってマジなやつやん。それはちょっと、話がちゃうやん」

一条くんは大きくかぶりを振って、「なあ？」と二ノ宮くんに同意を求めた。二ノ宮くんは「そうですね……」とうなずいた後、一歩足を踏みだし、顔を上げて言った。

「とりあえず、現場の検証から始めましょう」

【A―二ノ宮】

昭吉さんの私室は、廊下からの扉がひとつ、入ってすぐの書斎正面に大きな出窓がひとつ、左手の壁には隣室に続く出入り口がひとつあるけれど、枠組みだけを残して戸は外されていた。そちらはどうやら寝室らしい。大きなベッドが置いてあるのが覗けた。

「そちらの部屋は確認しましたか？」

僕の問いに、梗介さんが答えた。

「はい、ちらっとですけど。誰かいるかもと思って。誰もいませんでした」

「ナイスです。窓の鍵は？」

「え？　いえ、見てないです」

僕はまず、今いる部屋――書架と机の置かれた書斎――の窓へと向かった。鍵は、一般的なクレセント錠。奥までしっかりとかかっている。

振り返ると、一条さんと目が合った。彼は呆れた顔をして、マジか、と声に出さずに呟いた。僕がうなずくと、深くため息をつき数秒うなだれた後、「しゃあないな」と顔を上げる。二人で隣室へ向かった。

ベッドと背の低いサイドチェストが壁に寄せて置かれているだけの、がらんとした部屋だった。お金持ちの別荘の私室にしては簡素すぎる部屋に思えたけれど、そういえば昭吉さんは車椅子ユーザーなのだ。広々としていた方が動きやすい。この寝室と隣の書斎を繋ぐ戸が外されているのも同じ理由だろう。

書斎の出窓と同じ方角に、ベランダに出られる大きな窓があった。見ると、こちらもしっかり鍵がかかっている。一条さんがポケットからハンカチを取り出して、指紋をつけないよう注意しながら、奥のクローゼットをひと息に開けた。何着かの着替えと、スーツケースが収められていた。人が隠れられるようなスペースはない。

「なんでこんなことしてんねん」

一条さんがぼやく。僕は、一条さんがきちんとハンカチを持ち歩くタイプの人間だということに驚いていた。僕は持ってきていない。というか、ハンカチなんて一枚も持っていない。どこにも触れないように注意しながら、最後にベッドの下をのぞき込み、誰もいないこと、綺麗に掃除されていることを確認して書斎に戻った。

「発見時、部屋には鍵がかかっていたんですよね？」

「そうです」

「鍵はどこに？」

「えっと、石塚さん」

梗介さんが廊下に向かって声をかける。顔を出した石塚さんは、すっかり憔悴《しょうすい》した顔をしていた。そこで僕は、ああ、ダメじゃないか、と気づく。人間の観察がおろそかになっていた。見るべきもの、考えるべきことはたくさんあるのだ。

一番取り乱した様子なのは石塚さん。目の縁が赤く、泣いたような跡がうかがえる。杏花さんにも動揺が見られた。さっきまでのお嬢さま然とした、堂々とした優雅さが息をひそめて、いかにも不安そうな目でこちらを見ていた。「ここの鍵ってどこにあったんでしたっけ？」と石塚さんにたずねる梗介さんの声は落ち着いている。というか、のんびりしているようにすら聞こえる。普段の彼の様子と、あまり変化は感じられない。

僕は胸に手を当てて、落ち着け、と自分に言い聞かせる。なにから見るべきか、なにから考えるべきか。今まで読み込んできたミステリの中にヒントがあるはずだ。大丈夫。ちゃんとやれる。僕はずっとこのときを待ち望んでいたのだから。

「ええと、今使ったのはマスターキーです。これです。あと、この部屋の鍵は昭吉さんが。いつもそこの、机の引き出しに入れていたはずですが」

僕は石塚さんの指した出窓の手前、扉側を向いて置かれた机に足を向けた。これも車椅子の昭吉さんが使うためだろう、椅子の類は取り除かれていた。机の脇には背の低いコート掛けが置かれていて、今はそこに明るい白金色のひざ掛けと、杖が一本立てかけてあった。杖がある、ということは、昭吉さんは起立や数歩の歩行程度なら自力で可能だったということか？

トレーナーの袖を無理やり伸ばして、僕は指紋を付けないように机の引き出しを開ける。古い眼鏡やいくつかの筆記用具と共に、銀色の鍵がそこに入っていた。

「ありました。この他に、鍵は？　スペアキーのようなものはありますか？」

「いえ、その一本だけです」

「マスターキーの管理はどのように？」

「キッチンの棚の、鍵のかかる引き出しの中に保管していました。使うことなどめったにないので……。その引き出しの鍵は、私が持っています。他の鍵と一緒に、ずっと背広の内ポケットに入れていました」

「マスターキーのスペアは？」

「ないです。これだけです」

石塚さんは先ほども見せてくれた細い鍵を掲げた。大きくて重たそうな棒状のキーホルダーが付いている。「つまり……」頭の中、僕は状況を整理する。「これはなんというか、密室殺人……ということになりますね」

「なんでやねん」

寝室への出入り口に立っていた一条さんが、天を仰いで声を張り上げた。

「え、いやだって、すべての窓には鍵がかかっていて、廊下に通じる唯一のドアの鍵もかかっていて、その鍵は室内に残されていた。マスターキーはきちんとした管理下にあって――石塚さん、念のためお聞きしますが、それらの鍵を誰かに預けたり貸したりなどはしていないですよね？」

「はい、しておりません」石塚さんはしっかりと頷く。

「ほら、となると」

「いやそうやけど。なんでそんなことになんねん。意味がわからん。現実の殺人なんてわーっとなってぎゃーっと殺して終いやろ。なにを密室にしとんねんっつー話や。密室すなって話や」

「そうは言っても……事実そうですし」

「あの、僕もひとつ気になっていることがあるのですが」

梗介さんが一歩前に進み出た。彼は横向きに倒れた昭吉さんの右手のあたりを指して、「あれ」と言った。その指が示す先に目を凝らす。昭吉さんが倒れているのは、濃い飴色のフローリング。梗介さんの傍らまで移動して、光の反射でようやく見えた。昭吉さんの右手の先。赤い血文字が遺されている。真っすぐ引かれた横棒と、その中心から伸びる縦棒。アルファベットの大文字、Tのような。

「これって、ダイイングメッセージってやつじゃないですか」

「なんでやねん」

一条さんは頭を抱え、「ダイイングメッセージすな」と弱々しく呟いた。

【B―牧】

スマホが通じない。ツイッターも開けない。

ツイッター開けないんだけど、とツイッターに投稿しようとして、ツイッターが開けないんだったと思い直してスマホをテーブルに伏せて置いた。ダイニングの扉は開いたままで、上の階からはかすかに話し声が聞こえていたけれど、雨音に紛れてその内容までは聞き取ることができなかった。ただ何度か、一条くんの「なんでやねん」という声だけがはっきり聞こえた。

「殺されたとか、やばいですね」

私は口を開いた。ツイッターができない以上、思っていることを吐き出すには口を使うしかない。

「ええ。まったく、そうですよね」

水野さんがうなずく。夕食のときのまま、彼は私の右隣の席に座っている。私たちから少し離れた椅子に恋田さんが座って加熱式タバコを吸っていた。「ついてない」と彼女は言った。ダイニングに残っているのは、私たち三人のみ。

「ほんと、そうですね」水野さんはうなずきつつ、「でも」と言葉を続ける。

「殺人事件より、ネットが繋がらないことの方が僕たちには深刻だと思います。殺人の方は、それほど気にしなくていいんじゃないかと」

「気にしなくていい？」

恋田さんが顔を上げ、怪訝そうに眉をひそめた。それはそうだ。殺人を気にしなくていいとは思えない。気になるに決まってる。「殺した人が近くにいるってヤバくないですか？」と私は言った。

水野さんは「ええ」とうなずきつつ、「でもきっと、身内のもめごとですよ」と軽い調子で返した。

「資産家の老人が殺される理由なんて、それくらいしかないでしょう。なら僕ら、めちゃめちゃ部外者じゃないですか。あのおじいさんに会ったのって、お二人とも昨日が初めてですよね？」

「私は……はい」

「まあ、そうだね。私も雨目石家での仕事は今回が初めて。長いこと派遣シェフやってるけど、同じ家には行かないようにしてるから」

私が杏花とクラスメイトだった、ということは言わないでおくことにした。実際、彼女の祖父や家族に会ったのは昨日が初めてなわけだし、嘘はない。

「じゃあやっぱり、僕ら完全に部外者なわけで。あのおじいさんがどんなもめごとで殺されたのかはわかりませんが、大方お金とか権利とか、あるいは恨みつらみとか、そんなとこでしょう。関係があるのは雨目石家の人たちや、会社関係の人たちだけですよ。僕たちは、変に巻き込まれる心配はしなくていい。そのはずですよ。そうじゃないと……」

そうじゃないと？

その後に続く言葉を待ったけれど、水野さんはコーヒーに手を伸ばし、静かにするだけだった。デザートと共に配られたお茶はもうとっくに冷めている。「確かに」と、恋田さんがうなずいた。

「じゃあ……雨目石家か会社の誰かが殺したってことですか？」私は頭上を仰ぎたずねた。「石塚さんか、梗介さんか、……杏花、さん？　サクラちゃんも？」

「いや、そこまでは言わないですけどね。でもほら、土砂崩れのせいで、彼らの好きなクローズドサークルってやつじゃないですか。侵入者って線は薄いかも……まあ、プロの殺し屋なら、こんな雨の中でもやって来るのかもしれないですけど」

雨の中。それを聞いて、思い出した。

「田中さん」

「え？」

「田中さん……あの人、部屋ですよね。教えてあげたほうがいいでしょうか」

雨の中やってきた田中さん。森の中で自殺に失敗してたどり着いた先の洋館で殺人事件が発生したことを彼はまだ知らないのではないか？　水野さんは、「ああ、忘れてた」と天を仰いだ。

【C―梗介】

アルファベットのT。きっとイニシャルだろう。

イニシャルにTが付く人……僕は違う。サクラも、杏花も違う。石塚さんの下の名前は確か、まさしだかまさおだか、そんな感じだったと思う。少なくとも僕の周りには、Tが付く名前のひとはいない。ああ、親愛なる友、四回逮捕されたともきくんは、Tだけど。

「人差し指に血が付いている」

二ノ宮くんが広がった血を避けて、おじいさまの傍らにしゃがみこんで言った。

「昭吉さんの書き残したものに間違いなさそうです」

「まじか……」

立ちすくんでいた一条くんがあきらめたように近づいてきた。二ノ宮くんの隣、おじいさまの頭の近くに膝をつく。「まじやん」とため息をこぼした。

「そんでこれ、うわ、これ凶器、なんや。ガラス？　まさか氷と違うよな」

おじいさまの背中に深々と突き刺さっているもの。それは――「ガラスです」と、杏花が答えた。

「ガラスの短剣です。おじいさまのコレクションというか……確か、旅先のどこかで買って来たんじゃなかったかしら」

「なるほど。普段からこの部屋に置いてあったものですか？」

「どうだったかしら……しばらく見てない気がしましたけど」

「東館の広間だよ」

廊下からサクラが言った。

「ピアノの近くのケース。いつもそこに飾ってた。昨日の夜に見たときは、ちゃんとそこにあった」

「あ……そうなんだね」二ノ宮くんが答える。

「うん、私、たまに借りてた」

その短剣を、サクラが森の中で振り回しているのを見たことがある。雑草や木に絡まる蔦なんかを切って遊んでいた。ガラスとはいえ、それなりの強度はあるようだった。いつか壊すんじゃないかと思っていたけれど、おじいさまならきっと、サクラが壊したなら許しただろう。今となってはもうわからないけれど。

「でも、今日は借りてないよ。昨日も。今回は私、触ってない。見ただけ」

「指紋があらへんな」

一条くんが言った。「本当ですか」と、二ノ宮くんがしゃがみなおして凶器に顔を寄せる。

「な。こんなきれいなガラスやったらばっちり指紋残るやろ。それがない。しかし、指の形に綺麗に血の跡が途切れとる。こう握っとったのは間違いないで。……なんやおかしいな、これ。柄のケツまで血が付いとる。そもそもこんなふうに刺したくらいでこの量の血が出るか？」

「……確かに」

一条くんの言葉を聞いて、二ノ宮くんはおじいさまの肩に手をかけようとし……すんでのところで止めた。振り向いた彼と目が合う。「すみません、ビニール手袋やゴム手袋のようなものって、借りられませんか？」

指紋を気にしているのだな、とわかった。しかしそんなものがこの屋敷にあるのかどうかはわからない。「石塚さん」と呼びかける。話が聞こえていたらしい石塚さんは、「ちょっとわかりませんが……探してきます」と階段を下りていった。

「ひとまずこれでええやろ」

一条くんの差し出したハンカチを受け取ると、二ノ宮くんはおじいさまの右肩に手をかけて、やや伏せられていた半身をおこす。おじいさまの腹部、みぞおちの辺りを中心に、ぐっしょりと赤黒い血が付いていた。血の匂いが濃くなった気がした。

「腹部も刺されているようです」

僕はうなずいた。どんな感想を持てばいいのかわからない。

「おそらく犯人は、車いすに座っていた昭吉さんの、まず腹部を刺した。そして前のめりになったか、床に倒れたところでさらに背中を刺した。出血の多くは腹部の傷によるものでしょう。刺したときより、抜いたときに血が出ますから。犯人はそれなりの返り血を浴びたものと思われます」

僕はなんとなく振り返って、扉のところに立つ杏花を見た。青いドレスには染みひとつない。彼女は倒れているおじいさまにいちども近寄らなかったから。彼女だけじゃない、サクラも僕も、服は綺麗なままだ。サクラは木登りのせいかワンピースの前が若干擦れたように湿っているけれど……血で汚れたのは石塚さんだけだ。

「いや、待てや。これたぶん、逆手に持っとる」

一条くんが言う。彼はまだおじいさまの背中に突き刺さった短剣を見ていた。「ここが親指やろ」と、柄の部分の血の途切れた点を指した。「他の指と揃っとらん」

赤黒く汚れた短剣の、つややかな地肌が覗く部分。それは確かに言われてみれば、ひとの指が柄を逆手に握った形を残しているように見えた。

「つまり、犯人は正面からじゃなく後ろから刺したんちゃうか。横からでもええけど。低い位置に座ってる人間刺すならその方が力も入りやすそうやし。その場合、返り血は浴びんかったやろな。手は血まみれになったやろうけど」

一条くんは膝に手をついて、重たそうに立ち上がった。

「しかしやっぱり指紋はないな。こんだけはっきり指の形が残るっちゅうことはビニ手や軍手やなしにゴム手しとったんちゃう？」

「一条さん、さすがです」

そう言って先輩を見上げる二ノ宮くんの瞳が眼鏡ごしにも輝いて見えた。声はいきいきと活力に満ちている。部屋に入って来た時から、彼はずっといきいきしている。

「しっかし……なんぼなんでも限度があるわ。こんなんぜんぶ素人の見立てやで。首のこれは死斑か？　血もまだ乾ききっとらんようやけど、この湿度やし、微妙なとこやな」

「そうですね。さすがに死亡推定時刻まではね。でもそちらは、目撃情報で絞り込めるでしょう」

楽しそうだな、と思った。

このひとたちはおじいさまの死を楽しんでいる。人の死をクイズの出題みたいに面白がっている。突然、お腹の辺りに怒りが湧いた。「むかつくな」と内なる声も言った。

でも、彼らがおじいさまの死を面白クイズのように解き明かそうとしているのは、僕らが彼らに頼ったからだ。警察がすぐに来られない以上どうしようもない。そもそもおじいさまが面白クイズのような殺され方をしたのがなにもかもの発端なわけで、いろいろ考えてくれている彼らがそれをどんなに面白がっていたところで腹を立てるのは筋違いだろう。僕は彼らを許す。僕はたいていのことは許すことができる。しかし内なる声はなお腹を立てているようだった。「ガキどもが調子に乗るなよ」と。

石塚さんが戻ってきた。「ゴム手袋のようなものはありませんでした」と言いながら、両手に抱えている物があった。

「これは、ビニール手袋です。代わりになるかと思い恋田さんから借りてきました。あと、これを……昭吉さんに、かけて差し上げたいのですが」

彼が手にしているのは綺麗に畳まれた白いシーツだった。二ノ宮くんは一条くんと一瞬顔を見合わせた後、「ちょっとだけ待ってください」とスマホを取り出した。倒れているおじいさまに向け掲げる。電子的なシャッター音が響いた。彼は続けて、おじいさまの背中に刺さっている短剣、右手の側の血文字などをアップで数枚撮った。それで満足したようで、振り向いて「どうぞ」とうなずいた。

僕は石塚さんを手伝って、おじいさまの上にシーツを広げた。最後に、これまでなんとなく目を逸らしていたおじいさまの死に顔をちゃんと見た。皺に埋め尽くされた灰色の皮膚。赤く覗く舌。緩やかに閉じられた瞼は、眼球の形が浮かび上がるほどに薄い。

真っ白なシーツに赤黒い血がふわりと広がった。

【A―二ノ宮】

恋をすると世界が輝いて見える。

場違いにも、そんな言葉が思い浮かんでいた。

実際、今の僕には館がその隅々まで繊細な光を発しているように見えた。美しく、そして意味ありげに。床の木目、天井のランプの濃い灯り、窓枠の漆黒に、ドアノブの光沢。目に映るすべてが重要で、なんらかの貴重なメッセージを含むものに思えた。バスルームの乾いた浴槽、バリアフリートイレの美しく磨かれた便器、棚の上のトイレットペーパー。僕は瞼を大きく開き、世界のすべてを見逃したくないという気持ちで、全神経を集中させてこの館に向き合った。今この時を人生のハイライトとして何度も思い返すことになるだろうという強い確信を抱きながら。

「ひとまず、下におりましょうか」

昭吉さんの私室から廊下、隣接した彼専用のバス、トイレと、三階すべての探索を終えて僕は言った。頭の中に次にやるべきことの長いリストを書き出しながら。

「他の皆さんにもお話を聞きたいですし。あらためて、状況を整理しましょう」

「わかりました」

梗介さんがうなずく。廊下に出ていた石塚さんを先頭に、僕たちは階段へ向かった。

部屋を出たところで、「おじいさま」と、杏花さんが静かにつぶやくのが耳に届いた。振り返ると、彼女は扉の脇に立ちすくんだまま、昭吉さんを覆ったシーツのふくらみをじっと見つめていた。その横顔に一瞬見惚れる。階段を数段下りた辺りで、再び背後から「ねえ、なんであの人たちが調べてるの？」という囁きが聞こえた。「ただの大学生でしょ」と不満げな声色で続けたのは、サクラちゃんだ。

彼女の言うことはもっともだ。僕たちは、なんの権限も持たないただの大学生。「他に調べてくれるひとがいないからね」と、梗介さんが抑えた声で答える。

「じゃあ、私が調べるのに」

サクラちゃんが言う。

僕は前を向いたまま、小さく吹き出す。

生意気な。

これは僕の事件だ。子供に譲る気などない。

僕はすぐ後ろを下りる一条さんを横目で見た。彼はふだん大学の講義棟の階段を下りるときと同じように、両手をズボンのポケットに入れ、一段一段を重力に任せテンポよく踏み鳴らしている。やや伏せられたその目は物思いに沈んでいるようにも、ただ眠たいだけにも見える。

この状況にあって、一条さんにいまいちやる気が感じられないことだけが、僕には少し不満だった。彼は僕らが今どんなに素晴らしい状況にいるかまだ気づいていない。いや、気づいていないふりをしているのか？　認めることが不謹慎だと思っているのかもしれない。

不謹慎……不謹慎か。なるほど、考えてみれば確かにそうだ。本当に人が殺されているんだぞ、人の命をなんだと思っているんだ、と頭の片隅で警鐘を鳴らすような声が聞こえないこともない。

現実に殺人が起こることなどは望んでいないと、今日の昼間までは確かに僕もそう考えていたはずだった。

しかし今の僕に言わせれば、目の前の現実を認めない方が不誠実だ。今のこの環境は、僕たちミステリファンにとって最高だということ。僕らは最高にエキサイティングな幸運に見舞われた幸せ者だということ。

「あ、そういえば」二階の踊り場を通り過ぎる辺りで、梗介さんが言った。「田中さんは、まだ気づいてないのかな。上で人が死んだって」

梗介さんは廊下の奥の扉を見つめていた。田中さん。昨夜館を訪れた謎の男。

しかしまあ、田中さんが犯人ということはまずないだろう。

なぜなら彼は、いくらなんでも怪しすぎるので。

【B—牧】

ぞろぞろと人が下りてきた。その表情は奇妙にばらばらだった。皆が同じ扉へ入っていったのに、それぞれ違う映画を観てきたような。

「既に聞き及んでいると思いますが、この館の主である雨目石昭吉さんが亡くなりました」

頬に血の気の差した二ノ宮くんが、芝居がかった口調で言った。彼の隣、ポケットに手を突っ込んだ一条くんが、あきれたような顔で天を仰ぐ。

「素人の見解で恐縮ですが、観察されたいくつかの事実から、他殺であることは間違いないと思われます。現在通信が遮断され、警察への連絡が叶わない状況ですので、僭越《せんえつ》ながら僕たちが問題解決のお手伝いをさせていただくこととなりました。ここであらためて、皆さんと一緒に状況を整理させていただきたいと思います。どうぞ、座ってください」

上にいた人たちが、ばらばらと席についた。雨目石家サイドに座っていた恋田さんが席を立ち、水野さんの隣に移動する。そうして空いた椅子に石塚さんが座った。夕食の時の定位置に、石塚さんと恋田さんが加わった形だ。昭吉老人の席は空のまま。

「問題解決って、つまりは何をするんですか？」水野さんがたずねる。

「もちろん、犯人の特定です」二ノ宮くんは席には着かず、マントルピースの前に立って話し始めた。「まず、昭吉さんはいつ亡くなったのか、という点についてお話ししましょうか」

二ノ宮くんは明らかに浮かれた様子だった。私は隣に座る水野さんと、ちらりと視線を合わせた。水野さんは小さく肩をすくめる。

「昭吉さんと最後に会ったのはどなたになるでしょうか」

「たぶん僕たちかな」

梗介さんが挙手する。

「夕食の前に会いました。このダイニングで」

「僕たち、というのは？」

「僕と田中さん。あと、キッチンに恋田さんもいましたね」

名前を挙げられた恋田さんが、一拍を置いた後で黙ってうなずいた。なんだろう、これは。なんで二ノ宮くんが急にこの場を取り仕切っているんだ？　妙な茶番に巻き込まれたような気分だった。人が殺されたっていうのに。けれど、じゃあ人が殺されたときにいったいどんな態度をとるのがふさわしいのか、あらためて考えてみるとよくわからない。殺された当人の親族である雨目石家の人間が彼に従っているのだから、部外者が口を出す問題でもないような気もした。ただ、どうにも現実感が湧かない。

「そのときの様子を詳しくお聞かせいただけますか？」

二ノ宮くんは最初の夕食のときの緊張した様子からは想像もつかない、きっぱりとした口調で話を進める。

「えっと……僕と田中さんとおじいさまが、一緒にこの食堂に来たんです。そこで、キッチンから恋田さんが出て来て、ディナーの簡単なメニューを説明してくれました。そしたら田中さんが、自分はパンだけで結構なので、部屋で食べたいとおっしゃって。恋田さんが持ってきたパンと飲み物のお盆を持って、部屋に戻られました。そこでおじいさまも、今日は胃の調子があまりよくないようだと言い出しまして。夕食はパスして部屋に戻るとおっしゃって、食堂を出ていきました」

「なるほど……。実は、部屋に戻られる昭吉さんの姿を、僕と牧さんが目撃しています」

「え？」

急に名前を呼ばれて、はっとした。私は杏花を見ていたので。困り果て、途方に暮れた表情をした彼女が、ちょっと心配になったから。さっき水野さんが言っていた、「会社関係者か家族間のごたごた」という言葉を思い出していたのだ。

「……ああ、えっと、そうでした。エレベーターに乗るとこ」

「それ以降、昭吉さんの姿を目にした方はおられますか?」

誰も反応しなかった。つまり、私と二ノ宮くんが、昭吉さんが殺される前の最後の目撃者ということになる。なんか嫌だな。

「あれは確か十九時少し前、十八時五十分くらいでした。昭吉さんが襲われたのはそれ以降ということになります。そして、彼が発見されたのが……」

二ノ宮くんは遠くに座るサクラちゃんを見やって、かすかに表情を曇らせた。

「サクラちゃん、こんなつらい状況でこんなことをたずねるのは、ひどいことだと思います。無理はしなくていいんです。ただ、もし話せることがあるなら」

「別に。だって私が見つけたんだから」

サクラちゃんは挑みかかるような声で、二ノ宮くんの話をさえぎった。

「庭からおじいさまの部屋の灯りが見えたから、登っていって寝室のベランダからのぞいたの。そしたら奥の書斎におじいさまが倒れてて、床に血が広がってた。しばらく見てたけど動かないから、窓をノックしたんだけど、それでも動かなかった。だから死んでると思って、みんなに教えに行ったの」

「それは、何時くらいのことだったかわかるかな?」

「時間はわからない。でも、外に出てすぐ」

「外、か。外から三階に上がるルートがあるんですか?」

二ノ宮くんは雨目石家の皆の顔を見てたずねた。

「木です」梗介さんが答える。「サクラは木登りが趣味なんです。屋敷の庭にある大きな木が、ベランダのすぐ近くまで枝を伸ばしていて」

「もう、危ないからそんな高くまで登っちゃダメって、いつも言ってたのに」

眉をひそめる杏花を無視して、サクラちゃんは丸い目で二ノ宮くんをじっと見つめる。

「はあ……なるほど。木から現場のベランダに……」

「サクラちゃんが外に出たのは、確か八時ちょっと過ぎくらいでしたよ」水野さんが言った。

「デザートをいただく前に時計を見たので覚えています。こんな健全な時間に夕食を終えるなんて久々だな、と思ったんですよ」

「なるほど……では、昭吉さんが襲われたのは、僕らが最後に彼を見た十八時五十分から、サクラちゃんが彼を発見した二十時過ぎまで。一時間から一時間半くらいの間ということになりますね」

へえ、けっこう絞れたじゃないか、と思った。私たちがここで夕食を食べていた間だ。「大変失礼であることは承知の上で」と二ノ宮くんが続ける。「その時間の皆さんの行動を、振り返っていただきたいと思います。こんな言葉を使うと大袈裟に聞こえるかもしれませんが、揺るぎないアリバイがある人がいるのなら、はっきりさせておいて損はないでしょう」

彼の言葉を聞いて、あれ、もしかして私……と思い至った。

もしかして私、ちょっとまずいんじゃないか？

「みんな、ここにそろってましたよね」

杏花が言う。

「恋田さんと石塚さんも、ふたりでキッチンにいましたし、しょっちゅうこちらに顔を出してくれていました。だから、大丈夫ですよ。みんなにアリバイがあります。ね？」

杏花は両手を合わせて、ほっとしたように皆を見渡した。皆がばらばらとうなずく。私は黙っていられず、「あの」と挙手をした。

「あの、私……食事中、一回席を外しました。いや、でもトイレに行ってただけで」

皆の視線が集まる。言わなきゃよかったかな、と一瞬思ったけれど、他人から指摘されてから話すよりはマシな気がした。私は一度席を外した。その間のアリバイはない。

「それは何時くらいのことでしたか？」

「えっと……何時だったかな。メインが出る前ですね」

「ああ、思い出しました、そうでしたね。トイレ……ですか。では、五分程度？」

「いや……うん、もう少しかかったかも……。あの、でも、その一回だけです」

耳が熱くなるのを感じながら、私はうなずいた。集まった皆の視線がぜんぜん散っていかない。記憶をたぐってみるけれど、食事中、私の他に食堂を出た人間はいなかったんじゃないか？　そうなると、やっぱりまずい気がする。こういう閉鎖的な空間で多数の人間に疑いを持たれるっていうのは嫌な感じがする。探偵気取りの二ノ宮くんは犯人を祭り上げたくてうずうずしてるみたいだし。

「私もいなくなったよ」

そう手を挙げたのは、恋田さんだ。皆の視線がスッとそちらに移動する。

「時間は微妙だけど、メインが焼き上がった後。あの田中って人の部屋にも一皿持って行ったの。パンだけじゃさすがに寂しいだろうと思って」

「え、そうだったんですね」

まったく気がつかなかった。二ノ宮くんは「そういえば、キッチンの扉の音を聞いた気がします」とうなずいた。

「で、戻る前に私もトイレに寄った。だから、五分、十分そこらかな。石塚さんに任せてキッチンにいなかった。後はもう冷蔵庫のデザートを出すだけで、料理は終わってたから」

二ノ宮くんはくるりと身体の向きを変え、「石塚さん、間違いありませんか？」とたずねる。

石塚さんははっきりと頷き、「はい、覚えています。恋田さんが席を外されたので、メインディッシュは私がひとりで給仕しました。確か……皆さんに食後のお飲み物を聞いてキッチンに戻ったところで、恋田さんも戻られていました。ええ、十分程度でしたね」

「わかりました。話してくださってありがとうございます。他に、どなたか席を外された方はいませんか？」

皆が顔を見合わせたけれど、それ以上の反応はなかった。「では」と、二ノ宮くんは鼻の穴を広げる。

「夕食中のアリバイが完全でないのは、牧さんに恋田さん、そして最も長い空白があるのが……田中さん、ということになりますね」

田中さん。皆の視線が一斉に上を向いた。いや、皆じゃない。私の隣、水野さんだけは皆から顔をそむけるようにうつむくと、あきれたような、あるいは苛立たしげな、大きなため息をもらした。彼は、犯人は昭吉さんの会社関係者か親族の誰かだろうと予想していたのだ。でも今の話では、昭吉さんに関係の深い人たちには皆アリバイがある。

「彼にも話を聞いた方がよさそうですね」

神妙にうなずく二ノ宮くんに、「というか、彼が犯人ならもう逃げちゃってたりしないですかね？」と梗介さんが首をかしげた。「ぜんぜん姿を見てないですけど、まだ部屋にいるんでしょうか？」

「逃げるのは難しいんじゃないかしら？　下の道は塞がれてるわけだし、山の中に逃げるのは自殺行為よ。田中さん、怪我もしてるわけだし」

「でも、田中さんはもともと死にに来たんだよね？　そしたら自殺行為でも平気なんじゃない？もしかしたらもう既に――」

あの世に逃げてしまってるかも。なるほど、そういう逃げ方だってあり得るよな、と思う。

そのとき、しばらく口をつぐんでいた一条くんが「話の腰を折るようやけど」と声を上げた。椅子にべったりと腰を下ろした一条くんはなんだか気だるげで、爛々《らんらん》とした目をした二ノ宮くんとは対照的な態度だった。同じミステリマニアなのに、どうしてだろう。クローズドサークルでの資産家殺しは一条くんの好みではないのかな。

「二ノ宮、お前さ、犯人は館ん中の誰かや、みたいなテンションで話進めとるけど、外部犯の可能性も一応まだあるんちゃうの。そしたらこんな、身内だけでアリバイがどうやらの話しとってもしゃあないんやないの」

「え？　ああ……」

確かに。それはそうだな、という空気が食堂に満ちた。

「まあ……可能性としては、そうですね」

二ノ宮くんはどこか悔しそうにうなずく。

やっぱりどうもぐだぐだしてるな、と、私はこっそり息をついた。

【C―梗介】

皆でホールに出て、正面玄関の鍵を確かめた。扉はきっちりと施錠されていた。この扉唯一の鍵とマスターキーは石塚さんが管理している。

「外部の犯人がここから侵入したということはないはずです。人の出入りがあるとき以外は、常に施錠をしておりますので」

石塚さんが言った。

「サクラちゃん、夜ご飯の後、外に出て行くときに鍵が開いていたりしなかったかな？」

二ノ宮くんがたずねる。

「私、ドアは使わない」サクラが答える。「そっちの窓」

彼女が指さしたのは、ダイニングの対面に位置する長窓。中庭に直接出ることができる。二ノ宮くんを先頭に、皆でぞろぞろとそちらに移動した。窓の鍵は開いていた。おじいさまの死体を見つけて戻ってきたとき、サクラが閉めなかったのだろう。

「ここから出入りした可能性はありそうですが……いや、待てよ」

二ノ宮くんはビニール手袋をはめた手で、長窓を開いた。ホールからの灯りが中庭をオレンジ色に照らす。霧のような細かい雨が音もなく舞っていた。

「あの小さな足跡は、サクラちゃんのものですね」

二ノ宮くんが指し示したすぐそこの地面に、子供サイズの靴跡が複数残っていた。「私の」とサクラが短く答えた。ぬかるんだ土の上に、その他の足跡はない。今日はずっと雨が降ったり止んだりを繰り返し、地面が乾くタイミングはなかったはずだ。

「ここから逃げたのでもなさそうですね」

二ノ宮くんはひとりうなずく。そして数秒の沈黙ののち、「念のため、館全体を皆で捜索するのはどうでしょう」と言った。

「凶器は現場に残されていたとはいえ、殺人を犯した第三者が館の中にいるかもしれない、という点を無視することはできませんからね」

一条くんが指摘するまでその可能性を考えていない様子だったくせに、そんなことを言う。しかしもちろん僕に異論はない。誰にも異論はないようだった。僕らはまた皆で移動して、まず本館の一階を見て回った。階段裏の廊下を進み、奥の石塚さんの部屋から物置、浴室やトイレ、恋田さんが使っているお手伝いさん用の大部屋などを確認する。ひそんでいる人影はなかった。二ノ宮くんはすべてのクローゼットはもちろん、どう考えても人間が隠れられそうもないサイズの棚の中や、ゴミ箱の中までひとつひとつのぞき込んで手がかりを探していたけれど、これといった発見はないようだった。また、すべての窓の鍵をチェックしたけれど、どこもしっかりと施錠されていた。

「こんな全員でぞろぞろ見て回らなくてもいいのでは？」

玄関ホールに戻ってきたとき、水野さんが言った。それもそうだな、という話になり、二手に分かれることにした。東館はそちらに泊まっているゲストに任せ、本館二階以上をこちらの家の人間が見る。不毛な探索になる気がした。外部から侵入してきた犯人など、存在するようには思えなかった。

【A─二ノ宮】

凶器の短剣があったという場所はすぐにわかった。東館一階広間のピアノの奥にガラスの展示ケースがあり、昭吉さんが買い集めた様々な品が並べられている。そこにぽっかりと不自然に空いたスペースがあった。

ケースは奥の壁際に寄せられており、上と前面がガラス張りになっている。端に頑丈そうな鍵が付いていた。しかし、どうやって開くのだろうと触れてみると、上のガラスがそのままぱかっと開いた。犯人が開錠したのか？　と思ったけれど、ここの品はサクラちゃんが気軽に持ち出せる状態だったと言うから、あるいは元々鍵は外れたままだったのかもしれない。後で石塚さんあたりに聞いてみよう、と頭の片隅に書き留める。

「はよ二階いくで」

振り返ると、一条さん、水野さん、牧さんの三人はもう二階への階段を上ろうとしていた。一階ぶち抜きの広間に、人が隠れられそうな場所はない。すべての窓に鍵がかかっていることも確認できた。

二階は階段を上がってすぐの、僕と一条さんの部屋から確かめた。扉を開けると部屋一面が赤い血で……、なんていう画を期待したけれど、室内は僕たちが夕食に出かけたときとなんら変わらない様子だった。トイレにも浴室にも人影はない。

次に牧さんの部屋を見た。女性の部屋を覗くのは申し訳なく思いますが……とこちらが前口上を述べる隙もなく、牧さんはノータイムで勢いよく扉を開いた。どこにも、誰もいなかった。なにか香水のような、かすかに甘い匂いがした。

次いで、遊戯室の扉を開けた。こちらにも誰もいない。本棚とビリヤードの台、作りかけのパズルの乗った長テーブルがあるだけだ。それはそうだよな、という気持ちが強くなってきていた。だって、せっかくのクローズドサークルなのだ。閉じられた世界で殺人がおこることがその最大のロマンであるのに、犯人は外からやってきた第三者だなんて興ざめもいいところだ。内部犯であってほしい。ぜったいに、内部犯であるべきだ。

最後に水野さんが自分の部屋の鍵を開けた。扉を開いた瞬間、牧さんの部屋とは種類の異なる甘ったるい匂いが香った。石鹸かなにかだろうか？　それにしてはやや癖がある。多少不思議に思ったものの、そんな疑問を口にする間もなく室内に誰もいないことが確認できたため、僕らは部屋を出た。水野さんはすぐにしっかりと鍵をかけ直す。これですべての部屋を回り終えたが、これといった発見も、施錠されていない窓もなかった。

【X】

私雨邸には現在十人がいる。

うち一人が、今回の事件の犯人である。

3

【B─牧】

　本館でも侵入者は発見されず、出入りの痕跡もないことが確認された。外からやってきた人間が昭吉さんを殺して逃げた、という可能性はなくなった。つまり犯人はこの中にいる。『犯人はこの中にいる』なんて状況に、現実で直面する日がくるとは思わなかった。「つまり犯人はこの中にいるということになりますね」と、二ノ宮くんが嬉しさを隠しきれない様子で、ほんとうに口にしてみせた。

「あらためて、状況の確認を再開しましょうか。各々《おのおの》のアリバイについてお話ししていたんでしたね」

　私たちは館の探索に乗り出す前と同じように、ダイニングのテーブルに着いていた。二ノ宮くんだけが司会者のように立ち上がって活き活きと喋っているのも同じ。アリバイのない私は落ち着かない気持ちで黙っている。同じくアリバイのない恋田さんを横目で見たけれど、彼女は椅子に座ったまま、腕を組んで静かに目を閉じていた。

「あの、田中さんは……」

アリバイのないもうひとり、田中さんの様子が気になり私は口を開く。彼の姿はダイニングになかった。

「ああ、実は彼にはまだ知らせてないんですよね」

梗介さんが答えた。「知らせてない？」と、二ノ宮くんが怪訝そうに聞き返す。「でも、部屋の捜索には行ったんですよね？」

「いいえ」

梗介さんはあっさりと首を振る。「田中さんの部屋だけパスしたんです。なんていうか、巻き込んでしまうのが悪い気がして」

「いや、ダメじゃないですか。ちゃんと全部確認しないと。犯人はこの中にいるって前提を確かなものにしないと話が進まないじゃないですか」

「でも、田中さんの部屋にはずっと田中さんがいるわけですから、犯人が隠れている可能性はないんじゃないかなって」

「犯人が田中さんをぶっ殺して潜んでるかもしれないでしょう」

のどかな声で答える梗介さんに、二ノ宮くんの声はだんだん苛立ちが増して大きくなる。

「まあ、ええんやない」と、一条くんが口を挟んだ。「あとで見に行ったらええよ」

「しかし……外部犯の可能性がないとなると、田中さんは容疑者の筆頭ですよ。アリバイのない時間が最も長いわけですからね」

「あの」もう黙っていようと思ったのに、私はつい再び口を開く。「でも、田中さんが怪しいとしても……動機はなんですか？　あの人、昨日たまたまここに来て、あのおじいさんとも会ったばかりですよね。殺す理由がなくないですか？」

「それは、今はまだわかりません。例えばですが、今の僕たちには知る由もない隠された関係性が彼らの間にあったのかもしれない」

ぎくりとした。隠された関係性。私と杏花。

「ふつうにお金目当てとかじゃない？　財布がなくなってたりしないの？」恋田さんがたずねた。

「それはなさそうです」石塚さんが答える。「昭吉さんの貴重品や財布は、私がお預かりしてマスターキーと同じ引き出しに保管していました。先ほどキーを取り出した際にも、間違いなくそこにあることを確認しました」

「カッとなって殺したってやつかもしれないですね」呑気な声で、梗介さんが言う。「おじいさま、昨日から田中さんにぐいぐい絡みにいってたし、うんざりされていたのかも」

ああ、その動機はわかりやすい、とうなずきかけたところで、隣の水野さんが控えめに挙手をした。「すみません、ちょっといいですか？」と。

「あの……なんだか大変な状況になってしまって、大切な方を亡くされた皆さんのお気持ちを考えると申し訳ないのですが……殺人はひとまず置いておいて、今は今後のことを相談した方がよくないですかね？　僕たち、ここに閉じ込められちゃっているわけで」

「え、それは」

二ノ宮くんが言うのをさえぎって、水野さんは続ける。

「殺人は正直、色んな事情が混じり合って起こったことでしょうし、警察でもない部外者がどうこう言えることではないと思うんです。ただ、帰れないのはだいぶ困ります。犯人を特定したところでこの状況は変わらないわけで、なので今は、犯人探しよりも現状をどうにかする方法を話し合うべきじゃないかなと。なんとか外と連絡が取れないものですかね？」

水野さんが雨目石家の面々に向け問いかける。一拍置いて、「それは難しいと思います」と、石塚さんが現在の館の通信環境を説明してくれた。Ｗｉ－Ｆｉは周辺機器が壊されている。固定電話の類は置いておらず、携帯回線は圏外。

「……やはり、私は下まで降りてみようと思います」

石塚さんは意を決したように立ち上がった。「南澤さんの別荘まで降りられれば、あそこは今の季節、誰かしら常駐していますから」

「でも、土砂崩れでトンネルが抜けられないんですよね。学生さんたちが昼間見に行った限りでは、まだ撤去作業も進んでいないみたいだし」水野さんが言う。

「別荘までは行けなくても、携帯を持って行けば電波がつかめるかもしれません。あの辺りでは微弱ながら稀に電波が入ると聞いたことがあります。あちらの方向に基地局があるはずです」

「でも、危なくないかしら？　また雨が降ってるし……」

杏花が不安そうな顔で言った。

「しかし、ここでじっとしているわけにもいきません。皆さんをどうにか無事お帰しする術を見つけなければ」

石塚さんは覚悟のにじむ声で答えた。すると、「僕も一緒に行きますよ」と、梗介さんが手を挙げた。「なんとなく、ふたりの方が安心でしょう」

「え、ああ……そうですね」

石塚さんの覚悟が、一瞬あっさり揺らいだように見えた。この男は役に立たないんだよなあ、という揺らぎだろうか。あるいは私には知る由もない、もっと別の意味を持った深刻な揺れだったかもしれない。それでも石塚さんは背広の内ポケットから鍵の束を取り出して、「では、行ってきます」と自分に言い聞かせるようにうなずいた。「サクラさんをよろしくお願いします」

「いってらっしゃい」

サクラちゃんは椅子に着いたまま、軽い調子で言った。

そして二人が出ていった。玄関の扉が開閉する音が大きく聞こえた。食堂に一瞬の沈黙が下りる。

「僕はやはり、田中さんの様子を見てきます」

口を開いたのは二ノ宮くんだった。

「彼にも今の状況を知らせるべきでしょうし、彼の今の状況も知りたいですから」

「俺も行くわ」一条くんが立ち上がる。「念のためね」

「ああ、お気をつけて。犯人が潜んでるかもしれないわけですし」水野さんが冗談めかした調子で言った。扉のところで立ち止まった二ノ宮くんは、明らかにむっとした顔で振り返った。「僕は、この事件は水野さんがおっしゃるほど単純な殺人ではないと考えています」と、苛立ちのにじむ声で言う。

「皆さんにはお伝えしそこねていましたが、昭吉さんが発見されたとき、現場の部屋は密室になっていました。そして遺体の傍らには、ダイイングメッセージが遺されていた」

「密室？」水野さんが虚を衝かれたように聞き返す。「ダイイングメッセージ？」

「ええ。今はまだ確かなことは言えませんが」

二ノ宮くんは水野さんの反応に満足そうにうなずくと、「これです」とポケットからスマホを取り出した。いくつかの操作をした後、テーブルの上を滑らせてこちらに寄こす。表示されていた画像は、指先が血に染まった、ひからびたような灰色の手に、床に描かれた赤い文字。

「アルファベットの大文字で、T、と読めますよね」

勝ち誇ったようにそう告げて、二ノ宮くんたちは部屋を出ていく。「ダイイングメッセージ？」と、水野さんは眉をひそめて繰り返した。

私は二ノ宮くんの残したスマホを手元に寄せて、水野さんとともにのぞき込む。

T。

田中じゃん？　と思った。

【C――梗介】

いつの間にか、また雨脚が強まってきていた。館に置きっぱなしにされていた埃っぽい傘をさして出たけれど、僕も石塚さんも車に乗り込むまでに手も足もすっかり濡れてしまった。ドアを閉めても雨音を完全に遮断することはできず、窓を流れる水の層には新たな雨粒が絶え間なく加わって外の景色を歪めた。

「出しますね」

石塚さんが言った。お願いしますと僕は答え、それきり会話が途切れた。砂利道を走る車の振動を感じながら、僕は窓の波模様を眺める。

子供の頃、雨が好きだった。この雨の一粒一粒には空にいたころの記憶が宿っていて、雨に触れることは空に触れることと同じなのだと信じていた。そんな考えを口にすると、おじいさまはたいそう喜ばれた。俗人には考えつかない芸術的センス溢れる発想だと言う。おじいさまをたいそう喜ばせるために、僕はそういう空想的発想を自分の脳内に探すようになった。探して見つからなければそれっぽいものを作った。そうして作りだしたネタはおじいさまにウケることもあればスべることもあった。今はひとつも覚えていない。

「先ほどは取り乱してすみませんでした」

やや唐突に、石塚さんが言った。

「お見苦しい態度を取ってしまいました。もう、大丈夫です。警察に通報して、すぐに来てもらいましょう」

僕は「いえいえ」と首を振りながら、石塚さんに話しかけられるという状況を新鮮に感じていた。彼はおじいさまがいるときはおじいさまに話すし、杏花がいるときは杏花に話す。サクラがいればサクラに。

「そんなぜんぜん、取り乱してるなんて思いませんでしたよ。僕なんかもう、動揺して、かなり焦っちゃいましたけど」

「そうですか。落ち着いて見えましたが」

「え、ですかね？　じゃあもしかしたら、まだ脳が本当に焦る段階にまで達していないのかもしれないですね。これから本格的にびっくりしたり、焦り出したりするのかも」

「そうですか」

「はい」

「では……私が、警察に通報します」

「はい。お願いします」

「ですが、あの……なにか、その前に言っておきたいことなどはないでしょうか」

「言っておきたいこと?」

僕は窓から目を離して、石塚さんを見た。石塚さんはまっすぐ前を向いて、両手でしっかりとハンドルを握っていた。普段から丁寧な運転をする人だけれど、今はさらに慎重に、濡れた砂利道を素足で踏みしめるかのようにじりじりとアクセルを踏んでいる。

「言っておきたいことって?」

意図がわからず、僕は重ねて聞き返した。石塚さんは数秒の沈黙の後、口を開いた。

「警察は、普通は、ですが、まず動機の面から犯人を絞り込むと聞いたことがあります」

「へえ、そうなんですね」

「それはつまり……昭吉さんを恨んでいた人間や、昭吉さんが死ぬことで得をする人間を調べる、ということです」

「なるほど、理にかなっていますね」

「梗介さん、もうすぐ三十歳になりますね」

石塚さんは急に話題を変えた。いや、変えていないのか? 僕は「そうなんですよ」とうなずく。「あっという間ですね。自分でもびっくりです」

「三十歳になったら、生活費の仕送りを打ち切られると聞きました」

「ええ。そうですよ」

大人の男の面倒を見ることはない。おじいさまはそう言った。おじいさまがそう言えば、もちろん父もそう言うのだ。僕は普通の人々のように働くことには向いていないらしいので、今まで会社に勤めたことはない。あと一年そこらで、なにか独創的な方法で身銭を稼ぐ手段を思いつかなければならない。

「でも、おじいさまがいなくなったので、たぶんその件はうやむやになるでしょう。父は困窮した僕が犯罪的な方法でお金を稼ごうとするんじゃないかと危惧していましたから。なのでそう、おじいさまが死んで、僕は得をしましたよね」

前を見つめ続ける石塚さんの横顔に向かって、僕は言った。石塚さんは驚いたような顔をして、一瞬こちらに視線を向けた。なにを驚いているんだろう。つまりはそういうことが言いたかったんだろう？　こちらが察しないとでも思ったのだろうか。いくらなんでもなめすぎじゃないか？

と、内なる声が言う。

「石塚さんは、おじいさまを殺したのは僕だと考えているみたいですね」

「いえ」

「でも、それならよく僕を車に乗せてくれましたね。それに、よくこんな話題を出せますね。焦った僕に事故に見せかけて殺されるかもしれないとか、不安になりませんか？」

「いえ。私は、そんなことは考えていません。ただ、警察が考えるかもしれないと思ったわけです。なので、事前になにか、潔白を証明できるような話がないか、うかがっておければと」

「石塚さんは僕が犯人だとは思わないんですか？」

「はい」

「だから車で二人になっても大丈夫ってわけですね」

「はい」

「実は、僕はちょっと不安です」

石塚さんは再びこちらを見た。さっきよりも長く、一、二秒。せわしなく動くワイパーが二往復する。

「石塚さんの下の名前ってなんでしたっけ」

急に話題を変えたと思われただろうか。それとも、話題が変わっていないことを察しただろうか。「まさのりです」と彼は答えた。

「まさのりさん。まさって、どんな字ですか？　もしかして、『正解』の『正』だったりします？　アルファベットのTから書き始めるやつ」

僕も、ちょっと考えてみたのだった。おじいさまの年代の人間が、死に際にイニシャルなんて書くだろうか、とか。

そのとき、身体に衝撃を感じた。

シートベルトが肩に食い込み、頭が激しく揺さぶられる。ザアッという水音と共に、ボンネットの向こうに派手にしぶきが上がるのを揺れる視界の中で捉えた。そして車は停止した。

【A―二ノ宮】

「さっきは悪かったな」

本館二階への階段を途中まで上ったあたりで振り返り、一条さんが言った。突然の謝罪の意図がわからず、僕は首をかしげた。

「いや、あんまり味方になれんくて」一条さんは表情を変えずに淡々と話す。「俺は正直な、水野さんに賛成やねん」

「は？」

水野さん。犯人を突き止めるための問答を拒否しクローズドサークルを拒絶し他者の介入を押し進めんとする水野さん。「本気ですか？」

「ああ。警察が来られるならそれが一番ええやろ」

再び階段を上り始める彼の背中を見ながら、僕は信じられない気持ちでいた。警察が来たら、今のこの幸福がなにもかも終わってしまうのに。

「田中さんの部屋、どこや言うとったっけ？」

「本気で警察に任せるつもりなんですか？」

一条さんの質問を無視して僕は問う。こんなに素晴らしい事件を警察に譲ろうなんてあり得ない。探偵としてあるまじき発言だ。とても認められない。一条さんは首の後ろに手を当て、「いやな」と呟きながら、廊下を進んだ。僕は黙ってついていく。床を踏みならす足音が、少し大きくなったかもしれない。

「お前は平気なん？」

「え……、なにがですか？」

「あのおじいさんが殺されて。仲良かったんやろ？　ネット上の付き合い言うても、数か月やり取りしてて、昨日はようやく顔つき合わせてお喋りできて。そんで今日、いきなり殺されて。ショックちゃうん？」

一条さんは再び振り返り、まっすぐな目で僕を見た。ショックちゃうん？　という彼の言葉。僕はそれを深く噛みしめ、考え、そして思う。いや……別に？　あんまり、と。

だって、僕のおじいちゃんでもないし。ちょっと趣味の話をしただけの赤の他人の老人だ。こんな程度の関係性の人間の死まで真剣に悲しんでいたらメンタルがもたないじゃないか。でも、そう正直に口にしたら一条さんに軽蔑される気がする。なぜなら今、僕を見つめる彼の目にはどこか沈痛な色が滲んでいて、まさに彼はそんな程度の人間の死を深く悼んでいるように見受けられたからだ。

僕の沈黙をどう解釈したのかはわからない。しかし数秒の後、一条さんは片手を上げると「いや、ちゃうな」と首を振った。

「そういうのは人それぞれやもんな。悲しみ方もそれぞれやし。悪い。今のはええわ、忘れてくれ」

「あ、はい」

「俺はな、正直ちょっと、怖くなってん」

「怖い？　なにがです？　え……その、犯人が？」

「ああ。つうか、あれやな、死ぬことが怖い。死ぬ……いや、死ぬってヤバない？　なんやねんそれ。死って。意味がわからん。なあ、死ってなんや？」

死ってなんや。

急になんの話だ？　と思った。

「えっと……そりゃあ、僕も死ぬのは嫌ですけど」

けど、そんなことあえて口にしたってしょうがない。人間はいつか必ず死ぬわけだし、生きている限りいつどんなタイミングでそれが訪れたって不思議はないわけだし。

「ちゃうねん、俺はな、死んだ後が怖いねん」

僕の表情を読んでか、一条さんはそう訴える。

「死んだ後？　遺された人に迷惑をかけるとかいう話ですか？　あ、そうか。死んだ後、スマホやPCの履歴を見られるのが怖いんですね？」

「ちゃうわあほ。あほやなお前はほんま、あほ。遺された云々はどうでもええねん。スマホも見られたとこで別にええわ、こっちは死んでんねんから。そもそも見られて困るほどえげつないエロ履歴もないわ」

「はあ、じゃあ……」

「死んだ後自分がどうなんのかが怖いねん。なあ、死んだ後ってどうなんねや」

一条さんはそんなピュアなことをたずねる。僕は一般的な日本人であるところのマイルドな無宗教だ。一条さんだってそうだったはず。どこまで本気で答えたらいいものかわからず、「わからないですけど、やっぱ『無』になるとかじゃないですか」と無難に返す。

「出た。『無』って。それ、おまえ本気で考えて納得してそう思っとんのか？　なんや天国やら地獄やらっていうファンタジーな説よりはあり得そうな話やなって思っとるだけやないか？　つうか、あれや。それが一番安心できる話だから信じとるだけやろ。『無』ってわかりやすいもんな。『無』になってお終いと思っとけば死ぬのなんてそう怖くもないやろ。そらエロ履歴の心配する余裕も出てくるわな」

「え、じゃあ一条さん、天国とか地獄に行くことになると信じてるんですか？」

「なんも信じとらんわ。だから怖いねん。死って、マジで未知やん。俺はな、天国とか地獄とか『無』とか、そういう既に世にある説とはまったく違うパターンを警戒しとんねん。だってそういうもんは所詮、死んだことのない人間の想像やろ？　どうする？　これはちょっと予想外ですねっていうめちゃくちゃな変化球で来られたら」

「いえ、でも……」

僕は一条さんに付き合って、しぶしぶ死について考える。

「死んだら脳が止まるわけじゃないですか。考えたり感じたりする器官が無くなるわけで。そしたらやっぱ、『無』ですよ」

「それは身体ありきでやってきたからこその感覚やん。この世界でお前がほんの二十年弱やってきた程度の儚《はかな》い前提あってのもんやん。でも死んだらこっからは身体なしきでやっていってもらいます、って世界になるかもしらんやろ。そんなんまったく未知の領域やで。こわ。せやから俺は、自殺とかできる人間の気がしれへん。死んだら楽になれる、とか言うてな、なんでそんな死に対してポジティブになれんねん。なんで死んだ後のことをそんな楽観視できるん。この世界のあらゆる苦痛を越える未知のヤバいもんが始まるかもしらんやろ?」

なあ? と熱く語る一条さんをどう落ち着かせたものか考えながら、「自殺」というワードにより、僕は田中さんを思い浮かべた。「なあ……あのおじいさんも今頃はどうなってんねやろな」と、先輩は虚空を見やった。

「さあ……」

「優しいおじいさんやったけど。もう優しさとかの概念もない状態におるんかな」

僕は死後の世界にも、今の昭吉さんがどんな状態にあるのかにも興味がない。僕はこのクローズドな世界で、彼になにがあったのか、誰に殺されたかが知りたいのだ。

「あの、一条さん。もっと地に足の着いた話をしませんか」

「なんやお前。人間ぜったい死ぬんやで。死ぬ話以上に地に足の着いた話があんのか」

「密室やダイイングメッセージの話ですよ」

「ああ……せやけどなあ」

一条さんの視線が戻ってくる。この機を逃すまいと、僕は事件の概要をあらためて整理して話した。僕らが食卓を囲んでいる間に亡くなった昭吉さん。鍵のかかっていたドアと窓。密室の中に残されていた部屋の鍵に、キッチンに厳重に保管されていたマスターキー。昭吉さんの二カ所の傷に、手形はあるのに指紋はない凶器。血のダイイングメッセージ。彼を殺した犯人は館に集った人間の中にいる。こんなに胸躍る謎が目の前にあるのだ。死ぬことなんかにびびってないで早く探偵として覚醒してほしい。

一条さんはしぶしぶといった様子で僕の話を聞き、やがて口を開いた。

「しかしまず、密室ゆうてもなあ。完全な密室やないやんか。キッチンにマスターキーがあった。そこの鍵を石塚さんが持っとった。そんなん石塚さんが犯人やったらなんも不思議はないからな」

「そんなに単純な話なわけないですよ。石塚さんが犯人なら、自分が疑われるとわかって鍵をかけるなんてあり得ない」

「焦っとったんやろ。そら焦るわな。カッとなって殺ってもうて、つい鍵を閉めたんやろな」

「マスターキーはキッチンです。ついうっかりで鍵を閉めることはできません。キッチンまで取りに行かないと。それに彼にはアリバイがあります」

「せやなあ……。となると、まずそのアリバイの方を見直すか、密室の方を解くか、か」

「そうですよ。さっきからそう言ってるじゃないですか」

そのとき、一条さんの背後の扉が開いた。隙間から覗いたのは、長い前髪の影が落ちる陰鬱《いんうつ》そうな顔。田中さんだ。犯人にぶち殺されることなく、彼はちゃんとそこにいた。

「ああ、田中さん。いいところに。ちょうど伺おうかと思っていたんです。落ち着いて聞いて下さい。大変なことが起きました」

「はい……。あの」

田中さんは廊下の灯りに眩しそうに目を細める。僕らを見て歪めた唇は、笑っているようにも、苦痛に耐えているようにも見えた。

「今のお話……ぜんぶ聞こえていました」

【B―牧】

雨の匂いに混じって、恋田さんの淹れなおしてくれたコーヒーと紅茶の、香ばしく温かな香りが漂う。こんな時間にカフェインを取ったら眠れなくなる。それでも肉体も精神もその安らぎを求めていた。どうせ今夜は安眠なんてできそうもない。熱い紅茶に口を付けると、生きている、という感じがした。

「美味しいです、すごく」

「それはなにより」

恋田さんは石塚さんが座っていた席に戻り、気怠げに加熱式タバコを吸い続ける。私の座る椅子にも、かすかにその匂いが届く。助けを呼びに外に出ていった二人と、田中さんの様子を見に二階へ上がっていった二人を除く皆が、食堂に留まっていた。私の隣席では水野さんがコーヒーのカップを傾け、テーブルに視線を落としている。彼はさっきから口数が少ない。二ノ宮くんの残したダイイングメッセージの画像について考えているのかもしれない。

テーブルから離れた窓際のソファには、杏花とサクラちゃんが向かい合って座っている。間にあるローテーブルの上にPCを載せて、杏花はなにか作業をしているようだった。彼女の勤める会社の名誉会長が死んだことで、なにかしら仕事が発生したらしい。ネット環境のない中でなにができるんだろう、と思ったけれど、たずねなかったし、そちらをあまり見ないようにしていた。

「どれくらいかかりますかね。石塚さんたちが戻ってくるまで」

誰にともなく、私はたずねた。発言してから、そんなこと聞いたところで誰もわかるわけない、と思った。ただ、どうにも落ち着かなくて、なんでもいいから喋りたい気分だった。私は今まで自分のことを無口な人間だと思っていたけれど、状況によってはそうじゃないらしい。殺人事件のあった屋敷に閉じこめられていて、ツイッターができなくなると、お喋りな人間になるのだと発見する。

「トンネルのあたりまで行くにも数十分はかかるよね」恋田さんが答えてくれた。「そこからどうにかもっと降りられる道か電波を探すわけだから、だいぶかかるだろうね。この雨だし。安全運転で行くだろうし」

「ですよね……」

時計を見ると、十時をまわっていた。サクラちゃんが死体を発見してから、約二時間。まだそれしかたっていないのか、と思う。

「まあ、遅く帰って来てくれた方が、私たちにはいいかもね」

「え……どうしてですか？」

「警察が来たらさ、私たち、容疑者にされそうじゃない？　さっきの話の感じだと」

「ああ……」

「うんざりだよ、そんなの。できるだけ先延ばしにしたいわ」

夕食中、アリバイのない時間帯があるのが私たち三人だけだった。私と恋田さんと田中さん。

「私たちだけ、事情聴取とかされるんですかね」と、私はどこか現実味のとぼしい気持ちでつぶやいた。

「いえ、そうはならないと思います」

水野さんが口を挟んだ。じっとコーヒーを見つめながら話すその声からは、昨日今日と見せていた、へらへらした軽薄な陽気さが消えていた。

「まず、食事中に昭吉さんが殺されたという前提に不備があります」

「え、でも、彼が最後に目撃されたのが」

「夕食前、ですね。それから食堂に皆が集うまでそれぞれ時間差がありました。だから昭吉さんが夕食前、部屋に戻ってすぐに殺されたとするなら、食事の最中にアリバイのある人間にも犯行は可能です。思い出してみたんですが、僕が食堂に入ったときそこにいたのは、梗介さん、牧さん、二ノ宮くんと一条くんだけでした。キッチンから物音がしていましたが、そこにいたのは恋田さんですね？」

「たぶんそう。夕食前ならずっといたから」

「石塚さんも一緒に？」

「ええ、ずっと手伝ってくれてた」

「そうなると、昭吉さんが最後に目撃されてから死体発見までの間で本当にアリバイがあるのは、梗介さんと二ノ宮くん、一条くんに石塚さんだけということになりますね」

「一条くんもちょっと遅れて来たよ。牧さんと二ノ宮くんがそろって来たよりも、ね？」

私はそのときの状況を思い返して、「はい」とうなずく。確かに、昭吉さんがエレベーターに消えてから他の面々が食堂に現れるまでは、わずかだけれど時間があった。容疑者が増えてくれるのは、私としては助かる。「そっか。そんなにたくさん疑わしい人がいたら、警察にもそこまで厳しくされないで済むかもですね」と、希望を込めて口にする。取り調べなんてもちろん受けたことはないけれど、厳しくされたら、たぶん私はぜんぶどうでもよくなって、あることないこと認めてしまうタイプだ。

「僕も最初はそう考えていました。昭吉さんと初対面である僕らは、普通に考えればどうせ警察の捜査対象外になるだろうと。けれど……これですよ」

水野さんは二ノ宮くんの置いていったスマホを顎で指す。私は、こんなふうにスマホを他人の目の前に放り出していけるなんて信じられないな、と思う。別に見られて困るなにかがあるわけじゃないけれど、待ち受けの画像とか入れてるアプリとかを知られるだけで嫌だ。自意識過剰だろうか。

「ダイイングメッセージなんて、普通じゃないです。気に入らないですね。普通の事件じゃない、となれば、ここに居合わせた全員、僕たちまで捜査対象にされる可能性がある。冗談じゃないですよ」

水野さんは苦々しく呟いて、苛立たし気に息をついた。もちろん私も犯人扱いされるのは嫌だ。でも、彼のこの態度はちょっと、過剰にも思えた。「そんなに嫌ですか？」とたずねる。「みんな調べられたとしても、すぐ解放されますよ。犯人じゃないなら」

水野さんはこちらを横目で睨むと、「僕は困るんです」と再び重いため息をついた。「僕は、調べられるだけでも困るんです。絶対に調べられたくないんですよ」

「え、どうしてですか？　なにか……隠し事でもあるとか？」

「いや……まあ、そんな感じです」

「法に反することでもしてるんですか?」

「いえ、そういうわけじゃないです」

「じゃあ、なにか警察ともめたことがあるとか? あ、前科持ちとか」

「違います」

水野さんは首を横に振り否定はするけれど、それじゃあなんなのか、正解を明かそうとはしない。気になる。もうひと押ししたら喋るんじゃないか、と重ねてたずねようとしたとき、恋田さんが前置きなく、「私は前科持ち」と告白した。

「え? え、そうなんですか?」

「うん。交通事故」

「へえ……え、それって」

「犬を轢《ひ》いちゃってね。けっこう大きな事故で、最悪だよね。そっからもう、転落人生」

「へえ……」

なんとコメントしていいものかわからず、私はただ神妙な顔でうなずいた。動物がものすごく好きというわけでもないし、ペットなんかと関わりのある人生ではなかったから、犬を轢いたと聞いても激しい怒りがこみ上げてくるとかは、別にない。ただ反応に困る。犬を轢いたくらいで逮捕されるものなのか、という犬に対して失礼な感想を持った。

「だから私も警察とは関わりたくないけど……でも、大丈夫じゃない?」

恋田さんは言う。

「だってそれ、Tって書かれてたんでしょ。私はTじゃない。あなた、下の名前にTが付くとか?」

「いえ。僕は悟《さとる》といいます。どのみち、昭吉さんは僕の下の名前なんて知らなかったでしょうし」

「あなたは?」

「あ、私は……私も、違います。Tは付かないです」

ミズホ、という名前を口にしなかったのは、杏花の耳が気になったからだ。下の名前を聞かれたら、私のことを思い出すかもしれない。こっちの会話が向こうまで聞こえているかどうかはわからないけれど……と、ちらりと窓の方をうかがってみると、ちょうどこちらを向いていた杏花と目が合った。「私たちも、下の名前にTは付きません」と彼女が言う。ぜんぶ聞こえていたみたいだ。

「私もちょっと、考えていたんです。おじいさまの近くで、おじいさまを殺す理由がありそうな人で、Tの付く名前の人はいないかしらって。でも、今のところ該当しそうな人はいません」

「お兄さまのママの名前はタカコだよ。Tだよね?」サクラちゃんが言う。

「ああ、うん……。だけど、タカコさんはもう、海外に住んで長くなるし……。それに、そんなことする人じゃないもの。おじいさまを殺したりなんて、するはずないでしょ?」

「私のママは、お兄さまのママを怖がってたけど」

その会話を聞いて、この子とあの兄は母親が違うのかと初めて知った。まあ、珍しい話でもない。

「えっと……それはなんていうか、幸恵《ゆきえ》さんとは相性がちょっと、ね」

杏花はにっこりほほ笑んだ。食後に塗り直す暇もなかったから、その唇はリップがほとんど剝げて、校則が厳しく皆がすっぴんだった高校のときの彼女の笑みを思い起こさせた。学年で一番のお嬢さまだった雨目石杏花さん。でも、気取ったところがなく、おおらかで明るくはっきりした性格の彼女は、クラスの皆から慕われていた。自分の家柄についての話題が出ると、彼女はお嬢さまあるある、みたいなクリシェを喜々として演じて皆を笑わせた。誰にでも気さくに話しかけて、いつも冗談ばかり言っていた杏花。

彼女の口から、祖父を揶揄する発言を聞いたことがある。

「じゃあもう、決まったようなものじゃない？」

恋田さんの声に、八年前に遡っていた意識が今に戻る。

「Tが付く人、ここにひとりしかいないでしょ。田中さん、あの人が犯人なんじゃない？」

恋田さんはかすれた声で、でもはっきりとそう言った。さっきから私も何度か同じことを口にしかけて、けれどそのたびに飲み込んでいた言葉だ。誰かを人殺しだなんて指摘する勇気がなくて言えなかった。

でも、もしそうなら話が早い。田中さんは危険な殺人犯で、この館にも獲物を探して乗り込んできたのだ。まんまと招き入れて、部屋まで与えてもてなしたのは昭吉さん。たまたま親切にした相手が殺人犯だったなんて、誰にも予想することは不可能だった。彼はただ恐ろしく不運な巡り合わせにより命を落としてしまった、それだけ。そのほうが、納得しやすい感じがする。彼の愛する孫の誰かが犯人だった、なんていう悲しい話になってしまうよりも、ずっと受け入れやすい。

「違うと思います」

水野さんが言った。皆一斉に彼を見る。

「いや……彼が犯人じゃない、とは言いません。ただ、このダイイングメッセージから彼が犯人だと特定するのは間違っていると思います」

「ああ、これはTじゃないかもってこと?」

恋田さんが言う。私はさっき見た、二ノ宮くんが撮った写真を思い浮かべる。なるほど、ダイイングメッセージあるあるだ。角度によって読み取れる文字が違うとか、そもそもこの血文字はまだ書きかけだったとか。書いてあることだけを素直に受け取ってはいけないと、子供のころ見た『名探偵コナン』やミステリドラマなんかにも、そんな推理があった気がする。

「いいえ。僕はダイイングメッセージなんてものが残っていること、それ自体がおかしいと考えています」

水野さんはテーブルの上で両手を合わせて、どことなく名探偵っぽい仕草で言った。

「一条くんや二ノ宮くんがいないのではっきり言ってしまいますけど、ダイイングメッセージなんてものはまったく現実的じゃありません。皆さん、もし自分が刺されて、これは死ぬかもしれないとなったとき、よし、じゃあ死んだ後にちゃんと犯人を捕まえてもらえるように、その名前を書き記しておこう、なんて考えますか? それよりも、人間の本能としてまず第一に考えるのは、助けを呼ぼうとか、止血をしようとか、なんとか生き残るための方法じゃないですか? ふつうそんな簡単に、自分の命をあきらめられませんよ。命が助かれば、いくらでも犯人を指摘できるわけですしね。つまり、ダイイングメッセージなんていうのは所詮、都合のいいフィクションの中だけのものです。ゆえに僕は、このTの文字は、犯人が残した偽装なのではないかと考えます」

【C―梗介】

運転席側のエアバッグが開いて、石塚さんの鼻が曲がった。暗くてよく見えなかったけれど、骨が折れているかもしれない。眼鏡も曲がってしまったようで、左のレンズがやや斜めに傾いている。その縁で切ったらしく、額には切り傷もできていた。衝撃の角度の関係か助手席側のエアバッグは開かず、ラッキーなことに僕は無傷だった。

「本当に申し訳ございません」

石塚さんはハンカチで鼻血をおさえながら、もう何度目になるかわからない謝罪を口にする。僕もまた何度目になるかわからない言葉、「いやいや、しょうがないですよ」を返す。

「雨ですし、暗かったですし、僕もぜんぜん気づきませんでした」

道路に迫り出した木にぶつかってエアバッグが作動したらしい。車を降りて確認してみると、数本の木が土砂とともに根本から車道に滑り出てきて道幅を狭めていた。そうやって状況を確認している間にも絶え間ない雨が膝下を濡らし、僕たちは慌てて車に戻った。

「大丈夫、もうすぐトンネルのあたりに着くはずです。もうけっこう降りて来てましたからね。たぶん、もうすぐです」

そんなふうに喋りながら、ハンドルを握る手がじっとりと汗ばむのを感じる。十年ぶりくらいの運転だ。自転車みたいな速度でじりじり走っているし、対向車も歩行者もいない一本道とわかっているけれど、それでも緊張する。しかし、事故にショックを受けて動揺して眼鏡も曲がっている石塚さんに運転をさせるよりはマシだろうと判断した。石塚さんには、どこかで電波が入らないかスマホを見てもらっている。

「ていうか、あれですよ。慎重に運転してた石塚さんに僕がぺらぺら喋りかけたのも良くなかったですね。だから、こっちこそすみません」

「いえ、私が不注意で……」

「話題も良くなかったですよね。そう、ぶっちゃけて言うと、あのダイイングメッセージが石塚さんを指している可能性を考えてみたわけです。でもね、事故の衝撃で気づきました。おじいさま、普段からあなたのこと石塚って呼んでたのに、死に際に急に下の名前を書いたりしないですよね」

「ええ……そうですね。それに私には、動機がありません」

「ああ、そうでしたか。じゃあ誰だろ。気になりますよね。犯人には、ぜひとも直接話を聞いてみたいな」

「……梗介さん。先ほども申し上げた通り、私はあなたを疑っていません」

「あ、そうですか」

「でも私は……もしあなただったとしても……それなら、仕方がないとも、思ったのです」

　ヘッドライトの照らす道から一瞬目をそらして、僕は石塚さんの顔を見た。「仕方ない？」

「ええ……。あなたには動機が、あるだろうから」

「お金がもらえなくなるって話ですか？　それは、僕はあんまり気にしてなかったですよ。まあ、困るなとは思いましたけど」

「いいえ。それはその、あくまできっかけだったのではないかと。私は、昭吉さんがあなたへの援助を打ち切ると聞いたとき……残酷な話だと思いました」

僕はまた一瞬、彼の方を見る。石塚さんの鼻は腫れを増してきているようだった。早く冷やした方がいい。

「私は昭吉さんが、あなたが平凡な……一般的な道に進まないように推し進めていると、感じていました。あなたをなにかの天才のように扱い……奇矯《ききょう》なふるまいを求めた。あなたに、自分の孫としての理想の人格を押し付けていた。違いますか？」

「うーん」僕は考える。

「理想を押し付けてたわけじゃないと思いますよ。ただあの人は思い込みが激しかったんです。自分の孫ならこうだろうという思い込みの通りに僕たちに接していた。歳を重ねた人って、得してそんな傾向があるものじゃないですか？　長い人生の中で築いてきたセオリーをそのまま周りに当てはめてしまう。若者はこう、男はこうで女はこう、天才はこう、というパターンが数種類に固まっていたんでしょうね。僕もなんとなくそのキャラクターを受け入れてたところがあったかもしれませんが、なにかを強制されたことはないです」

「ええ……押し付けていた、という表現は適切じゃなかったかもしれません。昭吉さんに悪気はなかったでしょうし。ただ、彼の一族や会社の中で、その影響力は強すぎた。彼が白だと言えば白になる、黒だと言えば黒になる、そんな環境ができあがっていました。あなたや杏花さんのお父上も、独立してなおその影響を強く受けていたように思います。奔放な長男と、真面目な次男、というように」

「ああ。そんな感じですね」

「正直私も、イラッとすることがありました。彼は、長年勤めてきた古株社員はこうである、という人格を私に見ていた。忠誠心があり、責任感が強く堅実な性格で……というような。実際の私は、そんな性格にはとても当てはまらない。雨目石鋼機に長く勤めることになったのも、これといって特別な職務意識があったわけではなく、ただ転職を考えることが面倒だっただけです。しかし私は昭吉さんの前では、彼の思い描く人格を演じていた。そうさせるカリスマ性のようなものが、彼にはありました」

「まあ、その方が楽ですしね」

「あなたも昭吉さんの思う通りの孫であり続けた。奔放で風変わりで、芸術家肌とでもいうのでしょうか。なのに今さら梯子を外すように援助を打ち切るなど……酷いなと思ったのです。あなたが昭吉さんを憎んだとしても、不思議はないと思った」

「憎んでないですよ。かなり嫌いでしたけど」

内なる声が一緒に言う。内なる声と言うのは、まあ、僕の声だ。なんの面白味もない、ただの心の声。

「うざいなあと思ってました。おじいさまが死んで、ちょっとすっきりしたのは事実です。でも、彼が悪い人じゃあないということはちゃんとわかっていましたよ。それに、僕はTじゃない。ほら、アリバイもあるし」

「ええ、アリバイがある以上、梗介さんは犯人じゃない。もちろん信じています。ただ、Tの文字は、タカコさんを指しているのではと思ったのです。タカコさんとあなたは、よく似ている」

「え？　うちの母？」

そのとき、視界の先がさっと明るくなった。僕は慌ててブレーキを踏む。ザザ、と水に滑る感覚が数秒続いたものの、車は無事停止した。ワイパーが忙しなく動く窓の向こう、道をふさぐ土砂がヘッドライトの光を強く跳ね返しているのが見えた。

「よかった。ちゃんと着きましたね」

そう言ってサイドブレーキを引きながら、しかし、ここからどうにか向こう側に通れるルートを探すというのは、ちょっと望み薄なのではないかと思った。僕が想像していたよりも、ずっと大規模で本格的な土砂崩れだ。降りしきる雨の中、撤去作業が行われている様子もない。「……駄目ですね。ここではまだ電波が入らないようです」と、スマホを睨んで石塚さんが言った。

「私は外に出て様子を見てきます。梗介さんは車に残っていてください」

館にあったらしい懐中電灯を手に、石塚さんが助手席のドアを開ける。

「え、でも」

危ないですよ、と言い切る前に彼は傘を持って車を降りて行った。懐中電灯の灯りがふらふらと漂いながら遠ざかる。無茶をするなあ、と思った。自分がなんとかしなければならないと感じているのだろう。本人は否定していたけれど、やっぱり責任感の強い人なのだ。あるいは、そのような人格を期待され、そのような人格であると決めつけて接することを続けられれば、人の心根はすこしずつそちらに寄せて変わっていくものなのかもしれない。僕が役立たずの無能な人間になったように。

「そんなこと言うなよ」

内なる声が言う。

「おじいさまは死んだんだ。もういいかげん、しゃきっとしろ」

ひとつ息をついてスマホを見た。もう十時を過ぎている。館では皆どうしているだろう、と考えたところで、手の中のスマホが小さく震えた。メッセージの着信だった。いや、でも、電波はないはずなのに――。

電波があった。スマホの右上、Ｗｉ－Ｆｉではなくキャリアの電波が短く二本だけ、明るく表示されている。石塚さんは違うキャリアを使っているから、きっと基地局の位置やらの関係で電波が入らなかったのだ。僕のスマホならいける。これで警察に通報できる。

けれどとりあえず届いたメッセージを開いた。ともきくんからだった。『例の件、いいかげん決めようよ』と。

僕は『おじいさまが死んだんだよね』と返信を打った。だいぶ時間がかかったけれど、無事送信が完了する。それから、警察に通報を……と指を動かしかけて、止めた。僕は少し考えて、再びともきくんにメッセージを打った。それから、サクラの母親の幸恵さんにもメールを送ることにした。こちらと連絡が取れないと気づけば、きっと彼女が一番心配するだろうから。

『館のＷｉ－Ｆｉ機器が壊れてしまい、皆のスマホが使えなくなりました。今、外のぎりぎり電波の届くところから連絡しています。サクラは元気なのでご心配なく。予定通りこちらに滞在しますので、もし月曜日の夜までに連絡がなければ、そちらで迎えを手配してください』

送信が完了したのを見届けたそのとき、助手席の扉が開いた。雨の音と共に、両手両足をびっしょり濡らした石塚さんが乗り込んでくる。「駄目でした」と、彼はつらそうに言った。「降りられそうなところは、どこにも。携帯の電波も摑めません」

「そうでしたか」

僕もつらそうな声を出して言う。

「僕のスマホも駄目です。繋がらないですね。仕方ありません、いったん館に戻りましょう。大丈夫、このまま連絡がつかなければ、きっと幸恵さんあたりが心配して、すぐにでも迎えに飛んできますよ」

【A―二ノ宮】

「自分は……ずっと部屋にいました。はい、ええと……いえ、体調には問題なかったのですが……。その、正式な客でもないのに、皆さんと夕食をいただくというのも、申し訳なくて。いや、もう、自分はここに居させていただけるだけで、本当にありがたいので……」

部屋の暖かな照明の下にいても、田中さんは青ざめて見えた。その落ちくぼんだ虚ろな目を見て、死神のようだ、などとありがちなことを考える。頰にまで伸びた髭が影のよう。捲られた両袖から伸びる腕は骨のように白く、手指は奇妙に細長い。その両手が赤い血に染まる様が容易に想像できる気がした。

「なるほど。では部屋に上がってからは、ずっとひとりでいたわけですか？」

「あ、いいえ、あの……」

ベッドに座ったまま、田中さんは猫背の背をさらに丸めてうなだれる。彼の前に立つ僕からは、その表情が読めなくなった。

「一度、シェフの方が……食事を持ってきてくれました」

「恋田さんですね」

壁に寄せられた机の上には、夕食のトレーが乗っていた。かすかにソースの匂いが残っている。バターと香草。綺麗に完食されていた。

「ええ、たぶん……。気を使わせてしまって……本当に、申し訳ないです……」

「恋田さんと、なにか話をされましたか？」

「え、いや、特に……。あの、足りなくないかと聞かれました。ぜんぜん、自分には充分な量で……。えっと、それくらいです」

「他になにか変わったことはありませんでしたか？　誰かが来た、あるいは誰かを見た、など」

「いいえ、特に……」

「物音はどうですか？　足音や話し声、なにかが倒れる音などが聞こえませんでした？」

「音……いえ、特に、これといっては……」

なるほど、と僕はうなずく。

廊下で騒いでいた僕らを部屋に招き入れた後、田中さんはこちらの質問にとても協力的に答えてくれていた。やや卑屈に思えるほどに。どことなく歯切れの悪い話し方ではあるけれど、それは身近で殺人が起きたことへの動揺や、もともとの彼の性質のせいだろうと思われた。今のところ、回答に不審な点はない。ただ、目新しい情報や有益な証言もこれといって出てこない。この部屋の上は事件が起きた書斎と隣接する寝室のはずだ。犯人の足音とか、なにか聞いてはいないか期待していたのだけれど。

「犯人はあまり物音を立てなかったのでしょうか」

あるいは、これらの受け答えはすべて嘘だという可能性だってもちろんある。

一条さんは窓の近くに立って、外をながめていた。

「……せやなあ」

駄目だ。まだ死後の世界について考えているのかもしれない。事情聴取は僕が主体となって行うしかない。視線を戻そうとしたそのとき、部屋の隅に置かれたボディバッグが目に入った。田中さんの荷物だ。

「あ、実は、皆で持ち物の検査をしていたんですよ」

思いつくまま、僕は言った。

「強制ではありませんが……協力をお願いしてもいいでしょうか」

「え、ああー……。はあ、あの、でも」

「なにか見られて困るものなどありますか？　皆さんにお願いしていたので、できれば、と思ったのですが」

「いえ……うーん、そうですね……。あ、じゃあ、あの、大丈夫です。はい……」

「ありがとうございます」

僕はナイロンのボディバッグに歩み寄り、ファスナーを開けた。荷物はほとんど入っていなかった。まず目についたのは、三分の一ほど中身の残った水のペットボトルが一本。すっかり温くなっている。次に、革のカードケース。中身は数枚のカードのみで、身分証の類はなし。ＩＣカードにも名前の印字はない。それから、軍手が一組、アウトドアナイフが一本。どちらにも使われた形跡はない。山に入ってきたわけだから、これくらいのナイフや軍手を所持していたとしても不思議はないだろう。

「荷物はこの鞄で全部ですか？」

「あ、ええ……あと、このポケットで全部です」田中さんはズボンのポケットから黒い携帯端末を取り出す。「準備不足で、そのせいでまあ、このざまで、申し訳ないです……」

「田中さんは、なぜこの山に登ったんでしょう？」

僕はやや踏み込んだ質問をする。

「え……っと、いや、別に、なんとなく……。あの、特にこの山になにかあるってわけじゃ、ないですけど……はい。あの、なんとなくです……」

田中さんはこれまでになく口の重い様子で答えた。僕は「そうですか」とうなずきながら、彼の鞄を見下ろして思う。これは明らかに片道しか考えていない人間の荷物だ。昭吉さんの話していた通り、彼は自らの命を絶つ覚悟でこの山に登ったのだろう。

取り出したナイフを鞄に戻そうとしたとき、黒いナイロンの底に細かな繊維のようなものが落ちているのに気がついた。なんだろう、と一瞬考え、指で触れてみてわかった。麻の繊維だ。たぶん、麻縄の。それで、田中さんがどういう方法でそれを成し遂げようとしていたのかわかった。足の捻挫のわけも。つまりは、吊ろうとして落ちたのだ。

「窓は開けとりましたか？」

唐突に、一条さんがたずねた。田中さんはかすかに頭を持ち上げ、「いいえ」と答えた。ふむ、とうなずきながら、一条さんは振り返る。

「部屋の中ではなにしとりました？　いや、ヒマやなかったですか？　テレビもないし、なんもないでしょう。スマホでもいじっとったとか？」

「自分は……本を読んでいました」

「本？」

「はい、雨目石さんが貸して下さって……」

田中さんが顔を向けた方を見ると、ベッドサイドに一冊の本が置かれているのに気づく。太字の力強い書体で『生きる力』というタイトルが大きく書かれていた。なんともストレートで、なんとなく内容の想像がつく題だった。

【B―牧】

死に直面したとき、自分ならなにを思うだろうか。

あまり考えたことはなかった。残された数秒の間に、去りゆくこの世界になにかを書き残したいと願ったりもするだろうか。それは自分を死に至らしめた人間のイニシャルだったりするだろうか。それは……私には、あまりぴんと来ない。

水野さんの言うとおり、自分がいざ死ぬとなったとき、犯人のことなんて考える余裕はきっと私にはない。助かりたい、あるいは、楽になりたいと願う気がする。血文字を残せる数秒があるなら、私は自分にとどめを刺すかも。

「私なら犯人の名前を書くけど」

　可憐な声が言った。

「だって、絶対に許せない。地獄に落ちてほしいから。自分が助かるかどうかより、確実に犯人が捕まるようにしたい」

　声の主、サクラちゃんはまっすぐにこちらを見ていた。ガラス玉のようなまん丸な目。隣で水野さんがかすかに身じろぐのがわかった。「え、そう……、そっか。確かにまあ、君のように考える人だって、いるかもしれないね」

「ちょっと、サクラ」

　杏花がたしなめるように呟く。「いや、確かに……うん」と、水野さんは腕を組んで唸った。

「サクラちゃんの言うとおり、なにを大切に思うかは人それぞれだ。死に際の思考も人それぞれかもしれません。ダイイングメッセージなんてあり得ない、と言い切るのは決め付けが過ぎたかもしれないね。でも例えば僕の場合ですけど、死に際に数秒もらえるなら、好きな人の名前を書くかな」

「好きな人？」

　サクラちゃんの大きな目が瞬く。

「うん、長年想いを伝えられずにいる人がいる。死ぬ、となったら書き残したいのはその人の名前だろうね。ああ、あるいは銀行口座の暗証番号とか、スマホのパスワードとかかな。色々と死後の手続きをしてもらうのに、手間をかけさせては悪いから」

「本気で言ってるの？」

サクラちゃんは不満げな表情で首をかしげた。

「うん。だって、わからないよ」水野さんはかすかに笑みを浮かべる。「死に際にどんなことを思うのか、自分でもわからない気がしてきた。ただ、そうなってくると結局、この血文字を書いたのが本当に昭吉さんだったとしても、そこにどんな意図が込められていたのかを知ることはできない。ダイイングメッセージが必ずしも犯人の名前ではないかもしれないということだね。辞世の句を詠もうとしたのかもしれない。この世で一番大切な人の名前を書きたくなったのかもしれない」

「それならおじいさまは私の名前を書くはず」

サクラちゃんは迷いなく言った。

「そう。つまり僕が言いたいのは、警察はこんなものを確かな証拠としては扱わないだろうということです。Tと書かれているからそれ以外の人間を疑わない、なんてことはない。こんな奇妙な状況で起こった事件なら、きっと全員が疑われる」

水野さんはそう言うと、再び苛立たし気なため息をもらした。


【X】

私雨邸には八人、外には二人の人間がいる。

ここまでに十人全員が、一つずつ嘘をついている。

4

【A―二ノ宮】

石塚さんがぼこぼこになって帰ってきたので、一瞬、殺人犯の正体を現した梗介さんに襲われて命からがら逃げ帰ってきたのかと思った。そうじゃなかった。梗介さんは涼しい顔をして石塚さんの後ろから現れ、「ちょっとした事故で」と言った。しらじらしい言い訳のようにも聞こえたが、石塚さんは「私の責任です」と首を垂れた。彼は昨日からなにかと出番の多い救急箱で簡単な手当てを終えると、ホールから食堂に移って恋田さんが運んできてくれた温かいお茶を飲んだ。ひと息ついたと見えるタイミングで、僕はたずねる。「それで、警察の方は……？」

「大変申し訳ございません」石塚さんはまたしても深く頭を下げる。「土砂崩れの現場周辺を歩いてみたのですが、電波は拾えず……やむを得ず、引き返して参りました」

「おお、そうですか！」

思わず大きな声が出た。警察はまだ来ない。クローズドサークルは終わらない！

「ゆうても、ここにいる人間と連絡が取れなくなったっちゅうことには誰か気づくやろ。外の誰かしらがもう通報してくれてるかもしれへんで」

「うーん、僕の身内は通報してくれそうな人はいないな」テーブルの定位置に着いた水野さんが言う。「月曜になれば同僚が気にしてくれるでしょうけど、いきなり通報まではされないでしょうし」

「私は、土日でも上司から仕事の連絡は来てそうですけど……」水野さんの隣で牧さんがつぶやく。「でも、連絡返さなくてもバックレたと思われるだけで、心配はされないと思います。社員が飛ぶの、よくあることなんで」

喜ばしい報告が続く。月曜日まで通報されない算段が高くなってきた。あと二日、クローズドサークルは続く！

僕が小さく拳を握りしめたそのとき、「私のママが来てくれる」と、退屈そうな声が言った。サクラちゃんだ。

「毎日おはようとかおやすみとか送ってくるの。返事がなかったら、なにかあったって思うはず」

「ああ……」それはそうか。小学生と連絡がつかなくなれば当然親は心配するだろう。お金持ちのお嬢さまとあってはなおさらだ。

「まあそれでも、さすがに今夜中に迎えが来ることはないんじゃないかな。この雨の中、真夜中にヘリを飛ばすほどの緊急事態が起きているとは誰も思わないだろうし」梗介さんが言う。

「ではひとまずは、今日もここで夜を越すことになるのは確定ですね」僕は気を取り直してうなずいた。

「それじゃあ……やっぱり皆さん、固まって過ごした方がいいんじゃないかしら」

　不安げな表情で杏花さんが言う。

「石塚さんたちが帰ってくる前にも、皆でそう相談していたんですよね。ほら、えっと、犯人が……このなかにいるというお話になったから。それで、疑心暗鬼？　というのかしら。皆が皆を疑い合うような状況になって、ストレスが溜まったら良くないわよねって。でも、だからといってここでこうして全員で固まっているというのも、皆さんお疲れだし、いつまでこの状況が続くかわからないとなると、あまり体力を消耗するのも考えものだし……」

「一人にならないように、何人かに分かれて休むのはどうかと話していたんです」水野さんがそう引き継ぐ。「僕はばらばらになっても危険はないと思ってますけど、その方が皆さん安心できるなら、それがいいでしょう」

「では、お話ししていた通りの部屋割りでいきましょう」雨に濡れた髪を拭いている梗介さんに、僕は声をかける。「梗介さん、一つお願いがあるのですが」

「はい、なんでしょう？」

「雨目石家の方と石塚さんは、皆、一番広い杏花さんとサクラさんの部屋で休むのはどうかという話になっていたんです。女子二人だけでは不安があるとのことで……そこで空いた梗介さんの部屋を、僕たちに貸していただけないでしょうか。そこが田中さんの部屋の隣になるので。僕と一条さんで様子がうかがえるかと」

「いいですよ」梗介さんは間を置かずに快諾する。「じゃあ、田中さんはお一人で過ごす感じなんですね」

「ええ。先ほども様子を見に行ったのですが、一人でいたそうな雰囲気でしたから」

田中さんの部屋から廊下に出れば、必ず梗介さんの部屋の扉の前を通ることになる。ベランダも共有しているので、注意してさえいれば窓の開閉も聞こえるだろう。他の人間——水野さん、牧さん、恋田さんの三人は、本館一階の恋田さんの部屋で休むという話にまとまった。これで全員が本館にいることになる。同室の互いが互いを見張りアリバイを証明することになるので、とにかくこの一晩、あらたな問題は起きないだろうという算段だ。

しかしもちろん、そう上手くいくかはわからない。田中さんだって、結局のところ一人にするわけだし。一晩もあれば、何が起こってもおかしくはない。

「あの……マスターキーは、どのようにいたしましょう」石塚さんが言った。「引き出しに戻してしまって構わないでしょうか。それとも、私が持っているべきか……」

「持っていていただいた方がいいのでは？」

水野さんが答える。僕も少し考え、「そうですね」と同意した。マスターキーが野放しになっていた方がなにかが起こる可能性が高くなりそうで心惹かれるが、犯行にあたりおいそれとマスターキーに頼る犯人というのも、張り合いがないと判断した。

「その前に一度、そのマスターキーが保管されていたという棚を見せていただいて構いませんか？」

「ええ、どうぞ。こちらです」石塚さんはよろりと立ち上がる。

キッチンには恋田さんがいて、お茶のカップを洗っていた。彼女が立つシンクと対面にある大きな食器棚、その中ほどにあるのが件の引き出しだった。食器棚、と聞いて僕がイメージしていた棚とはだいぶ趣が違う。うちの実家にあるような、大型量販店で売られているような軽い造りのものではない。濃い飴色の木でできた扉には優美な曲線が彫られていて、鈍く光る金の取っ手には細やかな細工が浮いている。ガラス窓から覗くのは、どれも高価そうな食器やグラスばかりだ。とにかく重厚な雰囲気で、つまり、とんでもなく重そうだった。

「立派な棚ですね」

「前の持ち主が所有していたものを屋敷と共に購入したと聞いています」

石塚さんは背広の内ポケットから金色の鍵を取り出し、引き出しを開けた。「ここです」

中には黒い革の財布、同じく革表紙のファイルが綺麗に端に寄せて収納されていた。ぽっかり空いた手前のスペース、そこにマスターキーがあったのだろう。鍵は引き出し側に取り付けられ、ロックすることで上部にでっぱりが出るごく一般的なタイプだった。こじ開けられたような跡はない。矯《た》めつ眇《すが》めつ確認してみたが、抜け穴や隠し扉の類もないようだった。僕は、鍵を開けずにここからなにかを持ちだすのは不可能だと結論付けた。

【B―牧】

恋田さんの使っている部屋は、本館一階階段奥の廊下を進んだ先にあった。キッチンから一番近い個室だ。東館の客間よりも古くて地味な印象の部屋だったけれど、ベッドが二台置いてあり、それでもまだ余裕のある広々とした間取りだった。かつては住み込みのお手伝いさんが数人で生活していたのかもしれないと想像する。

使っていなかったマットレスを運んできて、なんとか三人分の寝床を整えたとき、「僕はやっぱり、東館の部屋に戻ろうかな」と水野さんが言い出した。「緊急事態とはいえ、女性の部屋にお邪魔するのは……」と。

「私は別に、気にしないけど」

恋田さんがこちらを見たので、「私も」と答えた。「ひとりになるのは、やっぱり危ないと思いますし」

「いや、大丈夫だと思いますよ。僕はここにいる人たちに殺される理由がないですから」

「でも、もし万がいちまたなにかがあったときに疑われるじゃないですか。水野さん、疑われるのは困るって言ってましたよね？」

「ええ、まあ。でも、僕は警察にさえ疑われなければいいわけです。あの学生くんらにごちゃごちゃ言われる分には、別にかまいません」

「彼らが水野さんを犯人だと思ったら、警察が来た時にそう言うかも」

「……ええ、そうですね。彼らがちゃんと正しい犯人を突き止めてくれるならそれでいいんですけど。どうも、いまいち頼りない感じがするな。確かに、単独行動をしただけで殺人犯にされかねない」

水野さんはそう言って、床に置かれたマットレスに座り直した。ベッドは私たち二人に譲ってくれた。

「私は、殺される心配もしたほうがいいと思うけど」

恋田さんが言った。

「いやいや」水野さんは軽い調子で笑う。「僕なんか殺しても、誰もなにも得しませんから。ほんと、殺される理由がないです」

「あのおじいさんには、殺される理由があったと思うの？」

「そりゃあ、あるでしょう。資産家で元実業家。現役を退いたと言っても、石塚さんや雨目石家の人達の様子を見るに、まだまだ影響力のありそうな感じでしたからね。彼が亡くなったことで、色々と動くお金も権利もあるんじゃないですか」

「そういうのって、理由になる？　人を殺すほどの……」

「充分なり得るでしょう。いや、ひどいことだとは思いますけど。当事者からしてみれば、お金や権利って、すなわち人生がかかってるわけで。どんな手段を使っても、という心理になっても不思議はないんじゃないですか」

「いや、そうなんだろうけど。私はそういうのひっくるめて、なんていうか……ぜんぶ、運だと思うんだよね。人間生きてたら、いろんな繋がりとかしがらみが生まれるもんでしょ。それを殺意にまで持ってっちゃう人がいるかどうかは、運次第っていうか。だから、あのおじいさんが殺されたのは、運が悪かったから」

「そう言っちゃうと、身も蓋もない感じがしますけどね」

「だから、私たちも運が悪ければ、殺されるかもよって」

恋田さんはベッドの上で、また加熱式タバコのホルダーをつけた。「だって当事者からしてみれば、なんだって人生じゃない？」と続ける。

「例えばさ、隣の住人の生活音がうるさいとか、バイト先の常連客の態度がでかいとか、タクシーの運転手のしゃべり方が気に入らないとか。ぜんぶ、人生の中で起こる不幸なわけじゃない。ふつうはそんなことで人を殺したりはしないけど、殺したいなって思うくらいはあるでしょ。そういうの言い出したらさ、どんな小さなことだって、殺意につながる可能性はあるかもしれないわけで、なんか……人を殺す、殺される理由なんて、あると思えばなんだってあるなって思って。例えば私のこの、タバコが臭いとかさ」

「いえ」水野さんは苦笑いを浮かべる。タバコの匂い、私はわりと嫌いじゃない。

「理由の大小はともあれね、ふつうって、人殺しってしないでしょ。やっぱリスクが大きいし、血とか出るわけだからさ、生理的な嫌悪感とか、手間の多さとか、乗り越えなきゃいけない壁がいっぱいあるわけだから。それを越えちゃうのって、タイミングとか、状況によるところも多いと思う。あのおじいさんだってさ、例えば土砂崩れが起きなかったら、殺されなかったかもしれないよね」

「まあ、確かにその可能性は高かったかもしれないですね」

水野さんがうなずいた。「土砂崩れが起きていなければ、僕と牧さん、田中さんは今ここにいないはずでした。その時点でだいぶ容疑者が絞られてしまう。そんな状況下で殺人を行うのは――いや、それは今にだって言えることか。なぜ犯人は、わざわざこんな――」

「その辺はわかんないけどさ。私が言いたいのは、とにかく運次第ってこと。だから私はね、殺した方も運が悪かったと思っちゃう」

「殺した方も?」私は聞き返す。恋田さんは「うん」とシンプルにうなずく。

「でも、殺した方は、自分の意志で殺したわけだから……」

「そんな意志を持っちゃったことも、環境のせいじゃない？　こんなへんぴな場所にある館に閉じこめられたりしなかったら、あのおじいさんをどんなに邪魔に思ってたにしても、殺そうとまではならなかったかもしれないでしょ。殺す以外の、もっと穏便な方法が選べたかも。でも、たまたま土砂崩れが起きて、非日常な感じに閉じこめられて、予定外の客もいて、ミステリファンのあの子たちはそんな話で盛り上がってるし、この館も昔殺人事件が起きたとかで曰く付きだし。なんか、ありふれたちょっとした殺意がさ、こういう環境のせいで実現可能なとこまで高まっちゃったんじゃない？　今夜殺さなかったら、一生殺さないでいられたかもしれないのに。偶然そんな巡り合わせが来ちゃったせいで、その人は殺人犯になっちゃったのよ。ついてなかったねって、私は思う」

恋田さんは一つ息をついて、「まあ私がそんなふうに思うのは、自分が加害者側だからなんだけど」と、軽い調子で呟く。

「加害者……」

彼女には前科があるのだ。犬を轢いた、と。

「反省はしてるんだよ。本当に、悪かったって思ってるの。でもね、どっかで不満もあるわけ。なんで私だけ？　みたいな。車なんてみんなへらへら運転してるのに。酒飲んでたわけでも居眠りしてたわけでも飛ばしすぎてたわけでもないんだよ？　そうすると、出かけたタイミングとか、直前の道で右折の車に先を譲ったとか、事故とは直接関係ない不可抗力的な要素の方に目が向くのね。じゃあ結局、運が悪かったのかなって、そう思うわけよ」

恋田さんは小さくひとつ咳をする。

「犬轢いてからさ、ほんと、人生変わっちゃった。自分の店持つのが夢で、こんな仕事するつもりだってなかったんだけど。できるだけ人間関係の構築出来ない仕事、自分を深く知られることのない仕事って選んでるうちにこうなったし。家族とも友達とも疎遠になるし」

「犬を轢くのって、そんなに罪が重いんですか?」

気になって、私はたずねた。たずねてから、ああ、これはやっぱり犬の命を軽視した発言だったかな、と思った。犬を飼おうとすら思ったことのない人間の、心ない発言だったかも。自分が犬を飼えるかもしれないなんて、そんな発想すら持ったことがない人間の。

「私、犬好きだったんだよね」恋田さんは苦笑混じりに言う。

「馬鹿で、素直で、小さくて可愛いじゃない。だから……駄目。なにしてても思い出すの。特に、人と楽しく喋ってるときとか、ほっと安らいでるときとか。あ、でも私は犬を殺したんだなって。犬を殺した人間がこんなふうに穏やかな時間を過ごすなんて間違ってるって思う。外に出ると、どこにでも犬がいるし、鳴き声が聞こえてくるしね。見るたびにぜんぶ思い出して、嫌になるよ。運が悪かったたって思わなきゃやってらんない」

吐き捨てるようにそう言って、恋田さんは立ち上がった。「ちょっとトイレ。あと、顔洗ってくるわ」

「あ、はい。気を付けて」

「こんな話、なんでしたんだろ。人とこんな喋ったのも久しぶり。やっぱさ、なんでも環境とタイミングのせいだよね。こんな状況になってなきゃ、話さなかった」

背中で扉を閉める恋田さんの声は少し掠れていた。普段、よっぽど喋らない生活をしているのだろうか。彼女が出て行ってからほんの一拍置いて、水野さんが口を開いた。「無責任じゃないですか？」と。その声に含まれた棘《とげ》に、私は少しうろたえる。

「運が悪かったなんて、轢いた方が言っていいことじゃないですよ。ハンドルを握っていた以上彼女に責任がないわけないいんですから。亡くなった犬やその家族のことを考えたら、運がどうこうなんて言い訳できるはずない。自分の罪と重ね合わせて殺人犯に同情するなんて、本当に反省しているのかも怪しいです」

「はあ。そうですかね」

「ですよ。ショックだな。冷静で落ち着いた方だと思っていたのに、あんな無責任な人だったなんて」

「うーん、なんていうか……厳しい意見ですね。私は恋田さんの言うこと、少しわかる気もしましたけど」

「僕、めちゃくちゃ犬好きなんで」

水野さんはうつむいてそう呟いた。「でもまあ、同意できる部分もありました。殺される心配もした方がいい、ということとか」

「ああ。なんか私もそれを聞いて、ちょっと怖くなっちゃいました」

「彼女が赤の他人である僕らに身の上話をする気分になったように、赤の他人である僕らを殺そうという気分になる人間が現れても不思議はないってことですよね。今のこの、特殊な状況なら」

本当に、変な状況だな、と思う。こうして会ったばかりの人間とふつうに会話をしているというのも、人見知りである私にとっては充分ふつうではない状態だ。なぜか緊張もしなかった。いつの間にか、ツイッターを開きたい気持ちも消えている。いつもそばに寄り添うようにあった上司たちへの憎しみも、なんだか今は遠く感じる。私が自分だと思っていたもの——人見知り、ツイ廃、社畜——は、本当の私ではなかった。ただ環境に生み出された人格だった。そんなふうにさえ感じられる。

でも、環境だけですべてが変えられるわけではないとわかっている。あの三年間、杏花と同じ学校に通ったあの素晴らしい環境にいても、私は所詮私だった。

「まあ、とにかく警察や救助が来るまで、殺されないように頑張りましょう」

「はい。そうですね」

「それと……うん。僕はやっぱり、警察の到着までになんとか犯人を特定したいと思います。無駄に疑われたくないのでね。警察の到着時に犯人がはっきりしていれば、僕たちは即日解放されるでしょう」

「え、それは……探偵をやるってことですか？　二ノ宮くんたちみたいに？」

「ええ。探偵なんていうとバカみたいに聞こえますけどね。ただ独自に調査を行うということですよ。彼らに任せきりにしているのではやはり不安が大きいので」

はあ、そうですか、と答えながら、自分以外の容疑者が独自に調査に乗り出すことを二ノ宮くんはどう思うだろうと考えた。なんだかモメそうだな、と思った。

【C—梗介】

キッチンに飲み物を取りに行くと言うと、サクラが付いてきた。呆れた顔をして、「ひとりになっちゃ駄目でしょ?」と言う。

「なんのために班分けしたと思ってるの?」

それでも妹は機嫌が良さそうだった。石塚さんや杏花と一緒に眠れるのが嬉しいのだ。お泊まり会の気分なのだろう。

「待って、お兄ちゃん。あまり離れないで」

廊下に出ると、服の裾《すそ》をぎゅっと摑まれた。お兄ちゃん、という呼び方が引っかかった。そんなふうに呼ばれるのはとても久しぶりな気がしたので。僕の視線に気づいたのか、サクラは首をすくめて見せた。

「だって、もうおじいさまはいないんだから。ふつうに呼んだっていいでしょ? お嬢さまごっこはお仕舞い。今時バカみたいじゃない?」

「まあ、それもそうか」

強《した》かな子だな、と思う。いや、こういうのは器用というのか。思えば妹は幼い時分より、おじいさまの前とそれ以外とで、その振る舞いも表情も自由に使い分けることができていたように思う。

「あれ、でもさっき、杏花のことはまだお姉さまって呼んでたね」

「うん。そうとしか呼んだことないんだもの。いいの、お姉さまはだって、本当にお姉さまって感じがするし」

妹は従姉妹の杏花にささやかな憧れを抱いている。杏花もサクラの前ではちょっと背筋を伸ばして、憧れられるにふさわしい大人の女性を気取っているようなところがある。「お姉さまが一緒でよかった」とサクラは言った。「お兄ちゃんと石塚さんだけだったら、ちょっと頼りない感じがするもの」

そっか、と笑いながら、けれど僕は内心、杏花こそ心配だった。彼女は僕と同じだ。おじいさまの孫という役割を生まれながらにこなし、時代遅れのお嬢さまであり続けた。おじいさまを失い、そのアイデンティティになんらかの影響を受けていないだろうか。

「お兄ちゃん」

サクラが呼ぶ。

「大丈夫？　おじいさまがいなくなって、びっくりしてるんじゃない？」

「え？　うん」

僕が杏花を心配するように、サクラは僕を心配してくれているようだった。可笑しくて、僕は妹に笑みを返す。僕は大丈夫だ。おじいさまが生きていようが死んでいようが、僕はずっと大丈夫だった。なぜなら僕は、内なる声とずっと仲良しだったから。「だよな」と言って、内なる声も笑った。

「ちょっとお兄ちゃん、ぼうっとしないでよ」

「ああ、うん。ごめん、大丈夫だよ」

そのとき階下から声が聞こえて、僕は廊下を進む足を止めた。サクラにも聞こえたらしい。僕の裾を摑んだ手に、ぎゅっと力が込められる。声の一つは恋田さんだった。

「それも聞いてたの？」

少し、責めるような声だった。廊下の方、客人用の手洗いのあたりで、誰かと話しているようだ。階段の影になって、姿までは窺えない。

「いや、仕方ないけどさ」

また恋田さんの声。相手の言葉は聞こえない。けれど雨音に交じって届くかすかな響きに、聞き覚えがあった。

「……せん、でも。いえ……は、……なので」

あれは、田中さんだ。不思議な組み合わせだな、と思った。なにを話しているのだろう。どちらもお喋りが好きそうなタイプではないように思ったのだけれど。少なくとも、二人とも僕とはあまり話してくれなかった。

僕は足音をわざと少し大きくして、再び足を進め階段を下りていった。ロビーに下りたち、真っすぐキッチンに入り、水差しとグラスを手にサクラの待つ二階へ戻る。その間、廊下からずっとこちらを窺うような気配がしていたけれど、彼らが僕に声をかけてくることはなく、会話もぴたりと止んでいた。

【A─二ノ宮】

「指紋のこと、どう思います？」

ベッドの上で本を開く一条さんに、僕は問いかける。彼は視線を上げず、ただ「せやなあ」とだけ答えた。本に覆い被さるような猫背の読書姿は、学食やなんかでミステリを読みふけるいつもの先輩となんら変わらないように見える。ただ一点、決定的に違う部分がある。今彼が読んでいるのは、ミステリではない。

「面白いですか？」

「おう……せやなあ」

遊戯室の書架で見つけた本。『若きウェルテルの悩み』だ。梗介さんの部屋に移って田中さんを張りつつ休むその前に、東館に荷物を取りにいくついでに借りたのだ。

ミステリの蔵書のない書架よりも、僕は凶器のあった展示ケースのことが気になり、戻りしなにもう一度確認した。ガラスのケースには、子供のものと思しき小さな指紋がいくつか残っていた。サクラちゃんがそこの品々をよく持ち出していたとの話だったから、あれは彼女のものと考えて間違いないだろう。そして思い出すのは、凶器に残っていた血の跡だ。くっきりと指の形に途切れていたのに、指紋はなかった。ふつうの手袋ではああはならない。

「この指紋についての謎をどう解釈するかで、計画的な犯行か否かが分かれてくると思います。手にしっかりとフィットするゴム手袋のようなものをあらかじめ用意してきたのか、突発的にこの館にあるもので代用したのか。一条さんはどちらだと思いますか？」

「後者やろ」

「え、……そうですか？」

また生返事が返って来るものと思っていたので、断言されて驚いた。「どうしてそう思うんですか？」

「計画的犯行だった場合の容疑者を一人ずつ考えてみたんや。消去法でな」

一条さんは明朗に答える。

「まず、あのおじいさんと関係ある人間が犯人なら、わざわざ容疑者が絞られるこんな閉鎖的な空間で計画を立てる理由がないやろ。もし土砂崩れがおきてへんかったらすぐに警察が飛んできて、今ごろ昭吉さんの関係者は皆容疑者扱いされてたはずや。そんなアホな計画あり得へん。身内なんやったら、他にいくらでもオープンな場面で、できるだけ自分が疑われないように、他に目を向けたり事故を装ったりで殺す計画が立てられたやろ」

「なるほど」

「で、あのおじいさんと無関係な人間なら、館に来る前からおじいさんを殺す計画を立てる動機がない。そんで、身元と来館の目的がはっきりしとる俺らと牧さん、恋田さんも白や。ええか、これはあくまで計画的犯行だったら、ちゅう仮定の話やで」

「はい」

まともに推理してくれている。そのことがただ嬉しくて、僕は彼の前にきちんと座り直す。

「で、水野さんと田中さん。この二人がちょっと、怪しいとは思った。キャラが違うからあんま意識してへんかったけど、ほぼ同じ状況でこの館に来てんねんな。自殺とトレッキングっちゅう目的は違えど、山中でトラブルがあって助けを求めて来た。そんな偶然が二人も重なるか？　どちらかが実は元々おじいさんと知り合いで、その殺害を目的として偶然を装って館を訪れた可能性はある、とな」

「はい」

　僕は前のめりに彼の話を聞く。一条さんは、ついに本から顔を上げてくれた。

「せやけどな、二人とも、ガチで怪我しとるやん。足、捻挫やろ？　どっちも石塚さんが手当てをしとる。えらい腫れとった言うてたわ。怪我は芝居じゃないっちゅうことや」

「わざと怪我をしたということは考えられませんか？　そうやって、容疑者から外れるため。僕らを油断させるために。殺人という大きな目的のためなら、それくらいのことをしてもおかしくないのではないでしょうか」

「あり得ん話やないとは思うけどな。しかしな、おまえの言うとおり人を殺すっちゅうのはかなりでかいヤマやで。万全の状態で望みたいっちゅうのが人間ちゃうか？　相手は車いすの老人とはいえ、かくしゃくとした元気なおじいさんや。それなりに抵抗されることも考えられる。足の怪我なんて、ふんばりも利かんし逃げるのも一苦労やろ。うまい具合にわざと捻挫するっちゅうのも難しい話やしな。骨なんか折ってもうたら歩くこともできなくなる。べつに怪我なんかせんでも、遭難しましたと言えば館に入れてもらえたやろし。大仕事の前にわざわざ怪我するデメリットを取るんはちょっと理に適わんように思う」

「なるほど」

「てなわけで、計画的犯行だった場合容疑者が誰もいなくなる。で、俺はこの件はあらかじめ計画されていたものではなく、少なくとも土砂崩れ発生以降に決断されたものやないかと思う。異論は？」

「……そうですね。何点か、気になる部分が」

「おう」

「やはり、怪我のみを理由に田中さんと水野さんの計画的犯行説を否定するのは早計かと。怪我をしたという点だけは、本当にアクシデントだったのかもしれない」

「ほう。なるほどな」

「それから、身元と来館の目的が明確だということで恋田さんと牧さんを白としましたが、そこにもやや疑問が残ります。牧さんについては、一条さんの知人からの繋がりで本当にたまたま仕事が発生したわけですから、おっしゃる通り白でかまわないと思います。問題は恋田さんです。例えばこの犯行の『計画』が、僕らが想定しているよりもずっと長期にわたるものだった場合、数年単位で昭吉さんの殺害を計画していた場合は、彼女の身元もこのために準備されたものだったかもしれません。昭吉さんが別荘に滞在する際に臨時のシェフを雇うことを知っていて、お金持ち御用達の料理人派遣サービスに登録して、この期を待っていたのかもしれない」

「ほうほう。一理ある」

「それと……もしかして一条さんは気を使ってくれたのかもしれませんが」

「お、なんや」

「僕はどうでしょう？」

「あ？　ああ」

「一条さんは、『昭吉さんと無関係な人間』の中にナチュラルに僕を含めました。そして容疑者から外した。でも、昭吉さんと二か月近くネット上でやり取りを続けてきた僕なら、彼に会う前にその殺害計画を立てていたとしても不思議はないじゃないですか？　……僕なら、殺人事件の舞台には絶対に館を選んだでしょうし」

「せやね」一条さんはひとつ頷いて、「確かに、そこは身内の甘えが出たな。せやけど事実として、俺はお前をよう知っとる。お前がずっとクローズドサークルに憧れてて、今もまあまあテンション上がってるのはわかってるけどな。でも、お前は人殺しはせえへんよ。本気で人が殺されることを喜んだりはせえへんやつや」

真っ直ぐな目で、一条さんは小さく笑った。

僕は——一瞬言葉に詰まった。どういう顔をしていいものかわからない。一条さんが僕をそんなふうに評価してくれているとは知らなかった。人が殺されることを本気で喜んだりはしない人間。なるほど？

「それは、どうもありがとうございます」

とりあえず、僕もへらっと笑った。彼の見解が正しいかどうかは別として。

「ああ、あとそれから……」

「なんやまだあるんか。めちゃめちゃあるやん」

「はい。雨目石家の方々を容疑者から外した点です。容疑者のかなり絞られる環境での犯行をあらかじめ計画するのはナンセンスだと言いましたね。それはもっともだと思います。身内であれば、もっと安全な環境で、自分が疑われないように殺す計画が立てられたでしょう。でも、そういう理屈が通るのは、大人……に限られるのではないでしょうか。子供なら、容疑者になるリスクがどうとか、そんな小難しいことは考えない。ミステリ好きな僕らと同じように、山中の館という非日常的な空間を、むしろ絶好の舞台ととらえるかもしれない」

「サクラちゃんか」

一条さんはその少女の名前を口にする。僕の頭の中には、ある名作ミステリのタイトルが思い浮かんでいた。僕を見る一条さんの視線から、彼もまた同じタイトルを思い出しているのではないかという気がした。

「『ねじれた家』」

アガサ・クリスティーの著作だ。あの話では、十二歳の少女が……なんというか、活躍する。とても活躍する。子供だからといって侮《あなど》ることはできないということだ。「せやなあ」と一条さんはうなずく。彼はクリスティー作品の中でも、『ねじれた家』を高く評価していたはずだ。

「第一発見者も、サクラちゃんです」僕は続ける。

「殺害後、すぐに我々に知らせにきたわけです。なんというか……我慢できなくなったのではないでしょうか。自分のやったことを、早く見てもらいたくなった」

「手の大きさは、どう説明する？」

一条さんが問う。凶器に残されていた手の跡は、子供の手と考えるには大きすぎる。

「ゴム手袋の指先に、綿でも詰めれば」

「血に染まった綿入りの手袋はどう処分したんや」

「……トイレに流せば」

「詰まるで。そんなん綿入りやなくても詰まるわ」

「え、ゴム手袋、詰まりますかね？」

「詰まる。あるいは、流れへんかもしれへんね。前に酒飲んで吐いたとき、いったんビニール袋に吐いたんをトイレに流して処分しよ思たらぜんぜん流れへんかった。浮くんやわ。ビニールやらゴムやらの浮力をなめたらあかんで。ここのトイレ、そんな水流も強くないしな」

「そうですか……では、外に捨てた」

「ふうん……まあ、あり得なくはないか」

「確認しに行きましょうか。館の周辺に、それらしいものが落ちていないか」

僕は勢いよく立ち上がった。しかし一条さんは足に『ウェルテル』を載せたまま、動こうとしない。「明日でええやろ。もう暗いし」

「しかし、証拠を隠滅されるかも」

「サクラちゃんもお兄さんらとおる。そう簡単に動けんて。俺らには今、田中さんを張るって役割もあるしな」

田中さんは先ほど一度部屋を出た。下の階に向かったので、なにか飲み物でも取りに行ったのかもしれない。後をつけてみましょうか？　と提案したけれど、一条さんがそこまではしなくていいだろうと言うので従った。新たな事件を起こす気ならそれはそれで良しと僕は考えていたわけだけれど、ほどなくして彼は戻ってきた。死体が増えたような気配は今のところない。

「それにな、サクラちゃんがどうの言うんはまだ可能性のひとつやて。これがもし計画的犯罪やったらいう段階の議論やったやろ」

そうだった。

「おまえはそう考えとんのか？　この殺人はあらかじめ計画されとったたって」

「……まだ、断言はできません。しかしそうじゃないとした場合の、指紋の付着を防いだ方法というのがなにも浮かんでいないので」

はっきりとした手形だけが残って、指紋がない。どうすればそんな状況になる？　どうとでもなりそうな気がする細かな問題だが、じゃあ実際どうしたのだと考えると具体的な案がまだ浮かんでいない。一条さんの予想する通り突発的な犯行だとするなら、館内にあるもの、あるいはたまたま持ち込んだものを使ったのだろう。それはなにか。手の形にぴったりとフィットするものだ。それでいて、処分の簡単なもの。返り血が付いたことは間違いないわけだから、人知れず洗えるか、こっそり捨てられるものでなければ。僕はどうしてもゴム手袋のようなものを想定していたけれど、なるほど、処分に困るかもしれないな。

「俺はたぶんわかったで。犯人がなにを使ったのか」

「え！」

悔しい気持ちと、嬉しい気持ちがちょうど半々湧いた。一条さんより先に答えを思いつけなかったことは悔しいが、探偵が助手よりも推理力に優れていることは喜ばしい。これだよこれ、という気持ちだ。こういう会話がしたかったのだ。

「なんですか？　犯人が使ったものって」

「それは言わへんけどね」

「は？」

「言うたら、犯人にほぼ直結すんねん。だから言われへんよ」

「え、一条さんは、もう犯人が誰かわかったっていうんですか？」

「たぶんな。知らんけど」

「マジですか。いったい誰です？」

「いや、だから言わへんて」

「は？」

一条さんはなんでもないような顔で、再び足の上の本に視線を落とした。ミステリじゃない、ただの『ウェルテル』なんかに。

「言うてもしょうがないやろ。科学的にちゃんとした証拠があるわけでもない。警察が来るまでどうしようもないんやし。それに、まだ引っかかってることもあるしな」

「いや……それでも、教えてくださいよ」

「大丈夫や。その人も今は他の人らと一緒の部屋におる。これ以上誰かに危害を加えたりせえへんやろ」

他の人と一緒の部屋。つまり、田中さん以外か。

「僕はそんなことを危惧してるんじゃありません」

「じゃあ、なんや」

「知りたいんです。いえ、引っかかってることがあると言うなら、先輩の推理が間違っている可能性だってあるじゃないですか。ほら、もっと議論を進めましょう」

「せやなあ」

そう言って、一条さんはページをめくる。恋に悩み死へと向かう若者の物語が、目の前で起きている殺人事件の謎よりも魅力的であるかのように。そして沈黙。数秒の後、「現世という牢獄の外にまた牢獄があったらどうしたらええねんな」と、独り言の音量でつぶやいた。

さらに数十秒待ったけれど、それ以上一条さんから事件に関する言葉が発せられることはなかった。僕は諦めて、自分のベッドの上に仰向けに倒れ込んだ。くそ。

僕はこの先輩に少しずつ、本気でいらいらし始めていた。もう少しで殺意を抱けるほどに。未知なる死が恐ろしいと言うのなら、死んで死を知れば恐怖が失せるのではないか？

（六月二十四日　朝）

【B―牧】

夜が明けた。眠ったという感覚はなかった。ただ、脈絡のない夢のようなビジョンを見た記憶がかすかにあるので、きっとうっすら眠ったのだ。味のしないガムのような張り合いのない悪夢だった気がするけれど、もう思い出せない。スマホを見ると、四時四十六分。視線を下げると、マットレスの上に身体を起こした水野さんと目が合った。

おはようございます。

口の動きだけでそう挨拶された。彼にならって、わたしも口だけ動かし挨拶を返した。正面のベッドでは、毛布にくるまれた恋田さんがこちらに後頭部を向けて横たわっている。背中のあたりが規則正しく膨らんで、深い呼吸が見て取れた。まだ眠っているようだ。

「現場を見に行こうと思うんです」

水野さんがささやいた。

「え、事件現場、ですか？」

「はい。昨夜も話しましたが、やっぱり警察が来る前に、犯人を突き止めたい」

本気で探偵ごっこに参加するつもりなのか、と呆れつつ、私も彼について行くことにした。二ノ宮くんの撮った写真を見はしたけれど、気になっていることがあったし、彼らが「現場」と呼ぶその場所をあらためて見ることに興味があった。恋田さんを起こさないよう、そろりとベッドを下りる。シャワーも浴びずにそのまま寝たので、昨日着ていたシャツとショートパンツのままだ。夜中に一人でシャワーに行くのが、ちょっと怖かったのだ。

「鍵、掛けて出た方がいいですよね」

ドアのところで水野さんが言った。私は恋田さんを振り返る。確かに、無防備に眠っている彼女をひとり残して鍵もかけないのはまずい気がする。忍び足でベッドに戻り、枕元の机——昨夜、恋田さんがそこに鍵を戻しているのを見た——から、金色の鍵を取り出した。部屋を出て、しっかり施錠する。

「眠れました？」

廊下に出ると、水野さんがたずねた。「あんまり」と私は正直に答えた。水野さんの方はどこかさっぱりとした顔をして、まるで寝不足には見えなかったのだけれど、意外にも「僕もです」という言葉が返ってきた。あまり眠らなくても顔に出ないのは、シンプルに体力の差だろうか。

高い窓から日が差して、ホールには静謐な光が満ちていた。早朝特有の、まだ何色にも染まっていないような薄い光。クラシカルな内装と相まって、どこか厳《おごそ》かな雰囲気がある。階段の手前にさしかかったところで、ふと奥の一角が目に入った。

「あのエレベーターって、私たちは使えないんですかね」

「ああ、使えると思いますよ。一人乗り用とは言ってましたけど、昭吉さんの乗った車いすを押して石塚さんなども上り下りしてますし。二人くらいなら普通にいけるみたいです」そちらに足を向けた水野さんに続いて、私もその扉の前に移動する。「まあ、昭吉さん以外は使わないようにしていると言ってました。彼が使いたいときすぐに乗れるように、彼のいる階に常に停止しているようにというわけです。実際、今これ、三階に停まっているみたいでしょう？　昭吉さんは三階にいるから」

「ああ……。そうですね」

もう、このエレベーターを使って下りてくることはないけれど。これに乗り込んでいく彼の後ろ姿を私は見たのだ。あれが、彼が生きてエレベーターに乗る最後だった。

「じゃあ、階段を使いましょうか」

なんとなく、今は亡き使用者に敬意を払った方がいい気がしてきたのだった。彼が殺される直前に乗ったのだと思うと、ちょっとぞっとする気持ちもある。こんなの馬鹿みたいな感覚だとは思うけれど、昨日から、なんだか私は無駄に恐がりになっている。

「いえ、乗ってみましょう」

水野さんがあっさり言った。「僕、怪我してますし」と胸を張り、扉横のボタンを押す。

「いいんですかね、勝手に……」

そう言いつつ、やがて到着した箱に水野さんに続いて乗り込んだ。狭い、けれど、思ったほど窮屈ではない。大人ふたりが肩を触れ合わずに余裕で立てる。細やかな装飾が施された内装に、館全体と同じく飴色の壁。重力を感じさせない速度でじわじわと上昇し、七、八秒で三階に着いた。

「三階ではこっちが開くんですね」

乗ってきたのとは反対方向、裏庭側の扉が開いた。両側が開閉するタイプだ。下りると、廊下を挟んですぐの扉が昭吉さんの部屋だった。

「そうか、方向転換しないで乗り降りできるんですね。――さて」

水野さんはポケットから鮮やかな水色の手袋を取り出した。年季が入って所々がすり切れているものの、いかにも頑丈そうな立派な手袋だった。私の視線に気づき、「トレッキンググローブです」と微笑む。「指紋を付けない方がいいでしょうから」

彼に倣い、私もポケットからハンカチを取り出す。一昨日から洗っていないから清潔とはいえないかもしれないけれど、今はそんなことは気にしなくていいだろう。

「開けますよ」

人が死んでいるのだから。

扉が開く。すぐにそれが目に入った。血に染まったシーツ。

その下に、昨日までは元気に生きていたあの老人の姿を思い浮かべる。死臭のようなものを嗅いだ気がして、思わず息を止めた。酸化してほとんど黒へと変わった血、そこから目を背けるように視線を上に向けると——机の奥、窓辺に、田中さんが立っていた。

私は短く悲鳴を上げた。口が勝手に叫んだのだ。

田中さんは私を見て、次いで水野さんを見て、にやり、と笑みのような形に口元を歪めた。それは例えばひと気のない夜道ですれ違った人間が浮かべていたなら、一も二もなく交番を目指して駆け出すような種類の笑みだった。「おはようございます」と彼は言った。それはなんだか呪いの言葉のように響いた。

「おはようございます」

水野さんが返す。呪いの言葉ではなく、朝の挨拶を。挨拶にふさわしい、朗らかな声だった。それで私は、これは別に悲鳴を上げるような状況ではないと気が付いた。この田中さんはただ立っていただけだ。他のすべての田中がそうするように。どきどきと脈打っていた心臓が落ち着いて、代わりに顔が熱くなる。叫んだりして恥ずかしい。

「あ、その……すみません。びっくりして」

「いえ……」

田中さんは歪な表情のままうつむいた。窓からの逆光がその影を濃くする。「なにをしていたんですか?」と、水野さんが率直にたずねた。

「いえ、あ、えっと……気になって」

なにが気になったのだろう?　見ると、田中さんの両手には軍手がはめられていた。私たちと同じように、殺人現場の調査に来たということだろうか。あるいはなにか、証拠の隠滅に……？

「あ、自分はもう、済んだので……。その、失礼します」

「いや、別にいてもらっていいですよ。僕たちも独自に調査を行おうと思っていたところです」

「いえ、あの……大丈夫です。ほんと、失礼しました」

田中さんは細かく会釈を繰り返しながら、水野さんの横をすり抜け部屋を出て行った。残された私たちは顔を見合わせる。「ずいぶん朝が早いんですね」

「こんな所にひとりで……いえ、それを言い出したら僕たちも同じか」

「ええ。でも、けっこうびっくりしました」

「牧さん、叫んでましたね」

「う……まあ」

私は水野さんから顔を逸らし、田中さんの立っていたあたりに歩みを進めた。彼がなにを見ていたのかが気になった。窓辺に立って、正面の机の引き出しを開けてみる。銀色の鍵が入っているのを見つけた。昭吉さんの部屋の鍵は密室の中に残されていたと、二ノ宮くんたちが話していたものだ。

「これですね。例のダイイングメッセージ」

水野さんはシーツの端を大胆にめくりあげて、床に視線を落としていた。血や死体が怖くないのだろうか？　鍵を戻し、引き出しを閉じて私もそちらに向かう。めくりあげられたシーツから、昭吉さんの手が伸びていた。かすかに緑がかった、油粘土のような白い色。皮膚の皺の細やかさが生々しい。血や酸素を失って変色しても、造形はまだ人の手だった。私はどうやら、死体が怖い。

「T、ですね」

死んだ腕から目を逸らし、見たままの文字を声に出して読んだ。赤黒く染まった指先から続く血文字。写真で見たよりも、その赤は黒に近かった。「水野さんは、これは犯人の偽造だと考えているんですよね」

「ええ」

彼はシーツを戻し、すっと立ち上がった。空の車いすに一瞥《いちべつ》をやって、窓の方へと向かう。

「死ぬ直前に自分の血で字なんて書いてる余裕はない……今もそう考えています。でも、そうですね。人それぞれ、という可能性も否定はしないですよ」

水野さんは窓の鍵へ顔を寄せた。窓を開けてくれないかな、と思った。換気をしてほしい。そう提案しようと立ち上がったとき、鍵に触れていた水野さんが、「これは……」とつぶやいた。

「どうしたんですか？」

「これ……鍵が、だいぶ緩くなっています。ほとんど力をいれずに掛かるくらい」

窓の鍵は三日月形をしたごく一般的なクレセント錠だ。水野さんはグローブをはめた人差し指で、その取っ手部分を軽く引いた。グローブの膨らみがほとんど形を変えないまま、鍵はするりと掛かった。

「本当ですね」私はうなずく。「こういう古い鍵って、錆びたりしてて固いイメージでしたけど」そこまで言って、気が付いた。「もしかして、わざと緩くしてあるんですかね。昭吉さんが扱いやすいように」

「どうでしょう。向こうの部屋は……」

言いながら、水野さんは隣の寝室に足を向けた。仕切りの扉はなく、シームレスな空間になっている。これも昭吉さんに合わせて戸を外したのかもしれない。

「こっちにも窓があります。ベランダに出られそうですね。サクラちゃんが昭吉さんを発見したのは、ここからかな」

私は彼の後に続いた。「ここもだ」と、水野さんが興奮のにじむ声を上げた。

「鍵、かなり緩いです。自重で掛かりそうなくらい」

「自重でって……じゃあ、外からも?」

「試してみましょう」

水野さんは鍵を半分だけ傾けた状態で窓を開けた。ひんやりとした気持ちの良い朝の空気が入り込んでくる。彼は外に滑り出ると、そうっと窓を閉めた。そしてぴったりと閉じきると、今度は乱暴にガタガタと窓枠を揺らし始めた。振動で鍵を掛けようという魂胆だ。

一度目は失敗した。揺らすことで鍵が動きはしたものの、反対側に落ちて完全に開いてしまった。二度目、三度目と同じ失敗を繰り返したところで、これは無理なんじゃないかなと思った。きっと、取っ手側の方が重いのだ。

けれど水野さんはあきらめず、鍵の傾きを微調整しては窓の外に出て行った。揺らし方にも緩急をつけて工夫しているようだった。そして六回目、鍵は掛かった。するりと、あっけなく。

「掛かりました」

窓の向こう、額に汗をにじませて水野さんは言った。鍵が掛かっていてもその声はわりかしクリアに聞こえた。遮音性は高くない。

「すごいですね。じゃあ、密室の謎は……」

「解けた、と言っていいでしょう。なんのことはない、ちょっと触っただけでわかりましたよ。こんなの謎でもトリックでもなんでもない。そもそも密室なんて言い出したのが大げさな表現でしたね。やっぱりほら、二ノ宮くんたちにはミステリファンのフィルターが掛かってるから。おそらく、密室であってほしいという気持ちが先にあったのでしょう。人は信じたいものを信じ、都合の悪いものは見えなくなる生き物ですから」

得意げな顔で喋る水野さんがちょっと鼻についた。このまま部屋を出て行ってみようか、といういたずら心が湧く。鍵を閉じる挑戦は何度だってやり直しが効くけれど、一度完全に閉じてしまった鍵を外から開けることはできない。ベランダに閉め出されることになる。

「こっちの端に、木の枝が伸びてます。サクラちゃんが登ってきたという木でしょう」

水野さんは東館の方を指さす。窓に近づいてそちらを見ると、確かに緑の影が見えた。

「犯人もそこから逃げたってことですかね。でもそれ、大人でもいけます？　怖くないですか？」

私には絶対に無理だ。三階の高さからなんて、見下ろすだけでも恐ろしい。

「うーん……正直ちょっと怖いな。僕はほら、捻挫もしてますから。しかもあのときは、雨が降ってたんじゃなかったでしたっけ？」

「ああ、夕食の前から降り始めたような……。あ、でも確か食事中に一度止んで、それでまたいつの間にか降り出して……」

そのとき、背後に気配を感じた。

振り返ると、杏花がいた。

びくっと肩がはねた。驚きすぎて、叫び声すら出なかった。雨目石杏花だ。つるつるした素材の白いワンピースを着ている。すっぴんで、眉毛すら書いていない。

「あの」

杏花は薄く笑みを浮かべて、口を開いた。

「上からガタガタ聞こえたから、なにかと思って。ごめんなさい、びっくりさせて」

「あ、いや……いえ」

「でも、こっちもすごくびっくりしたのよ。おじいさまの部屋に泥棒でも入ろうとしてるのかと思っちゃった。泥棒か、もっと怖いなにか、とか。なにをしていたの？」

「えっと、あ、調べてたんです。なにか、犯人の手がかりがないかと思って……」

「まあ、そうだったの。こんな早くから、ありがとう」

ありがとう？　そうか。ありがたいことなのか。祖父を殺した犯人を突き止めることは、彼女にとってありがたいこと。

「いえ、あの……すみません、うるさくして。もう大丈夫です。なんていうか……うるさいフェーズは終わったので」

「うん」

杏花は薄い笑みを浮かべたまま立っている。なにか含むところのある笑みだった。そのまま数秒が過ぎる。なんだろう。まだなにか用があるのだろうか。気まずいので、ベランダの水野さんを出そうかと再び振り返りかけたところで、杏花が言った。

「牧さん、私のこと覚えてる？」

「え」

「高二のとき同じクラスだった、瑞帆《みずほ》さん、だよね？」

「え」

ばれた。そう理解するのに数秒かかった。

へへ、と卑屈な笑みが浮かんだ。勝手に浮かんだのだ。嫌だった。高校の時からそう、杏花と話しているときの自分が、私は嫌いだった。

「あ……うん、そう……」

「やっぱり！」

杏花は花開くような笑みを見せた。

「ごめんなさい、最初はぜんぜん気づかなくて。瑞帆さん、だいぶ雰囲気変わったんだもん。すごく綺麗になったし、お洒落だし、編集者さんなんてすごいお仕事……、同級生かもなんてぜんぜん思わなくて。それに、結婚したの？　早いなあ」

私の苗字が変わったことを言ってるんだろう。私は「いや、結婚してない……へへ」と、また意味もなく卑屈に答える。嫌だった。

「あ……そうなんだ。私もまだなの。それにしても、ほんと、すごく久しぶり！　ねえ、瑞帆さんは私だってすぐ気づいた？」

「や、あの、うーん……もしかしたら、そうかもって」

「そうだよね、変な苗字だし。でも、そっか、高二ってもう、十年近く前？　びっくりしちゃう。みんな大人になってるわけだ。偶然仕事先で会うなんてことも、あるんだね」

「うん……ほんとそう、うん」

高校時代に引き戻されたように、うまくしゃべれなくなる。杏花の方もなんだか、急に話し方が変わった気がする。溌剌としていたあの頃みたいに。

「いやでも……なんか、あらためてごめんね。大変なことになっちゃって。せっかくの再会なのに、こんな、まさかうちで殺人事件とか……」

「いや、そんな。杏花さんのせいじゃ……」

「でも、ちょっと心強い気分。なんだかほっとしちゃった。なんでこんなことにって思ってたから、ひとつでも嬉しいことがあってよかった」

「ああ……それは、なにより」

「はやく警察か救助が来るといいんだけど。ねえ、瑞帆さんは今もこっちに住んでるんだよね？　落ち着いたらお茶とか行きたいな。こんなことになっちゃったお詫びもしたいし」

「いえ、そんな。えっと……気にしないで」

「ありがとう」

杏花はつかえていたものが取れたような顔で、またにっこりほほ笑んだ。

「じゃあ、また後で。石塚さんたちに、泥棒じゃなかったって伝えに行かなきゃ。なにかわかったら、教えてね」

ワンピースの裾をひるがえして、彼女は部屋を出て行った。私は深く息を吐く。嫌な緊張が胸に残っていた。彼女が嫌いなわけではない。あくまでも彼女と話すときの自分が嫌なだけ。

どうしてばれたのだろう、と思う。彼女の言う通り、私はあの頃と苗字も体型も髪型もメイクも違う。なにをきっかけに気づいたのだろう。私の苗字が変わったことを、どう思っただろうか。

振り返ると、窓の向こうで水野さんがこちらを睨んでいた。すっかり忘れていた。すぐに鍵を開け、窓を開く。けれど、水野さんは部屋に入ってこなかった。同じ姿勢で私を睨んだまま、「同級生？」とたずねた。

「あ」

こちらの会話が聞こえていたらしい。仕方なく、私は「はい」とうなずいた。

「どうして黙っていたんですか？　信じられない。それじゃあ牧さんも、雨目石家に無関係の人間じゃないじゃないですか」

「いや、待ってください」

「僕と同じ、ただ巻き込まれただけの人間だと思っていたのに。ショックです。じゃあ、なんですか。昭吉さんとも面識があったってわけですか？」

「ないですよ」つい声が大きくなる。だって、面識なんて本当にない。「特に仲良くもない同級生の祖父なんて、知るわけないじゃないですか」

「では、あなたが今回この館を訪れたのも偶然だと？　たまたま仕事で訪れた先に同級生がいただけだと？」

「そうです。地元で働いてたら同級生にばったり合うくらい普通にあるでしょう」

「じゃあ、なんで黙ってたんですか？」

「そういうふうに言われるのが嫌だったからですよ。本当に無関係なのに……」

私は弁明を続けたけれど、水野さんはなかなか納得してくれなかった。黙っていたというのが気に入らないらしい。すたすたと部屋を出ると、ひとり先んじてエレベーターに乗り込む。私が追いつくと、「お嬢さまだったんですね」と、嫌味の滲む声で言う。

「雨目石家のお嬢さんと同じ学校だったなんて、なかなかじゃないですか。そうは見えなかったです」

「ああ……数年だけお金持ちだったんですよ」のろのろと下りる箱の中、私は答える。

「数年だけ？」

「はい。中三のとき母親が再婚した相手がちょっとしたお金持ちで。なんか、娘ができたら絶対その学校に入れたかったとか言って、地元のお嬢様学校に進路変更させられたんです。受験前のぎりぎりだったけど、そんなに頭の良い学校でもなくて、お金さえあれば入れるみたいな感じだったんで、まあ余裕で。実際入ってみたら、高校から入学した子たちは、みんなそんな感じの、ちょっとした成金の子ってタイプがほとんどで。本当に家柄の良い子たちはみんな中等部から上がって来てるんですよ。杏花さんはその中でも一番って感じで、だから同級生って言っても、ぜんぜん。そのお金持ってる父とは、私が高三のとき離婚して」

「へえ……」

エレベーターが一階に着く。ホールに出ると、先ほどより窓からの光が濃くなっていた。

「その次の父と私、折り合い悪くて。すぐに家を出て働き始めて、少しでもマシな仕事を探して転々としつつ今に至るって感じです。だから、私のお嬢さま期間はちょうど三年で綺麗に終了でした。その前もその後も、ずっと貧乏ですよ」

杏花との繋がりを隠していたお詫びのような気持ちで、私は過去のすべてをオープンに話した。水野さんは「そうだったんですね」と深くうなずく。「なんか、人生、って感じですね」とぬるいコメントをくれた。その声から察するに、先ほどの怒りは少しは収まったようだった。

「私の話はいいとして、どうします？　鍵の話、皆に伝えますか？」

気持ちを切り替え、私はたずねる。

「いえ、その必要はないでしょう。警察が来たら話します」

「でも、二ノ宮くんとかに教えたら、犯人まで推理してくれるんじゃないですかね？」

「彼らの協力は不要ですよ。もう、僕には目星がついてます。そして僕の考えが正しければ、この状況下では再び事件が起きることもないでしょう」


【X】


しかし、新たな殺人が発生する。

第一発見者は雨目石サクラである。

5

（六月二十四日　昼）

【C─梗介】

太陽が昇ってしばらく経っても、警察も、救助も来なかった。当然だ。僕が幸恵さんに、予定通り月曜日まではここに滞在すると連絡を入れたから。みんなを騙して悪いな、という気持ちがあるにはあるけれど、まあいいかという気持ちが同じくらいあるので、結局黙っている。昼が近くなると、再び天気が崩れ始めた。これで土砂の撤去作業にもまた遅れが出ることだろう。二ノ宮くんが喜ぶ様子が目に浮かぶようだった。

「ママはどうして来ないんだろう」

ベッドの上で膝をかかえながら、サクラが不思議そうに言った。

「パパも、おじさまも、おばさまも。連絡が取れなくなったのに、私たちが心配じゃないのかな?」

「そんなことないわ」隣のベッドで紅茶を飲んでいた杏花が答える。「きっと電波の調子が悪いだけって、そう思ってるのよ。大丈夫、もう少しして、またお天気が回復したら、来てくれる」

「ほんとにそうかな?」

サクラは振り返り、窓の外を見つめる。

「もしかして、みんな死んでたりして」

「え?」

「おじいさまみたいに。みんな殺されたから、迎えに来られないのかも」

杏花は静かに微笑んで、「そんなことないわ」とつぶやいた。

昼には、恋田さんがブランチを作って部屋まで持ってきてくれた。ベーコンと卵のたっぷり入ったサンドイッチだ。「嬉しい。お腹ぺこぺこだったんです」と杏花が両手を合わせる。僕が「みなさん調子はどうですか?」とたずねると、「元気ですよ」とシンプルな答えが返ってきた。

「皆、探偵の真似事をしてるみたいです」

部屋を出て行きながら、恋田さんはそんなひと言を付け加える。そういえば、今朝がた上の部屋からがたがたと派手な音が聞こえたので、二ノ宮くんたちが殺人現場ではしゃいでいるのかと思ったけれど、そこにいたのは水野さんと牧さんだったらしい。

食後は、杏花は社葬のためのリストを作ると言って、ひとりPCに向かっていた。そんな様子を真似してか、サクラはベッドの上で学校の宿題を開いている。石塚さんは気圧のせいか、疲れのせいか、怪我のせいか、いまいち体調がすぐれない様子で、恋田さんを手伝いにたまに下に降りていく以外は、眠るのにも使った部屋の片隅の長椅子でぼうっとしていた。

「大丈夫ですか?」

心配になって、僕は小さく声をかけた。石塚さんは途方に暮れたような目で、「ええ、恐らく」とつぶやいた。

「しかし、すみません、こんな体たらくで。天候の回復したタイミングで、今度こそトンネルまで降りてみようと思っていたのですが……」

「いや、やめた方がいいですよ。危ないですし、この天気じゃあ降りたところでまた無駄足になりそうです」

「しかし……いや、確かにそうですね」

そううつむいた石塚さんの鼻は、今や浅黒く変色していた。

やることもないので、僕もそのまま部屋に残って、窓を濡らす雨をぼんやり眺めていた。やがて眠りに落ちる前のように、脈絡のない考えが雨音のすき間に浮かび始める。おじいさまが死んでから一晩が経った。僕の胸にはまだこれと言って大きな感情が湧いてくる気配はない。ただ、おじいさまの死に顔、生きていた時の顔を思い出す。最後に交わした言葉はなんだったか?　近ごろ夜に胃がもたれて……と彼は言った。「そうですか」と僕が答えた、あれが最後になった。もっと優しい言葉をかけてあげることだってできたかもしれない。彼は八十近かった。あんなふうに殺さなくたって、きっと館にいる誰より早く死んだだろう。そんなふうには思えないところのある人だったけれど。

「考えていたのですが」ふいに石塚さんが口を開いた。

「なぜ犯人は、部屋を密室にしたのでしょう」

ささやくような声量だった。部屋の対面にいる杏花とサクラには、聞かせたくないのかもしれない。

「うーん……それはやっぱり、事件の発覚を遅らせたかったのでは？」少し考えて、僕は答える。「サクラが窓から覗いていなかったら、おじいさまの死体が見つかるのはたぶんもっと後になっていましたよね。ディナーがすっかり片付いてから、お酒の時間に呼びに行って……そこで返事がなくても、いつも通り寝てしまったと思って気にしなかったでしょうし。もしかしたら、今朝まで見つからなかったかも。そうしたらもう、そんな長い時間にアリバイのある人なんていなくなって、自分が疑われる可能性も減る……と、考えたのではないでしょうか」

「おそらくそうですよね。しかし、昭吉さんの部屋のカーテンは開いたままでした」

「まあ、三階ですからね。窓から覗かれるなんて考えなかったのでしょう」

「しかし、サクラさんが今どきの子供には珍しく木登りを趣味にしていることは、私たちなら当然知っていた」

私たち。僕と石塚さん、杏花とサクラ。

「つまり、カーテンを閉めなかったのは……私たち以外の、客人の誰かということにはなりませんでしょうか？」

客人。一条くんに二ノ宮くん、牧さん、恋田さん、水野さん。そして田中さん。

そこで石塚さんが「梗介さん、申し訳ありませんでした」と、急に深々と頭を下げた。僕は驚いて、え？　と聞き返す。

「昨夜……車の中でお話ししたときのことです。あのときの私は、あなたが犯人なのかもしれないと、半ば本気で信じていました。大変失礼なことも申し上げました。あの密室を作った犯人について、少し考えればわかることでしたのに……この通り、お詫び申し上げます」

あのときは僕を疑っていないとはっきり言っていたくせに。やっぱりあれは嘘だったのか。まあ、彼の態度からなんとなくわかっていたことだ。「気にしないでください。疑いが晴れたならよかったです」と、広い心で僕はうなずく。

「でも……、僕もちょっと、考えていたことがあるんです。凶器についてなのですが」

「凶器？　昭吉さんの所有されていた短剣ですか？」

「ええ、あれは東館の展示ケースの中にありました。あそこ、一見すると大げさな鍵がかかってますよね。実際はサクラのために開けっ放しでしたけれど」

「はい」

「犯人はなんであそこの短剣を凶器に選んだのかなって、ちょっと不思議に思ってました。凶器なんてなんでもいいじゃないですか？　この館には人を殴りやすそうな花瓶の類はそこらじゅうにあるし、キッチンには包丁もある。首を絞めやすそうな紐……カーテンのあの紐、タッセルって言うんでしたっけ？　あれなんて、ぜんぶの部屋にあります。犯人がわざわざ厳重に施錠されているように見えるケースの中から短剣を盗み出そうと考えたというのが、ちょっと理解できなくて。だからもしかしたら、犯人はあの鍵が普段から開いていることを知っていた人間なのかなって思いました」

「それはつまり……」

「石塚さんがさっき言った人たちと、すっかり逆になりますね」

犯人はサクラの木登りの趣味を知らず、カーテンを閉めなかった。犯人はサクラのために展示ケースが開かれているのを知っていて、中の短剣を凶器に選んだ。でも、両方の条件に合致する人間はいない。

「それは……そうですね」

石塚さんの目に、再び疑いの念が灯るのが見えた気がした。余計なことを言ったかもしれない。

そのとき、ふと視線を感じた。顔を上げると、ベッドの上にあぐらをかいていたサクラと目が合った。サクラは二、三回大きな目を瞬かせると「私、遊戯室に行きたい」と言った。

「遊戯室?」

「うん。宿題がぜんぶ終わったから。なにか読む本を借りてくる」

退屈だったので、僕もついていくことにした。皆が本館に集まっているので、東館には誰もいないはずだった。けれど渡り廊下を渡って東館へ向かい、二階への階段へとさしかかったとき、上から足音が聞こえた。


【A──二ノ宮】

雨の中、しぶる一条さんを引き連れて、中庭と裏庭を探索してみた。犯人が指紋の付着を防ぐのに使ったなにかを、窓から投げ捨てた可能性に思い至ったからだ。しかし、特に不審なものは見つからなかった。一条さんは彼が特定したというその〝もの〟についても犯人についても、依然としてなにも話してはくれない。非常に腹立たしい。

館に戻った僕たちは、東館に消えていく田中さんの背中を目撃した。「別にええやん」という一条さんを無視して、僕はその後を追った。田中さんはピアノの置いてある広間を素通りして二階へと上がった。そこにはもともと僕たち、牧さん、水野さんに割り振られていた客室と、遊戯室がある。田中さんは真っ直ぐに遊戯室へ向かいその扉を開いた。

「なんの用でしょう、遊戯室になんて」

面倒くさそうに後ろをついてきた一条さんにたずねる。一条さんは「遊戯やろ、そら」と気のない返事を寄こす。

幸運にも、田中さんは扉を開けたままにしていた。そっと足音をしのばせ、隙間から覗きこむ。田中さんはこちらに背を向けて、部屋の中央に置かれたテーブルをじっと見下ろしているようだった。そこには確か、昨日の昼間に牧さんが取り組んでいたジグソーパズルが置いてあるはずだ。どこか外国の、世界遺産の写真の柄だったと思う。

その時、階下から物音が聞こえた。ロビーの扉が開く音だ。かすかに話し声も聞こえる。あの高い声は、サクラちゃん。

はっと顔を上げる。振り返った田中さんが、こちらを見ていた。眼窩の奥にのぞく黒い瞳が、ぬるりと光ったように見えた。「あ――」と、僕はかける言葉に詰まる。

「どうもこんにちは。そちらさんもパズルですか？　俺たちもです。こういうときはやっぱりパズルに限りますよねえ」

一条さんが妙な陽気さで遊戯室へと踏み入った。田中さんは「ええ……」と、瞳をぬめらせたままうなずく。覗き見をしていたことは誤魔化せたかもしれない。が、パズルをやらなければならない流れになった。中央のテーブルに回り込んでみると、そこにはやはり浅瀬に建つ巨大な修道院のジグソーパズルがあった。二千ピースくらいはありそうだ。半分以上が完成しているように見えたけれど、箱の中にはまだ多くのピースがプラスチックの付属品とともにざらざらと残されていた。

少しすると、やはり先ほどの声の主であったサクラちゃんと梗介さんの兄妹が部屋に入ってきた。爽やかな挨拶を寄こし、巨大な本棚から本を選び始める。僕たちは近場の椅子に腰を下ろし、仕方なしにパズルを開始する。所在なげに立ち尽くしていた田中さんも、やがてそれに加わった。妙な状況になったな、と思った。

けれど、始めてみるとパズルは意外に楽しかった。最初のうちは一条さんを相手に、昨夜から今朝にかけての捜査を振り返り、整理をするつもりで話しかけていたのだけれど、例のごとく一条さんは張り合いがなく、僕もだんだんと目の前の作業と自らの脳内にのみ没頭していった。一条さんが未だ教えてくれない、見当が付いているという犯人について考える。誰のことを言っているのだろう。僕はまだ、濃厚な容疑者の名前は浮かんでいない。ただ事件から一晩が経って、なんとなく引っかかっているビジョンはあるのだ。それは一条さんと議論した、指紋のない手形がどうこうの話とは無関係のところにある。あれは僕が最後に見た、昭吉さんの後ろ姿……。

サクラちゃんと梗介さんはすぐに本館へと戻っていった。それからしばらくして、田中さんも「自分はそろそろ……」と部屋を出て行った。大きなジグソーパズルは、八割ほどが完成していた。

（六月二十四日　夜）

【C―梗介】

夕食くらいは皆でとりましょうという話になった。言い出したのは石塚さんだ。誰にも異論はなかった。田中さんまで部屋から出て来て、皆と一緒にテーブルに着いた。入って奥側の右端に座った彼をサクラがやたらじろじろ見るので、僕は身振りでたしなめた。

「飢えるような事態にはならないと思いますが」

パンを持ってきた石塚さんが言う。「昨夜までよりは、食材を抑え気味にしようという話になりました。万がいち日程が延びたときのことを考えて……あ、皆さま、アルコールはどうなさいますか？」

皆控えめに首を振って断った。僕は飲んでもいい気分だったけれど、ここは皆に倣うことにする。前菜は、リーフ類と白身魚のカルパッチョ。牧さんがスマホで写真を撮る。

「電波がないと、SNSにも載せられないですね」水野さんが言った。

「そうですね。でも、私はどっちみちSNSは見る専用なので。写真は職業柄というか」

「あ、そうなんですね。僕はけっこう、ごりごりに載せてますよ」

何気ない会話が続いた。僕はディナーのコースも順調に続く。キノコの入ったラビオリ、甘いソースのポークソテー、サクランボが丸ごと入ったゼリー。食材を抑えめに、とのことだったけれど、充分に豪華な晩餐だ。

　赤い果肉をスプーンに乗せたとき、おじいさまはサクランボが好きだったな、と思い出した。恋田さんが一昨日の夜にこれを出してくれていたら、最後に好物が食べられたのに。残念だ、悔しいな、と思う。そして、僕はおじいさまが嫌いだったけれど、死ぬ前に好物を食べてほしかったという気持ちはあるのだなと発見する。これはどういう種類の感情だろう。

「おじいさま、腐ってしまわないでしょうか」

　僕は天井を見上げて言った。

「気温が低いですし、冷房をつけているのでまだ大丈夫かとは思いますが……」石塚さんが控えめに答える。皆つられるように天を仰いだ。そこにおじいさまがいる。

【B──牧】

　バスルームを使わせてもらって部屋に戻ると、恋田さんと水野さんが白ワインのボトルを開けていた。つまみのオリーブまである。私の分のグラスも用意されていた。

「どうぞ、風呂上がりの一杯」

「え……いいんですかね、こんなときに酔っぱらっちゃって」

　そう言いながらもグラスを受け取った。よく冷えている。俄然、飲む気が湧いた。

「だって、退屈ですし。では……乾杯」

水野さんの音頭で、恋田さんもグラスを掲げる。右手に酒、左手にはまた、加熱式のタバコ。

「夕食のときは我慢していたんですね」

「ええ、まあ。雨目石家の人たちに悪いですし……さすがに犯人の前で酔っぱらうのは、無防備かと思いまして」

犯人。水野さんには、その目星がついていると言った。

「で、誰が犯人なの？」

恋田さんがさらりとたずねた。犯人を特定したと、水野さんは彼女にも話したようだ。

「いやあ、言えないですって。警察に話します」

「牧さんには教えたの？」

「いえ、私も聞いてないです」

「そうやってもったいぶってるとさあ、殺されちゃうかもよ？　犯人に」

「あ、私もそれ、思いました。なんかあるあるですよね。意味深なこと言ってるやつが、結局肝心なことは言えないまま退場するって」

「大丈夫ですよ。この話はお二人にしかしてないですから。僕、二人のことは信用してるんで」

まあ牧さんは隠し事してましたけどね、と、水野さんは愚痴っぽく付け加える。「それに、それを言ったら危ないのは二ノ宮くんたちじゃないかなあ。堂々と場を仕切っちゃって。彼らのことは、犯人も警戒しているかもしれないですね」

「あ、てことは彼らじゃないんだ。犯人」

「じゃあ、雨目石チームの誰かか、田中さん？」

「いやいや、そうやって当てようとしないでくださいよ」

「でも、私たちも教えてもらえてたら、警戒できて助かるんですけど」

私はグラスに口を付けた。よく冷えた辛口の白ワイン。ものすごくおいしい。

「警戒することで感づかれるのを避けたいですから。それに何度も言いますけど、まだ確定ではないわけで。警戒は全員に対してしておくべきですよ。警察が来るまではね」

「警察ねえ。私はもう、関わりたくないんだけど」前科持ちである恋田さんがぼやく。

「警察が来たら、犯人はどうするつもりなんでしょう。逃げ切れる気でいるんですかね」

なんとなしに、私はたずねた。

「もしかして、いなくなるかもね」恋田さんが答える。「天候が回復したら、森にでも逃げる気かもよ」

「ええ……そんなの、無茶ですよね。遭難してふつうに死にそう」

「確かに。じゃあ、大人しく捕まるか」

「あ、でも捕まるくらいなら私、死にたいかもしれないです」

「本気?」

「え、いやだって、刑務所とか無理ですもん。他の囚人と共同生活とか、学生の頃ならまだしも、今さらできないですよ」

大部屋に詰め込まれ、赤の他人と寝起きすることを想像するだけで息が詰まる。いや、今の状況がまさしくそれではあるのだけれど。

「慣れじゃない？　そんなの」

「うーん……そうですかね。でも私、食べ物の好き嫌いとかもかなり多いんで、食事に耐えられないと思います」

「好き嫌い多いの？　言ってよそういうの。出さないようにするから」

「あ、恋田さんの作るものは、ぜんぶ美味しくいただいてます。漬物とか納豆とか、和食系に駄目なのが多くて」

「ああ……。じゃあ確かに、刑務所はつらいかもね」

恋田さんはなにかを思い出すように目を閉じて言った。犬を轢いて、刑務所にまで入ったのだろうか？　犬を轢くことはそんなに重い罪になるのか？　と、私はまた犬好きの人間には聞かせられないことを考える。

「犯人は逃げないと思いますよ」水野さんが言う。「自分は捕まらないと考えているんじゃないかな」

「またそうやって、匂わせるようなこと言う。もう言っちゃえよ、誰なのか」

「いやあ、それはちょっと」

「この野郎」

恋田さんも水野さんも、ちょっと酔ってきているような気配があった。あまりお酒に強くないのか、この環境の影響もあるのか。単に、打ち解けて砕けた態度になっているだけかもしれない。気がつけば、もうこの人たちと三日も一緒にいる。互いの過去も話す仲になった。妙な気分だ。昭吉さんが殺されなければ、生まれていなかった縁だ。このワインだって口にすることはなかっただろうな、と、結露したグラスを指でなぞる。

　そのままだらだらと、数時間飲み続けた。取り留めもない雑談から殺人事件のあれこれまで、話すことはいくらでもあった。何度か、楽しい、と感じている自分に気づいた。明日は月曜日だけれど、不可抗力で仕事に行けない。今の自分はここにいるしかないのだという事実が、なんだか妙に私を落ち着かせた。閉じられた世界の不自由さが日頃感じていた焦りを消してくれる。

　気付けば日をまたいでいた。何杯目かのグラスを空にした水野さんが、ふいに立ち上がった。

「では僕はこの辺で、今夜は部屋に戻ります」

「え？」

　ワインで頭が回らない私は、「部屋って？」と愚鈍に聞き返した。

「東館の客間です。やっぱり昨日、眠れなかったので。人の気配があると、僕、駄目なんですよね」

「でも、危ないですよ」

「そうだよ。殺されるよ、絶対」

　昨日も似たやり取りをしたな、と思い出す。

「大丈夫です。僕が東館に戻ったことはお二人しか知らないわけですから、犯人も狙いようがありません」

　水野さんはへらへら笑って、「狙われたとしても僕、勝ちますし」と胸を張ってみせた。本人がそう言うのなら、無理に引き留める必要もない気がした。昭吉さんが殺されてから丸一日が経っているわけだし、次の殺人なんて起こらない。結局、おやすみなさいと挨拶をして、出て行く彼を見送った。

「さよなら、また生きて会えるといいね」

閉じる扉に向かって、恋田さんが意味深に聞こえるトーンで言うものだから笑ってしまった。

彼女も小さく笑いながら、「久しぶりに酒飲んだ」とベッドに仰向けに倒れ込む。

「あ、そうなんですか？　なんか、めちゃめちゃ飲む人なのかと思ってました」

「昔はね。犬轢いてからは止めてたの」

「あー……」

「酔うとね、そのときはいいんだけど、醒めるときがきつい」

「なるほど」

私たちも休み支度を整えて、眠ることにした。グラスもなにもかもそのままでいいやと思っていたのだけれど、恋田さんはきちんと厨房に戻しに行った。灯りを消してベッドに入る。隣のベッドに恋田さんが潜り込む衣擦れの音に、ふう、という深いため息が続く。

「酔わせて吐かせようかと思ったけど、彼、言わなかったね」

「え？」

「犯人の名前」

「ああ……」

実を言うと、私にはなんとなく見当が付いていた。窓の鍵の欠点を見つけて、水野さんが何をどう推理したのか。ただ、私が思い付いているのは犯人の見当ではなく、水野さんが誰を犯人だと思っているか、という見当だ。

私自身はと言えば、あの子が犯人だなんてとても思えない。

（六月二十五日　朝）

【C―梗介】

肩をゆすられ目を覚ました。

見ていた夢が一瞬の余韻を残して消えた。

目の前にサクラの顔がある。

すぐに現実を思い出して、僕は身体を起こした。

「おはよう」

首が痛い。枕が合わないみたいだ。頭を慎重に左に傾けると、サクラがじっと僕を睨んでいる。

「どうしたの？」

僕はたずねる。妹は答えない。ただ、その大きな瞳に、じわじわと涙の滴が溜まった。

「え、どうしたの？」

妹が泣くのを見るなんていつぶりだろう。充血し始めた目を瞬きもせず、たっぷり数秒の間、サクラは僕を睨んでいた。わが妹ながら、その睨み顔はなかなかに迫力があるなと思った。溜まった涙が零れるのを恐れて身じろぎもできずにいる僕に、やがて妹は薄く唇を開いて、言った。

「おばさんが死んでる」

【A――二ノ宮】

隣の部屋の物音で目を覚ました。ドアの開閉音、それから、人の声。女性の高い声が耳を衝く。あの声は、杏花さん？

身体を起こすと、一条さんは既に向かいのベッドから下りて靴を履いていた。「なんかあったで」と、低く冷静な声で言う。彼に倣い、「そのようですね」と努めて落ち着いた声で返しながら、けれど胸の中にはもう小さな火花が散っていた。なにかがあった！　眼鏡をかけて靴を履き、部屋を出る頃には胸の火は全身に広がり指の先までエネルギーに満ち満ちていた。なにかがあったのだ！

「杏花さん」

廊下を出てすぐのところに杏花さん、そしてサクラちゃんが立っていた。二人はぴったりと身を寄せ合い、固く手を握っていた。杏花さんは僕を認めると、「上です」と言った。「上……また、おじいさまの部屋です」

「なにがあったんですか？」

一条さんがたずねる。杏花さんは震える唇を開き、しかし言葉が出て来ない。やがてかろうじて、「また」とだけつぶやいた。それだけで、大体の察しがついた。じっとこちらを睨んでいたサクラちゃんが、「おばさんが死んでる」と答えをくれた。

「マジか」

一条さんに続いて、階段を上がる。上から下りてきた石塚さんと出くわした。

「ちょうど呼びに行くところでした」

石塚さんはそのまま僕らとすれ違い、「他の方も起こしてきます」と階段を下りて行った。僕はその背中に、「一人にならないように」と呼びかける。わかりました、という返事が階下から聞こえた。

「どないやねん」

前を行く一条さんがつぶやく。三階に着くと、昭吉さんの部屋の扉が開いていて、そのすぐ前の廊下に梗介さんが立っていた。

「おはようございます」

彼は優雅にもアホにも見える絶妙な加減で微笑んで、部屋の中を指さした。

「恋田さんが殺されてるっぽいです」

【B—牧】

誰かが扉を叩いている。最初それは、雨音のように控えめだった。寝ぼけた頭で、恋田さんか水野さんが出るだろう、と考える。けれど音は止まず、まさに雨音のように急速に激しさを増した。「水野さん」と扉の向こうの声が言った。「牧さん、水野さん、いらっしゃいますか。起きてください」

石塚さんの声だ。私は苦労して身体を起こす。頭が重たい。昨日のお酒と、たぶん、気圧のせいだ。立ち上がって扉まで歩きながら、水野さんのマットレスが空であることに気づく。そうだ、昨夜彼は東館で眠ったのだった。

「おはようございます」

薄く開けた扉の向こう、青ざめた顔をした石塚さんが立っていた。その後ろに、杏花とサクラちゃんまでいたことに驚く。何の用だ？

「牧さん……」

杏花がどこかほっとした顔で私の名をつぶやく。その目が部屋の中を探るように覗いた。「水野さんは？」

「あ……えっと、実は昨日、遅くに東館に戻ったんです。すみません、あの、もうそんな、固まってなくても大丈夫だろうって……」

杏花と石塚さんが顔を見合わせた。サクラちゃんが丸い目でこちらを睨む。

「どうかしたんですか？」私はたずねた。正直、まだ脳が覚めきっていない。今のこのシチュエーションだって、夢と言われればそんな気もする。

「恋田さんが……」

杏花が言った。私は部屋を振り返る。窓際のベッド、そこにあった膨らみがない。恋田さんが……。

「三階の、おじいさまの部屋で……その、亡くなっているんです。あれは、殺されているように見えました」

私は昨夜の彼女の言葉を思い出していた。

彼女のタバコが香った気がした。

【C―梗介】

恋田さんはこちらに顔を向けて、書斎から寝室へと続く境界をさえぎるように、横向きに倒れていた。わずかに開かれた瞼からは虚ろな瞳がのぞいている。いつも皺が寄っているようだった眉間は緩やかに開かれて、その死に顔は穏やかに見えた。すべての筋肉は弛緩し、もう二度と収縮することはない。

「亡くなっています」

恋田さんの傍らにひざをついて、手首で脈を診たらしい二ノ宮くんが言った。先ほど石塚さんも同じようにして恋田さんの死を確認していた。そんなの診なくても彼女の顔と、周囲に広がった血の量を見ればわかるのに、律儀だなと思う。彼女の口の端からも、血が一筋こぼれていた。

「第一発見者はどなたです?」と、二ノ宮くんがたずねる。

「サクラです」僕は答える。

「へえ……サクラちゃんが?」

「はい。おじいさまのときと一緒ですね。おじいさまのときとは違って、窓からではなくドアから見つけたそうですけど」

「そのとき既に、恋田さんは息絶えていたと」

「そう聞いています」

サクラは脈を診たりはしなかっただろうけど。

「あ、でも」

「でも？」

「扉の鍵は閉まっていたそうです」

「え、鍵が？　しかし、この部屋は昭吉さんの事件後、施錠などはしていませんでしたよね。それにサクラさんは、恋田さんをドアから発見したと……」

「はい。今朝、おじいさまの部屋に入ろうとしたところ鍵が閉まっていたので、石塚さんの持っていたマスターキーを持ち出して、開錠したそうです。石塚さんは眠っていて気づかなかったみたいで」

「なるほど」

二ノ宮くんは再び恋田さんに向き直り、鑑識のまねごとを再開する。「腹部に刺し傷があります。死因はたぶん出血によるものですね」と、誰にともなく告げた。

僕にできることはなにもなさそうだった。濃度を増した死臭から逃れようと顔を背けると、部屋の入り口には一条くんが、どこか呆然とした顔で突っ立っていた。「恋田さんがなあ……」とかすかな声でつぶやく。大丈夫ですか？　と問おうとしたところで、「あ！」と二ノ宮くんが大きな声を出した。

「どうしました？」

「これは……」

「ああ、それ。そうなんです。僕たちも見つけました。やっぱそれ、そうっぽいですよね」

恋田さんの右手の陰になったあたり。そこには、血で描かれたと思しき文字がある。やや乱れた筆致であるものの、それはアルファベットの「K」のように見えた。

「ダイイングメッセージ……」

二ノ宮くんはまるで大切なひとの名前でも口にするようなうやうやしさで、その言葉をつぶやいた。Kは、僕の名前のイニシャル。それから杏花も。この血文字は僕ら二人、どちらかに対する告発なのだろうか？

そのとき、二ノ宮くんの異変に気がついた。腕を組んで思慮に耽る彼の、ややうつむいた真剣な顔。その唇の上が、赤い。

「二ノ宮くん、鼻血が出てますよ」

【B―牧】

「ダイイングメッセージ？」

水野さんを呼びに皆で東館に移動しながら、状況の説明を受けた。現実感の乏しい気持ちのまま、さらに現実感の乏しいワードを聞かされて混乱する。

「はい、昭吉さんのときと同じように、床に血で書かれていました」

「でも……恋田さんが？　恋田さんが、それを書いた、んですか？」

想像のつかない話だった。恋田さんが、ダイイングメッセージを残して死んだ？　いや、でも。やっぱりそれはおかしい気がする。

「あの、ダイイングメッセージなんてあり得ないって話、一昨日してましたよね？　水野さんが……」

「うん、私もそう思ったの」

杏花が答える。あのとき杏花もその場にいた。

「恋田さんも水野さんの話、一緒に聞いてたよね。死に際に犯人の名前を遺そうなんて余裕のある人はいない、って。それに結局、ダイイングメッセージなんかじゃ犯人は特定できないから意味ないって話になったのに。なんで恋田さんは文字を残したんだろう。もしかして、また犯人の偽装……？」

彼女の言う通りだ。昭吉さんの側に残されていた「T」は、なんの証拠にもならないと一蹴された。「あの……、それで、なんて文字が残してあったんですか？」私はたずねた。

「K」

そう答えたのは、サクラちゃんだ。

「アルファベットのK」

「あ、そうなんだ……」

杏花のK。そんなの、なんの意味もない。なんの証拠にもならない。

東館の広間を抜け、二階に上がった。水野さんの部屋は私の元いた部屋の左隣、北の角部屋だ。スマホを見ると、時刻はまだ六時を少し過ぎたところだった。まだ眠っているだろうか。そもそも――生きているだろうか？　そんな不吉な考えが頭を過《よぎ》る。生きているに決まってるのに。

先頭に立っていた石塚さんが扉を叩く。すぐに中から物音が聞こえた。数秒と待たず扉が開き

――水野さんが顔をのぞかせた。彼はふつうに生きていた。

「あの……水野さん」

言葉に詰まる石塚さんに、水野さんは「なんです？」と不審そうな目を向けた。「皆そろって……なんなんです？　こんな早くから」

私は一歩前に出て、石塚さんの隣に並んだ。

「水野さん、恋田さんが殺されたんですって」

そう声にした途端、急に悲しくなった。

「恋田さん、死んじゃったんですって。あんなに元気だったのに。昨日、久しぶりにお酒を飲んで楽しそうにしてたのに。もういないんですって」

悲しい。なにを悲しんでいるのか、意味がわからない。三日前に会ったばかりの他人。彼女が死んだからって、なにを悲しむ必要があるんだ？　頭の片隅では確かにそう考えながら、それでも涙が滲むのを止められなかった。水野さんはぽかんと口を開いて、まぬけな顔でこちらを見返していた。

ふと視線を感じ振り返ると、サクラちゃんと目が合った。

杏花の腰のあたりにしがみついて、彼女も静かに泣いていた。

【C－梗介】

鼻にティッシュを詰めた二ノ宮くんが、マントルピースの前に立つ。他の皆は長テーブルの、もうすっかり定位置となった自分の席にそれぞれ着いている。恋田さんがよく座っていた奥の右端の椅子には、今は田中さんが浅く腰を下ろしていた。彼は落ち着かない様子だった。うつむいて、陰鬱な雰囲気で、まるで懺悔でもしているみたいだ。けれど今は彼に限らず、皆等しく落ち着かず、陰鬱な雰囲気であると言えた。元気そうなのは二ノ宮くんと、あるいはまたしても人の死の実感が湧かない、僕くらいだ。

「すでに皆さん聞き及んでいると思いますが」

二ノ宮くんはそこで深く息を吸い、たっぷりと間をあけて、続ける。

「二人目の被害者が出てしまいました」

彼はテーブルに着いた面々を見渡す。皆、「はあ」とか、「ええ」とか、疲労のにじむ声を返した。マントルピースの上の振り子時計は、ようやく七時を指そうかというところだった。けれど、朝の爽やかな光はまだ届かない。また雨が降っている。

「被害者は恋田さんです。最初の被害者である昭吉さんの部屋で、ちょうど書斎と寝室をさえぎるように倒れていました。死因は恐らく失血死……刃物による傷と思われます。ただ、最初の事件と違うのは、凶器が現場から見つかっていないという点です」

二ノ宮くんはすらすらと喋る。彼の元気さはあるいは図々しいように、その図々しさはもはや清々しいほどに感じられた。

「最初の事件との類似点としては、部屋が密室になっていたこと。第一発見者であるサクラちゃんによると、扉は鍵がかかっていたそうです。僕らで確認したところ、書斎と寝室の窓もしっかり施錠されており、扉の鍵は書斎の机の中に残されていました。恋田さんを最後に目撃したのは、同室であった牧さん。零時半くらいに彼女と共に就寝した、とのことで間違いはありませんね？」

牧さんはちらりと視線を上げ、静かにうなずいた。

「となると、犯行時刻は零時半から、サクラちゃんが昭吉さんの部屋を訪れた六時前までの、五時間余りということになります。その間、ご自身のアリバイを証明できる方などはおられますか？」

「あの……」

石塚さんが控えめに声を上げた。「はい、石塚さん」と、二ノ宮くんが発言を許可する。石塚さんは再び「あの……」としばしの逡巡を見せた後、「もう、申し出てくださいませんか？」と、か細い声で言った。

「え、申し出る……とは？」

「いらっしゃるんですよね？　この中に、犯人が。でしたらあの、もう、いいですから。私は一切責める気はありません。昭吉さんを殺したのには、深い訳があったものと推察いたします。昭吉さんに殺されるような非があったなら、それはもう、私にも責任があります。私からも謝罪させていただきます」

大変申し訳ございませんでした、と、石塚さんは深々と頭を下げた。僕の隣で、杏花が息を詰める気配がする。

「ですが、私どもとは無関係であるところの恋田さんまで殺さなければならなかったのは、なぜなのでしょう？　どうかもう、はっきりと教えていただきたいのです。本当に、一切責めはいたしません。ただ、これ以上他の方々にまで被害が及ぶのはどうにか避けたいのです。どうか、名乗り出てください。この通り、お願いいたします」

石塚さんはテーブルに鼻をぶつける勢いで、再び深く頭を下げた。僕は皆の顔をそれとなく見渡してみたけれど、誰も、なにも言わない。数秒待った。やがて頭を上げた石塚さんの顔は、憔悴の色が濃くなっていた。

「僕も不思議に思っていたんです」

水野さんが口を開いた。

「不思議というか、もう、驚愕してますよ。どうして恋田さんが殺されたのか、まったく不可解です。あらためて確認しますけれど、昭吉さんと恋田さんはこの週末が初対面で間違いないんですよね？　以前から面識があったとか、何年も前に一瞬でも関わりがあったとか、そういう可能性はないんですよね？」

「……ええ。私はもう三十年近く、昭吉さんの身の回りの雑事全てに関わっておりますが……、恋田さんに仕事をお願いするのは、今回が初めてのことです」石塚さんが答える。

「昭吉さんが恋田さんになにか支援を行っていた、なんてことはあり得ませんか？　彼女、何年も前に事故を起こしているんです。若者を援助するのが好きだった昭吉さんが、例えばその賠償を肩代わりしたとか」

「事故？」二ノ宮くんが口を挟んだ。「どんな事故ですか？」

「犬を轢いたそうです」

水野さんは端的に答えた。初耳だ。かわいそうな犬を思って、僕は少し気持ちが落ち込む。

「いえ」と石塚さんは首を振った。

「昭吉さんが行った寄付や支援などはすべて把握していますが、そのような話は聞いたことがありません」

「そうですか……。二人の被害者が、まったくの無関係。となると、状況は最悪ですね」

水野さんは忌々しそうにつぶやく。「最悪？」と、杏花が不安げに声を上げた。

「ええ。なぜ恋田さんが殺されたのか。かろうじて考えられるとすれば、口封じ、という可能性です。彼女が昭吉さんを殺した犯人、あるいは犯人にとって知られたくない情報を知ってしまった、というパターンですね。しかし僕が昨夜彼女と最後に会ったとき、恋田さんが犯人に気づいているような様子は一切ありませんでした。誰が犯人であるのか、二ノ宮くんたちのように推理していたわけでもない。重要な情報を得てしまったなんていう自覚は、彼女にはまるで無いようでした」

そうですよね？　と、水野さんは念を押すように牧さんに問いかけた。牧さんはまた、視線だけを上げて静かにうなずいた。

「これはつまり、もう誰が殺されてもおかしくはないという話ですよ」

「無差別なのかもしれへん、ちゅうことやね」

ぽつり、と、ずっと黙っていた一条くんがつぶやいた。その言葉が、皆の間にじわりと染みていくのが目に見えるようだった。水野さんが深く頷き、「ええ。ここからはもう警察が来るまで、絶対にひとりにならない方がいい」と力強く言った。そこで、二ノ宮くんがひとつ咳払いをした。

「おっしゃる通りです。ですから皆さんに、ここに集まってもらいました。そのうえで、できる限り情報の共有をしておこうかと」

「ああ……アリバイの話でしたね。既にお話しした通り、僕は昨夜東館の客室に戻ってしまったんですよ。だからアリバイはないです。ひとりで寝てました」

水野さんの答えに皆がばらばらと頷いて「自分も寝ていた」旨の回答を続けた。僕だってそうだ。ネットもつながらず、テレビすらない環境で、夜は自然と早くなる。昨夜はサクラと杏花がぽつぽつお喋りをするのを聞きながら、僕らも十時頃には電気を消して横になった。同室の人間が眠っていた時間のアリバイをなしとするなら、明確なアリバイがある人間は誰もいない。

「ていうか、私が一番怪しいですよね……」

牧さんがつぶやいた。「同室だったのに……気づかなかったし」

「いいえ、眠っていて気づかなかったというなら、今朝になるまで誰も異変に気がつかなかったわけですから、皆同じ条件です」水野さんが言う。

「そうだよ、私たちもおじいさまの下の部屋なのに何も気づかなかったし、瑞帆さんと同じ」杏花がうなずく。「でも、恋田さんはどうしておじいさまの部屋で亡くなっていたんでしょう？　その、犯人に、連れてこられたとか？」

「どうでしょうね。無理に連れてこられたとしたら、夜中であったとはいえさすがに誰か気づいたでしょう。刃物を突き付けるなどして脅されたか、あるいは誘い出されたか」水野さんが返す。

「その場合も、なぜ犯人は昭吉さんの部屋を選んだのか、という疑問が発生しますが」

「サクラはどうしておじいさまの部屋に行ったの？」

大人しく座る妹に、僕はたずねた。サクラは丸い目をちらりとこちらに向け、「おじいさまを見ようと思って」と呟いた。

「見ようと？」

「うん。昨日の夜、サクランボを食べたでしょ。おじいさまの好物だったなって思い出して、そしたらなんだか、会いたくなって。早く行かないと、警察が来たらしばらく会えなくなるって思ったから。そうでしょ？　殺されたら解剖されるんだって知ってる。だからこっそり見て、さよならだけ言おうって思って。そしたら、ドアに鍵がかかってて、石塚さんが閉めたんだと思って……。鍵を借りて、ちゃんと返せばいいやって思ったの。ごめんなさい」

「そう……そっか」

今朝サクラは泣いていた。あれは恋田さんの死ではなく、おじいさまが死んだことが悲しくて泣いていたのかな、と思った。丸一日が経って、感情がようやく現実に追いついてきたのかもしれない。

「それまで、マスターキーは確かに石塚さんが持っていたわけですね？」

「はい。他の鍵と一緒に。ただ、すみません、眠るときは背広を枕元に掛けていました。昨夜は痛み止めを飲んで眠ったもので、眠りも深く……。サクラさんが持って行ったことには、まるで気づきませんでした」

「なるほど」

そこで石塚さんは、はっと顔を上げ時計を見た。

「すみません、皆さま。お飲み物の用意もせず……。朝食も、召し上がりますか？」

朝食、というワードを聞いて、当然恋田さんの不在を思った。いえ……と、皆の返事も歯切れが悪い。言い出した石塚さんも、「もちろん、大したものはお出しできませんが」と、つらそうにうつむいてしまった。

そのとき、「俺もやりますよ」と一条くんが席を立った。「居酒屋でバイトしとったんで、それなりに包丁は握れるんで安心してください。もちろん、プロにはかなわへんけどね」

「いえ、そんな、お客様にやっていただくわけには」

「こんな異常事態なわけやから、もうお客もなんもないですよ。皆ができることをやらな」

「あ、じゃあ僕も」

二ノ宮くんが申し出る。しかし一条くんは「お前はええから、推理やら調査やらしとき」と首を振った。「遅くとも今日明日には警察が来るんやから。早ければもう、誰かそこまで来とるかもしらんで」

その言葉を合図に、僕たちは窓の方を見た。藍色の雨が降り続いている。すっかり耳に馴染んでいた雨音を、あらためてうんざりと聞いた。「しらんけど」と、一条くんがつぶやいた。

【A—二ノ宮】

楽しい時間はあっという間に過ぎる。

気付けば昼が近かった。一条さんたちが用意してくれた食事をとった後、僕たちは再び三階の現場へと戻った。僕たちというのは、僕と梗介さん、牧さんに水野さん、それから田中さんの五人だ。よくわからない面子になった。僕としては探偵である一条さんにはぜひ現場検証に加わってほしかったのだけれど、彼は「念のため夕食の仕込みもしとくわ」とキッチンに残ったのだ。すぐに警察が来るかもなどと言いつつ、夜までここにいることを彼はすでに覚悟しているようだった。

水野さんと牧さんが現場を見たがることは予想していた。彼らは彼らでどうやら事件を捜査しているようだとその口ぶりから察しがついていたし、なにやら親しくしていた恋田さんが殺されたとあっては、その捜査に熱が入るのは当然だろう。

意外だったのは、梗介さんに田中さんだ。二人共、事件に興味があるようには見えなかったのに、なぜ現場を見たがるんだ?

田中さんは今、窓辺に置かれた机の引き出しを開けて中をのぞき込んでいる。あまり現場にべたべた触るのは感心しないが、その両手にはきちんと軍手がはめられていたので許容することにした。梗介さんは昭吉さんの傍らに立って、とくに何をするでもなくシーツに覆われた遺体を見下ろしている。もしかして彼は現場ではなく、昭吉さんを見に来たのだろうか。

僕はいちおう彼に断りを入れてから、シーツの端を摑んで、ひと息にそれをめくり上げた。死後二日経った昭吉さんの遺体が再び光の下に晒される。伏せられた首元や衣服からのぞく手の皮膚は、事件直後に現場検証をしたときからまた色を変え、絵の具で塗ったような緑色をしている。背中に突き刺さった凶器はそのまま、赤かった血は黒に変わって乾いていた。有機物の変色以外には、彼の遺体周辺に変化は見られなかった。背中で梗介さんが小さく息を吐くのが聞こえる。特に見るべきものはなさそうだと、僕はシーツをもとに戻した。

「凶器が見つかっていないというのが嫌な感じですね」

恋田さんの側に膝をついていた水野さんが言った。

「ええ、確かに」僕はうなずく。「もし犯人が未だ凶器を持っているとしたら、脅威になり得ます。……下に戻ったら、身体検査を提案したいと思います」

「検査か。まあ、反対はしませんよ。凶器が見つかる可能性は低いとは思いますがね。恋田さんが発見されるまで、夜中いくらでも時間がありました。所持がバレたら一発でアウトになる凶器を、今も持ち歩いているということは考えづらい」

わかりきったことを得意げに話す水野さんが癇に障ったが、僕は「念のためです」とあくまで大人の態度でうなずいた。

それからは各々捜査を続けた。途中、死臭に耐えかねたのか牧さんが書斎の窓を大きく開いた。梗介さんは相変わらず昭吉さんの遺体の周りをうろうろし、水野さんは依然腹の立つ顔でなにやら思案に耽るポーズを取っている。僕はと言えば、被害者の残したダイイングメッセージが気になっていた。「T」と「K」。これが犯人を指し示すものだとしても、あるいは犯人の偽装工作だったとしても、なぜ違う文字が残されているんだ？

「あの……」

部屋の隅で気配を消していた田中さんが、ふいに声を上げた。「自分はあの、そろそろ、下に戻ろうかと思います……」

「ああ、では僕も一緒に下りますよ。単独行動は避けなければね」

そう申し出たのは水野さんだ。「様子を見たい人もいますし」と、なにやら意味深なことを言う。「はあ」と曖昧に頷く田中さんの先に立ち、部屋を出て行った。続いて田中さんが扉を出ようとしたとき、彼のズボンの尻ポケットに突っ込まれていた軍手が、するりと床に落ちた。「あ、田中さん」と梗介さんが声をかけたけれど、田中さんはそのまま後ろ手に扉を閉じて行ってしまった。聞こえなかったのだろうか？

僕はなんの気なしに歩み寄り軍手を拾った。一昨日の夜に彼のボディバッグの中に発見した、ごくふつうの軍手だ。すると、そこからはらりと、またなにか小さな紙片が落ちて床を滑った。足元で止まったそれを梗介さんが拾う。二つに折られていた紙片を広げると、梗介さんは不思議そうな顔で首をかしげた。

「なんですか？　それ」僕はたずねる。

「――殺人事件」

「え？」

「私雨邸殺人事件……の、新聞記事です」

「は？」

昭吉さんが殺された事件が新聞記事に？　そんな馬鹿な。まだ警察も来ていない。館の外の誰も、まだ事件の発生すら知らないはず。なぜ事件が記事になる？

混乱しかけた僕に、「どうしてこんな古い記事があるんでしょうね」と梗介さんがつぶやいた。

「古い？」と、そこで思いだした。この館では以前にも殺人事件が起きているのだ。館の最初の主である私雨氏が愛人に殺された。そもそも僕はその事件に惹かれ私雨邸を訪れたのだった。よりり魅力的でフレッシュな事件の発生により、すっかり失念していた。

「見せてください」

僕は梗介さんの側に寄る。もうひとり部屋に残っていた牧さんも、同じように近づいてきて紙を覗きこんだ。それは確かに、六十年前の殺人事件の新聞記事――の、コピーであった。記事の内容には特段驚くべき個所はなかった。最初の夜に昭吉さんが語った事件のあらましが、より詳しい日付と共に記されているだけだ。問題は――「なぜ田中さんがこんなものを持っているんでしょう?」梗介さんが言う。「田中さん、この山に登ったのはたまただったと言っていたんですよね。あれは」

「嘘だった、ということでしょうね」僕は頷いた。「田中さんの目的は始めからこの館だった。自殺志願者に見せかけて昭吉さんの同情を引き、まんまと館に侵入した。最初から彼にはなんらかの意図があり……あるいは昭吉さんの殺害こそがまさにその」

鼻の奥がうずく感じがした。止まった鼻血が再び湧き上がる気配に、僕は天井を仰ぐ。脳内をアドレナリンが駆け巡っている。

「でも、何十年も前の殺人事件がおじいさまの殺害に繋がるなんてこと、ありますかね? 私雨さんとおじいさまは面識のない他人ですよ。ただこの館を買ったというだけで」

「そこはまだ、わかりません。しかし田中さんはこの記事を持っていた。隠し持っていた。彼の来館の意図がなんなのか……」

「ていうか」と、牧さんが口を開いた。「あの人、本当に田中さんなんですかね」

「え……というと?」

「さっき梗介さんが『田中さん』って呼び止めたとき、反応しませんでしたよね。もしかして、偽名なんじゃないですか? 『田中』なんて、いかにもそれっぽいっていうか……田中なんて名乗るの、偽名を名乗りたい人か、本当に田中っていう名前の人くらいしかいなくないですか？」

それはそうだろう、と思ったけれど、牧さんは田中さんの消えた扉を真剣な目で睨みつけているので、黙っていた。偽名云々はともかくとして、彼の怪しさが跳ねあがったのは間違いない。彼には昭吉さん殺害時のアリバイも存在しない。後は、密室の謎と指紋の謎が解ければ……。

「うーんでも、僕はちょっと水野さんも気になってるんですよね」

牧さんと同じ扉を見やり、梗介さんが言った。

「え、水野さんですか？」

「はい。彼ちょっと、気になる匂いがするんですよね。あ、比喩とかじゃなくて、本当に匂いが」

「匂い……ですか？　ああ」

そう言えば僕も、ちょっと気になった瞬間があったような。あれは確か、昭吉さんの事件後、調査のため水野さんの部屋に入ったときだ。甘いような、香ばしいような、不思議な匂いが鼻をついた。「おじさんだから、ふつうに加齢臭とかじゃないですか？」と、牧さんがシビアなことを言う。

「あ、いえ、なんの匂いなのかは見当がついているんです。友達が同じ匂いをさせていたことがあって。事件との関係があるかどうかはわからないんですが、しかしどうにも気になっていて」

梗介さんはどこか遠くを見やるように目を細め、

「あれって、大麻の匂いだと思います」

【B—牧】

現場検証を終えて、皆再びダイニングに戻ってきた。二ノ宮くんの提案により、男女に分かれ身体検査を行ったけれど、誰からも、なにも発見されることはなかった。その後は各々ソファや椅子に座り、目を閉じたり、とりとめもない話をしたりして、一見穏やかに過ごしている。石塚さんが淹れてくれたお茶を飲みながら、私も静かにソファに座って、でも、頭の中ではぐるぐると雑多な思考を止められずにいた。

恋田さんが死んだ。水野さんに大麻疑惑が出た。昨夜楽しくお酒を飲んだ二人がぐるりと姿を変えてしまった。なにひとつ信用ならないな、と思う。まわりの人間すべてが敵……いや、敵というのともなにか違う。もっと不可解で摑みどころのない……他人。そう、他人だ。まわりの人間すべてが他人で、他人が淹れたこの紅茶だって信用ならない、毒が入っていたって不思議はない、と思いながら、私は温くなったお茶を飲みほす。カップを下げるついでに、顔を洗いに行こうとダイニングを出た。廊下を進んだところで、後ろから声をかけられた。

「瑞帆さん」

杏花だ。「どこ行くの？　一緒に行くよ。ひとりになるのは危ないから」

「あ……うん、ありがとう」

今となっては杏花も他人だ。若干の警戒を覚えながら、私は恋田さんたちと使っていた使用人室の手前にある洗面台へ向かった。冷たい水で顔を洗って戻りしなになんとなく部屋の中を覗くと、朝起きたままの荒れたベッドが目に入った。

このまま救助が来なければ、今日もここで眠るのか。それとも、今夜は皆ダイニングで過ごすことになるだろうか。「ちょっと、ごめん」と杏花に声をかけて、毛布だけでも整えておくことにした。隣のベッド、恋田さんが使っていた毛布にも手を伸ばし、そこで枕元に、まだ数本残った加熱式タバコの箱を見つけた。私はそれを、勝手に拝借することにした。

「吸うの？」扉から覗いていた杏花がたずねた。

「いや、うん。それもいいかなって……。あの、暇だし」

私はもごもごと答える。「吸ったことはあるの？」と、杏花は重ねてたずねた。「ううん」と私は首を振った。煙に金を出そうと思えるほど、成人してからの生活に余裕があったことはない。

「私はあるよ。高校のとき」

「え……」

杏花はいたずらっぽい、それでいてどこか寂しそうな笑みを浮かべて言った。

「おじいさまが知ったら卒倒したでしょうね。卒倒させてみたかった。でも、もう無理だけど」

かける言葉が見つからず、私は黙って杏花を見ていた。やがて彼女は大きくひとつ息をついて、

「さあ、戻りましょう。私たちが犯人だってばれちゃう」と肩をすくめた。

「え……え？　それって、あの」

「ごめん。不謹慎な冗談ね」

「え、あ、いえ」

クラスの人気者が振ってくれた冗談に上手く返せない。そんな敗北感を抱きながら私はダイニ

ングに戻った。

【C──梗介】

いい加減、サクラが気の毒になってしまった。彼女は今、玄関ホールから二階へ続く階段の三段目に腰かけ、立てた膝の上に頬杖をついて玄関の扉をじっと眺めている。僕たちがおじいさまの部屋から戻った時から、ずっとその体勢だ。母親が迎えに来るのを待っているのだと思う。皆が集まるダイニングの扉からその姿が見えるので危険はないだろうけれど、ホールは冷えるし、やっぱりかわいそうだ。迎えなんて来ないのに。僕はそっとダイニングを出て彼女の横に腰かけ、白状することにした。「サクラに言わなきゃいけないことがあるんだよね」と。

土砂崩れの現場付近でスマホの電波が辛うじて繋がったので、こっそり幸恵さんにサクラの無事を伝えたこと。おじいさまの死を伏せ、火曜日まで迎えを寄こさないように仕向けたこと。僕の告白に、サクラは怒り出すでも大きく驚いてみせるでもなく、ただ二、三回瞬きをした後「なんでそんなことしたの？」とたずねた。

「ちょっと、時間が欲しかったんだよね」

「時間？　なんの時間？」

「犯人と……話をする時間かな。警察が来る前に二ノ宮くんたちが犯人を特定してくれたら、いろいろ聞ける時間があるかと思って。ほら、警察に捕まっちゃうと、遺族は犯人と直接話したりできなくなるっていうし」

「おじいさまを殺した人に、なにを聞きたかったの？」

「うーん……まず、なんで殺したのかとか。あと、死に際のおじいさまのリアクションとか。おじいさまはなにか言わなかったかとか。なにか……最後に、名前とか、言わなかったかなって。その、大事な人の」

「それならおじいさまは、お兄ちゃんの名前を言ったと思う」

サクラは真っ直ぐに僕を見て言った。優しい子だな、と思う。心を込めて頭をなでると、イラッとしたように振り払われた。格下になでられるのが嫌いなのだ。サクラは前に向き直ると、「私も言わなくちゃいけないことがあるの」と、やや声を硬くして言った。

「私、おじいさまを刺した短剣に触ってないって言ったけど、あれは嘘」

「え？　あ、そうなんだ」

「うん。土曜日のお昼に、裏の森で遊ぶときにいつもみたいに持って行って……それで、帰って来てから、展示ケースの上に置きっぱなしにした。怒られると思って嘘ついたの。だからね、おじいさまがあの短剣で刺されたのって、私のせい。私があれを、ちゃんとしまっておかなかったから。私のせいでおじいさまは殺されたの」

話すうちに、サクラの目から音もなく涙が流れてそのあごの下に溜まった。今朝から妹はずいぶん泣き虫になってしまった。「それは違うと思うけど」と僕は言った。「おじいさまが殺されたのは、犯人のせいだし」

「そんなことわかってるけど。でも、私にもちょっとだけ原因があるでしょ」

「ないよ。おじいさまなんて素手でも殺せるし」

サクラはスンと鼻を鳴らして、僕の右足を軽く蹴った。「というか、そういうことを言うならさ」と僕は続ける。

「僕が最初から幸恵さんに正直に助けを求めていたら、悪天候の中でもすぐに警察が駆けつけてくれて、恋田さんは死なななかったかもしれないんだ。ていうか、うん、絶対死ななかったと思う。だから恋田さんが死んだのは、かなり僕のせいなんだよね」

「それは――」

サクラは再び前を見据え、数秒黙って考えこむ。それから、「まあ、確かにそうだね」とうなずいた。

【A―二ノ宮】

キッチンで野菜を切っていた一条さんに、恋田さんの現場検証で発見したことを報告した。それから、事件との関連は不明ではあるものの、田中さんがこの館で過去に起きた殺人事件の記事を持っていたことと、水野さんの大麻疑惑についても。ふんふんと話を聞いていた一条さんは僕が語り終えると、包丁を持ったままの腕を組み「俺もひとつわかったことがある」と言った。

「え、なんですか?」

「俺の推理は間違っとったわ」

「は?」

「昭吉さんが殺された夜のことをもう一度ちゃんと思い返してみた。この厨房に立ってな、あの日の夕食の全部を細かく思い出してみた。そしたら、あ、あれはちゃうかったなって気づいてな」

「は？　夕食？　このキッチン？」

別段変わったところのないキッチンだ。入り口に立った一条さんの肩越しにのぞき込むと、奥の壁に寄せて調理台とコンロ、冷蔵庫、オーブン類に流し台がある。手前には食器棚。広くはないが、すっきりと片付いていて使いやすそうだ。テーブルがひとつに椅子が二脚置かれていて、恋田さんや石塚さんはそこで食事を取っていたのだろう。

「えっと……このキッチンで、なにがわかったっていうんです？　なにがどう間違っていたと？」

「それは聞くな。思いっきり間違ってた推理やで。恥ずかしいやん」

一条さんはキッチンの中へ、大根を細切りにする作業に戻った。これ以上たずねても答えてはくれないだろう彼の性格は、この数日で嫌というほどわかっていた。「そうですか」とうなずき、僕は——僕は彼を見限った。

振り返ると、ちょうど階段のところに座っていた梗介さんとサクラちゃんがダイニングに戻っていくところだった。僕はひとり玄関ホールに残され、失望のため息を漏らす。

一条さんは探偵役にふさわしくない。

もっと早くその結論に辿り着くべきだった。

そこでふと、階段の奥のエレベーターが目に入った。そして僕は気づいてしまった。

【X】

ここまでの視点で犯人は特定可能である。

6

【B―牧】

　恋田さんが死んで、途方もなく長い一日が始まるように感じていたのに、気づけばもう日没が近かった。何もかもが一瞬で過ぎ去って留めておけないように思うのに、同時に、もう何年もここで暮らしているような気もする。

　夕食は豚肉と野菜の炒め物に、白いご飯とお味噌汁だった。口にしたどれもとても美味しいと感じたけれど、皆あまり箸が進んでいないようだった。同じテーブルに二人の人間を殺した犯人が着いているとあっては、仕方のないことだと思う。

「十九時ですね」

　石塚さんが疲れた声で言った。

「本来なら全員が帰宅していたはずの時間です。これでもう間違いなく、警察に通報されているでしょう。きっと、天候のせいで来られていないだけで」

「じゃあ、やっぱりもう警察が来るまで、皆で固まって動かないでいましょう。犯人がどんな考えでいようと、そうしたらもう、なにもできないですよね？」

杏花が言った。皆がばらばらと頷く。

「それが一番やね。『殺人犯と一緒になんかいられるか、俺は部屋に戻る！』みたいな意見の人、おります？」

一条くんが皆の顔を見回してたずねる。そんなわかりやすい死亡フラグを立てる人間はいないだろう、と私はお味噌汁に手を伸ばした。けれどそのとき、「あ、はい」と目の前で手が上がった。私の斜め前に座る、梗介さんだ。

「え？」

「待って梗介、本気？」

皆が手を止めて梗介さんを見た。梗介さんは「ああ、ううん。そうじゃなくて」と軽く笑った。

「皆で一緒に過ごすなら、ちょっと、言っておきたいことがあって」

「なんでしょう？」石塚さんがたずねる。

「僕、犯人がわかったような気がするんですよね」

一拍置いて、空気が変わった。

私の両隣、二ノ宮くんと水野さんがぐっと身体を強張らせるのが伝わった。

「ちょっと待ってください。今それを言うつもりですか？」

水野さんが焦りのにじむ声で言う。

「そういう話は、警察が来てからで構わないでしょう。犯人を刺激することになる。あなたの考えているその『犯人』が、反論するか、大人しく罪を認めるか、開き直るか、どうなるかはわからない。でも、口封じのために恋田さんを殺したかもしれない人物です。指摘を受けて、自棄になったら危険な行動を取らないとも限らない」

「でも私、気になるわ」

杏花が言った。

「こんなに人数がいるんですから、本当に梗介が犯人がわかったと言うなら、皆で説得して……。できれば、あの、拘束させてもらったほうが、安心できるんじゃ……」

「そうは言っても、犯人が本気で暴れれば怪我人が出るかもしれませんよ。恋田さんを殺した凶器だって見つかっていないんですから。今はとにかく穏便に過ごして、犯人の拘束だとか危険の伴う行為は警察に任せるのが一番ではないでしょうか」

水野さんがあくまで保守的な案を主張する。しかし杏花も「でも……」と譲らない。そのとき、私の左隣で二ノ宮くんが梗介さんを見据えながら、手にした箸を膝の上でそっと逆手に持ち変えるのが見えた。犯人を取り押さえる準備？　まずいんじゃないか、と思った。箸なんて、大した脅威にはならないと思うけど、でも。疲労で緩んでいた空気がぴりつくのを感じる。なにか一つのきっかけで、乱闘にでもなりそうな。私は気持ちを落ち着かせようと、とりあえず手にしていたお味噌汁を飲んだ。緊張のせいか、味がよくわからない。

「あ、大丈夫ですよ」

梗介さんは軽く首を振って言った。

「あの、皆で一緒に過ごすのに、この中に犯人がいると思うとぴりぴりするじゃないですか。だから、そうじゃないんじゃないですかね、ってことを言いたかったんです。僕は、この中にはもう犯人はいないと思うんですよ」

「え……それは、つまり？」

箸を握った手をゆるめ、二ノ宮くんがたずねる。梗介さんはゆったりと椅子に背を付け、言った。

「犯人は、恋田さんだったんだと思うんです」

【A―二ノ宮】

「死んだ人を悪く言うのは良くないと思って、黙っていようかとも考えたんです。でも、彼女が犯人だったとわかれば、もう皆さん安心できますよね」

そう微笑む梗介さんに、僕はひとまず握っていた箸をテーブルに置いた。彼が『犯人』の話を始めて、咄嗟に摑んだものだった。身を守るため手にしたものだが、とりあえず、今のところは必要なさそうだ。「恋田さんが？」と、隣で牧さんが訝し気に声を上げた。

「でも恋田さんは……殺されましたけど」

「ええ。つまり恋田さんは、自殺だったということです」

梗介さんはシンプルに頷いた。その揺るぎない語り口は、まるで――まるで、探偵のような。

なるほど？　面白いじゃないか。

「いいでしょう」

僕は椅子に座り直し、まっすぐ彼に向き合う。

「聞かせていただけますか？　どうして恋田さんが犯人だと思ったのか、その推理を」

「はい。ぜひ聞いて下さい」

梗介さんは語り始める。

「最初に、おじいさまを殺した件です。恋田さんはまず、一昨日の夕方に東館の広間から短剣を持ちだしました。ほら、キッチンの包丁なんか使ったら、恋田さんの怪しさがぐっと増してしまいますからね。そのときにはもうおじいさまを殺そうと決めていたんでしょう。動機はわかりません。なにか腹が立つことがあったのかもしれない。とにかく凶器をゲットして、エプロンの下にでも隠して、彼女は機会を待つことにしました。夕食の時間におじいさまが一人で部屋に戻ったので、これはチャンスだと思ったのでしょう。恋田さんは田中さんに食事を届けるという名目でキッチンを出て、彼の部屋を訪ねた後に、三階に上がっておじいさまを刺したんです。お腹と、それから背中でしたね。そして、偽装のためにダイイングメッセージを残した。『T』と書いたのは、身元のはっきりしない田中さんに罪を着せようと考えたのかもしれません。その後は、警察への通報を遅らせるため、廊下のルーターやなんかを破壊して外部との通信を遮断した。後はふつうにキッチンに戻って、調理を続けました」

「……はあ」

僕は思わずため息をつく。梗介さんはまるで見ていたかのようにすらすらと話す。しかし、事件の謎の肝心な部分に対しては何一つ回答を示しておらず、素人の想像の域を出ない。なんだ、こんなものか、と僕が反論に口を開きかけたところで、梗介さんは長い人差し指をすっと立てた。

「ひとつ不思議なことがありますよね。密室になっていた現場の、鍵をどうしたのかっていう」

「そうですよ。そこのところを説明してもらわないと」水野さんが口を挟んだ。

「僕も考えてみたんです。そしたら、そんなに不思議なことって、別にないんじゃないかなって。鍵は普通に盗んだんだと思います。石塚さんから」

「え……」名前を出された石塚さんが戸惑ったように梗介さんを見た。「盗んだ？　しかし……鍵は私が、確かに」

「はい。盗んだ後、ちゃんと返したんだと思います。おじいさまの死体が見つかる前にね。石塚さん、恋田さんの手伝いをしているとき、上着をしょっちゅう脱いだり着たりしてましたよね。ワインのサーブに出てくるたびに、上着を着てたり着てなかったりしたの、覚えてますよ」

「ああ……」

石塚さんは斜めに視線をやって、やや気まずそうに頷いた。「そうだったかも、しれません。キッチンは暑かったので……。ダイニングに出る際はきちんと上着に袖を通そうと思っていたのですが、うっかりそのまま出たことも、はい、あったような」

「あの夜はおじいさまがいなくて、ちょっと気楽な雰囲気でしたもんね。恋田さんは石塚さんがダイニングに出ている隙に、脱いであった上着から食器棚の引き出しの鍵を盗ったんです。そしてまた彼がダイニングに出て行ったチャンスに、引き出しからマスターキーを盗った。おじいさまを殺して戻ってきて、また隙を見て二つの鍵を戻した。隙を作るのは簡単です。彼女がキッチンを支配していたわけですから。石塚さんが脱いでいるタイミングで、このお皿を運んでください、と言えば、何度でも上着に近づけた」

そこで一条さんが小声でひと言、「ああ」とつぶやいた。皆が真剣に、梗介さんの話を聞き始めていた。

「最初はそのまま、鍵を持っていた石塚さんが犯人なのかなと思ったんですけど」

　梗介さんは続ける。

「恋田さんが田中さんの部屋を訪ねている間にエレベーターを使って三階に上がって、大急ぎでおじいさまを殺して、またエレベーターを使い一階に戻ったのかなって。あ、大丈夫ですよ、石塚さん。そう考えたのは最初だけで、今はもう疑ってないです」

　不安そうな顔をし出した石塚さんに向かって、梗介さんは微笑みかける。「ほう、疑いをはらした理由はなんなんですか？」と、一条さんがたずねた。

「単純に、時間が足りないからです。石塚さんがアリバイを確保するためには、恋田さんより後にキッチンを出て、恋田さんより先にキッチンに戻らなければならない。しかし石塚さんは、恋田さんがキッチンを出た後にもひとりでメインディッシュを配膳したり、皆に食後の飲み物を聞いてまわったりと、忙しく働いていました。人を殺して、通信機器の破壊やなんかを済ませて戻ってくる時間的余裕はなかった」

「せやね」と、一条さんがうなずいた。

「確かメインを食うてるとき、二ノ宮がグラスを倒して水をこぼしとったけど、すぐに石塚さんが出て来て代わりの水を持ってきてくれはったしな」

　先ほどの質問は本気の疑問というよりは、梗介さんの話をスムーズに導くための発言に聞こえた。そんなアシストをするなんて、一条さんは彼の推理を認めているのか？　こらえきれなくなり、僕は口を開いた。

「しかし、手形の件はどう説明します？　凶器に遺されていた、指紋のない手形。ゴム手袋のようなものを使わなければ、ああはならない。恋田さんの所持品にはありませんでしたよね？」

「ああ」

　僕の質問に、梗介さんはひとつ頷きを返した。そして、「そういえばそんなこと言ってましたね」と、腕を組んでみせた。

「忘れてた。確かに……どうしたんでしょう？」

　それはまだ、僕自身にも解けていない謎だった。あの手形。そこさえ解けてしまえば、完全に犯人を特定できたと言えるところまで僕はもう辿り着いている。その答えを、梗介さんにたずねることはなかなかのギャンブルだと思えた。しかし――

「ラップちゃう？　と、俺は思うたんやけどね」

　一条さんが言った。「え？」

「ラップをな、こう、全部の指と手のひらにな、ぴったり巻いとったんちゃうかなってな。ああ、お前には結局言わんかったけどな、二ノ宮。俺も昭吉さんを殺した犯人は、恋田さんやと思うてた」

「な……」

「なるほど、ラップですか。確かにそれなら指紋が残らなくていいですね」

「そうなんです。洗面台かどこかで血を洗って、あとはキッチンで丸めて捨てたら他のゴミと見分けもつかんでしょう。ただなあ……いや、どうやろ」

　一条さんは歯切れ悪くつぶやき、また沈黙してしまう。仕方なく、「昭吉さんの殺害はそれで可能として」と、僕はひとまず話を進める。「次の事件については、どうなんですか。自殺だった、とおっしゃいましたが。なぜその結論に至ったのでしょう」

「ああ、はい」

梗介さんは再び話し始める。

「たぶん恋田さんは、罪悪感が湧いてきたんじゃないでしょうか。おじいさまを殺したことを後悔して、自分も命を絶とうと決めた。それで夜中、こっそり部屋を抜け出しておじいさまの部屋に向かったんです。あそこ、そもそも鍵はかけてなかったですもんね。入るのに鍵は要りませんでした。そして、おじいさまの背中に刺さっていた短剣を抜いて、それで自分を刺したんです。おじいさまと、すっかり同じように死のうと考えたんじゃないでしょうか」

「ああ……」その場面を想像したのか、杏花さんが声を上げた。

「ただ、彼女は即死ではなく、刺した後もそれなりに元気があったんだと思います。なので、再び短剣をおじいさまに刺し直した。そして、自分の手で部屋の鍵を閉めた。ついには力尽きて横たわり、ダイイングメッセージを残した。『K』は恋田さん、彼女自身のイニシャルです」

証明終了……と言わんばかりに、梗介さんは優雅な仕草でテーブルの上の味噌汁を飲んだ。

「だから、もう大丈夫ですよ。おじいさまと恋田さんには残念なことでしたけど、もう終わったことです。だから、警察の到着を安心して待ちましょう。もう被害者はでません」

「待ってください。ひとついいでしょうか」

僕は満を持して口を開いた。今の話の中で、指摘したい点がいくつかあった。そしてなにより、今の彼らの話を聞き――ついに、僕の推理が完成した。

「梗介さん、あなたは――」

そのとき、奇妙なものが視界に入った。

テーブルの上。

震える白い手。

隣に座る牧さんの左手だ。

ガタガタと震えるその手の甲が、僕の水のグラスを倒した。え？　と思う間もなく、その手が今度は味噌汁のお椀を飛ばし、半分ほど残っていた中身を派手にこぼした。

隣を見る。

牧さんの全身が、激しく震えていた。

「え」

「牧さん？」

反対隣の水野さんが、彼女の肩に手を伸ばす。牧さんはそれを撥ね退けるようにガタッと一瞬立ち上がり――テーブルの上に嘔吐した。すべての時が止まったような長い一瞬があり――それからふっと、彼女は床に崩れ落ちた。

「牧さ……」

「瑞帆さん！」

杏花さんが叫んだ。それを合図のようにして、皆がガタガタと立ち上がる。床の上に転がりながら牧さんはなおも痙攣し吐いていた。その両目がぐるりと白目を剝く瞬間を、僕は見た。

「毒だ！」

水野さんが叫んだ。

牧さんは痙攣し続ける。バタバタとのたうつ脚が椅子を遠く蹴り飛ばす。固形物と共に口から溢れたどす黒い色の液体が、飴色の床に広がる。排水口のような濁った音がその喉から漏れていた。腹と胸を掻きむしるように押さえる両手が奇妙に赤黒い。駆けつけ膝をついた杏花さんの大腿を、のたうつ脚が再び蹴った。

僕は両手で口を押さえ――こみ上げる笑みを隠した。

苦しんでいる人を前に笑うのはよくない。もちろん、当然のことだ。しかし――毒？　なるほど、毒か。それは非常に――ナイスじゃないか。単純な刺殺ばかりというのもどうも味気ない気がしていたところだ。クローズドサークルの数々の古典に対するリスペクトとしても、ひとりくらいは毒で逝ってもらうというのも、趣があって良いんじゃないか？

【C―梗介】

意識を失った牧さんを、出窓のところにあるソファに寝かせた。嘔吐物が喉に詰まらないようにと、一条くんの指示で横向きに。けれど、もう牧さんは何かを吐こうとする気配もない。胃の中は空になったのだと思う。痙攣もひとまずは落ち着いている。しかし意識は戻らず、ただ胸だけが早い呼吸を繰り返している。息をしているということは、確かに生きているわけだ。まだ、今のところは。

「これも……恋田さんが？　恋田さんが死ぬ前に、毒を仕掛けていたのでしょうか？」

手を洗って戻って来た石塚さんが、誰にともなくたずねた。僕たちも皆、ソファのある出窓の近くに集まっていた。牧さんの吐いたものから離れた方がいい、と、これも一条くんが指示したのだ。どんな毒が使われたのかわからないので、万がいち揮発性のあるものなら危ないという判断だった。換気のため、西側の窓も開いている。もういい加減しつこい雨の音にうんざりする。

僕の隣では、テーブルから引いてきた椅子をぴったりくっつけて座ったサクラが、黙って僕の右腕にしがみついていた。毒を盛られた人なんて初めて見ただろうし、恐ろしいのだろう。僕は薬の過剰摂取で似た症状になったともきくんを何度か見たことがあるから、少しは慣れている。

「でも、私たちも同じものを食べたのに。どうして瑞帆さんだけ？」

牧さんの傍らに膝をついた杏花が、赤い目で言った。窓辺に立った一条くんが、「ああ」と答えた。

「全員分同じ材料で調理した。それに、食器も一度すべて洗い直しました。正直言うと……俺は毒を警戒しとった」

皆が一条くんを見る。彼は苦笑いを浮かべ、首を振った。

「あほちゃうと思われるかもしれへんけど……自分でも、ミステリの読みすぎやなとは思ったけどな。調理器具から食器から、とにかく全部洗った。で、盛り付ける前に毒見のつもりで味見して、水もデキャンタから飲んでみた。俺は腹もなんも痛くない。つまり……毒はあらかじめ仕込まれていたものとはちゃうわ。恋田さんの仕業とちゃう」

「そんな……」

杏花が震える息を吐いた。

「梗介さんの推理な」一条くんは遠慮がちに僕を見る。「昭吉さんの事件については、最初俺も同じように考えとった。密室やなんやのトリックがどうこう言うより、ただ犯人が鍵を盗ってたっちゅうほうが現実的やろ。でもな……あかんねんな。俺はわりと記憶力には自信があるほうで、あの日の夕食の光景を何度も思い返してみたんです。そしたら……恋田さんが鍵を盗んで戻した言うんは、どうしてもタイミングが合わん」

一条くんは腕を組んで目をつむり、淡々とした声でその「光景」を振り返る。

「まず、恋田さんが田中さんの部屋に上がっていったのが、メインディッシュができた後やった言いましたよね。そんで、俺らにメインを出してくれとった石塚さんが背広を着ていなかったことは覚えてます。なんや暑そうやなと思ったんですよね。あのキッチン、オーブンやら冷蔵庫やらのデカさのわりには狭いやろ。すぐ熱がこもんねんな」

「はい」と石塚さんがうなずく。「しかしそうなりますと……梗介さんのお話の通り、鍵を盗むチャンスはあったのでは……」

「ええ。ただね、石塚さん、メインの後に食後の飲み物を聞きに出て来てくれはったでしょう。そんときは背広に袖を通してました。ちゃんとしてはるなあと思ったの、覚えてます」

「え、そうでしたでしょうか。……ああ、そういえばメインをお出しした後、デザートが冷たすぎないようにと冷蔵庫から出して……ええ、ちょっと寒くなったんでした。あ、そうか。恋田さんが戻ったのはその後だから」

「石塚さんが背広を着た後になります。それから昭吉さんの遺体が発見されるまで、石塚さんは背広を着たままでしたね。せやから鍵を盗んだとして、こっそり戻すことはできなかったはずです。石塚さんが普段から鍵を入れてたのは、内ポケットでしたね？」

「確かに……その通りです」石塚さんがうなずいたタイミングで、一条くんの横に立ちずっとうずうずした様子だった二ノ宮くんが「それに」と口を開いた。

「先ほど言い損ねてしまいましたが、恋田さんの自殺説につきましても、問題点がひとつありました」

「え、本当ですか？」

なんだろう。気づかなかったな。

「ええ。梗介さんは、恋田さんが昭吉さんに刺されていた凶器を抜いて使った、とお話しされていましたね？　しかし、恋田さんの事件後の現場検証の際、昭吉さんの傷周りや周辺の血はすべて乾いて固まっていました。新たに新鮮な血液が付着したような形跡はなかったです」

「ああ……なるほど。じゃあ、そうか、無理ですね」

短剣が使われたのでないとすると、他の凶器が必要になる。現場には凶器が残されていなかったのだから、それを外に持ちだした犯人が別にいるということになる。自殺は無理か。

「すみません、僕が間違っていたようです」

そう謝りながら、実を言うと僕だって、本気で恋田さんが殺人犯だと信じていたわけではない。ただ、そう言ってみた方が場が和むと思った。結局牧さんが倒れたことで、和みとは真逆の空気になってしまったけれど。

「毒を入れる機会があったのは誰でしょう？」

ソファに横たわる牧さんの、足元に腰を下ろしていた水野さんが静かな声で呟いた。

「それはわからんです」一条くんが答える。「俺は毒を警戒しとったと言いましたけど、全員の動きを見張っていたわけではないです。そこはぬるかったな。もっと本気で見とったらよかった。一応、厨房には俺と石塚さん以外は入れんようにしとったんですけどね。夕食前、並んだ食事に毒を入れる機会は誰にでもあったと思います」

「え、ちょっと待ってください」

なにが引っかかったのか、二ノ宮くんが右手を挙げて言った。

「ん？　なんや」

「どうして、『俺と石塚さん以外』なんですか？」

「あ？　そりゃあお前……俺が犯人やないっちゅうことは俺が自分で知っとる。石塚さんはこれまでもずっと厨房で仕事しとったわけやし、今言った通りアリバイがあるやろ。あとは梗介さんにもアリバイはあるけど、梗介さんは厨房に入ろうとせんかったしな」

「僕は？」

挙げた右手で自分を指し、二ノ宮くんは問う。「僕はどうしてダメだったんですか？　僕にだってアリバイがありますよ。そういえば一条さん……、僕が朝食の手伝いを申し出たとき、不自然に断りましたよね。あれってもしかして、僕のことも警戒して」

「いや、だってお前はなあ……ちょっと人柄がな」

「いや、待ってくださいよ。一条さん、僕のことは信頼してるって言ってたじゃないですか。『お前は人殺しはせえへん』的なこと、言ってましたよね？」

「あんときはそう思っとったんやけどね」

一条くんは居心地悪そうに首をひねった。

「なんやその後もいろいろあったやん。恋田さんも殺されて、無差別殺人の可能性やなんかも出てきたりな。そしたらやっぱ、俺ってあんまお前のこと知らへんなって気づいててん。まだ知り合って二か月やん。そんなん完全に他人やん。こいつもしかしてマジでヤバいやつなんかなって思い始めてな」

「そんな、この僕が犯人なわけ」

「せやね。アリバイがあるっちゅう人間を人柄だけで疑ったらあかんかったね。すまん。お前が毒を入れてへんのは注意して見とったから大丈夫や」

そこで彼らのやり取りを聞いていた石塚さんが、再び誰にともなく口を開いた。「というか……犯人は、外部から毒を持ち込んだということでしょうか？　では、あらかじめ複数の人間を殺すつもりでこの館を訪れたと？」

「いや、それははっきりとはわかりかねますね」

そう答えたのは二ノ宮くんだ。

「もしかしたら、洗剤とか防虫剤とか、館の中にあったものを使ったのかもしれません」

「ああ。しかしせやったら、味で気づく気もすんねんけどな。よっぽど強い毒か、よっぽど大量に飲んだかやないと、こんな劇症は出ないやろ。いや、専門でもないし、知らんけどな」

そのとき、一条くんの背後の開いた窓からごうっと風が吹き込んで、雨粒がぱらぱらと腕にかかった。サクラが身をすくめたので、その髪に付いた水滴を払う。一条くんが窓を閉めたとき、ふいに水野さんが立ちあがった。

「もう、限界です」

彼は牧さんの顔を見下ろし、苦し気に言った。

「僕は犯人がわかりました」

【A─二ノ宮】

牧さんの傍らに膝をついた杏花さんが、「本当ですか?」と水野さんを仰ぎ見た。水野さんははっきりと頷いた。

「ええ。僕は先ほど、いたずらに犯人を刺激するような指摘はするべきではないと言いました。それを撤回します。犯人が今なお被害者を増やそうとする邪悪な意思を持っているとわかった以上、すぐにその人物を明らかにし、拘束すべきだと思います」

水野さんはぐるりと皆を見回して言う。反対意見を出す者はいない。一条さんに疑いを持たれていたと知り軽くショックを受けていた僕も、気を取り直して「おっしゃる通りですね」と同意した。なにやら頑張って考えたようだし、聞いてやろうじゃないかという気持ちだ。

皆の視線を受けた水野さんはひとつ咳ばらいをし、抑えた声で話しはじめる。

「皆さんにお願いしたいのは……どうか、落ち着いて聞いてほしいということです。たぶん、僕がこれからする話は、それなりにショックだと思います。僕も自分の口からは言いたくなかった。警察にだけ話そうと思っていたんです」

「教えてください」杏花さんが言った。「誰がおじいさまを殺したのか」

「それは……」水野さんはテーブルの方を見やる。

「サクラちゃんです」

【C―梗介】

僕は隣を見た。サクラの丸い頭。つむじから広がる黒い髪が天井の灯りを反射して、光の輪っかを作っている。右腕にしがみつく彼女の腕の力が、ぎゅっと強くなった。

「そんな」杏花が立ち上がった。「そんなの……何かの間違いです。なにか、誤解では？　だって」

「ショックを受けられるのはわかります。しかし」

「だって……あり得ません。サクラはまだ小学生ですよ？」

サクラが顔を上げ、僕を見た。「私、やってない」とひと言つぶやく。

「妹はやっていないとのことですが」

「わかりました。順を追って証明しましょう」

水野さんはそう言うと、身体を屈めてサクラと視線を合わせ、穏やかな声で彼女に語りかけた。

「サクラちゃん、悪いけれど、僕は今から君が犯人だということを追及することになる。よかったら、誰かと一緒に席を外していてくれないかな。僕がどんな話をしたのかは、後からお兄さんや杏花さんに聞いてもらって、それに反論があれば教えてほしい。皆の前で責めるようなことはしたくないんだ」

しがみつくサクラの腕の力がさらに増した。右腕を引っこ抜かれるかと思うほど。

「サクラさん」石塚さんが呼びかけた。「行きましょう、ここは杏花さんたちに任せて」

その言葉の語尾が震える。彼も動揺しているらしかった。

「ああ、念のため誰かもうひとり一緒に居てください」

水野さんが声をかける。意図を一瞬計りかねたけれど、なるほど、彼は妹が犯人だと考えているわけだから、もしかしたらサクラが石塚さんを殺すかもしれないと心配しているのか。悪い冗談だ。

一条くんが申し出てくれて、三人はダイニングからキッチンへ移動することになった。落ち着いた様子で彼らの背中を見送った水野さんが、「さて」とソファに座り直す。

「まず……昭吉さんの事件からお話ししましょう。親族のお二人には不快な話になるかと思いますが、僕も真剣に考えて出した結論です。どうかお許しください」

杏花がすっと姿勢を正す。僕も黙って頷いた。

「事件は、計画的なものだったのだと思います。サクラちゃんはこの週末この館で、おじいさんを殺すと決めていた。指紋を残さないための手袋などは、あらかじめ用意してきたのでしょう。そういう、指紋だとか、アリバイだとかいう話は、今どきマンガやネットでいくらでも目にしますからね。小学生でも、ある程度の知見はあったと考えていいと思います。一昨日の夕刻、昭吉さんが部屋でひとりになったタイミングで、彼女は計画の決行を決めた」

動機は？　とたずねたかった。けれど話の腰を折っては悪いと思い、ひとまず我慢した。

「犯行時刻は、夕食のメインディッシュが片付いた後です。サクラさんはデザートを断り、一人で外に遊びに行きました。あのとき本当は、彼女は東館の広間から短剣を持ち出し、本館の三階へと向かっていた。外から木を登ったのではなく、館内を階段で上がったのです。そうして部屋の扉の向こうに現れたサクラちゃんを、昭吉さんはよろこんで迎え入れたはずです。きっと警戒もしなかった。そして彼女は犯行に及んだ。返り血を浴びないよう、座っている昭吉さんの横から手を伸ばして」

「子供の力ですよ。そんな姿勢で、刺すことが可能でしょうか?」杏花が言った。

「子供と言っても、そこまで小柄なわけではない、健康な十代です。相手は無防備な老人。サクラちゃんはあの短剣をよく持ち出して遊んでいたとも聞いています。扱い慣れた凶器だったわけだ。それに、彼女は一刺しで昭吉さんを絶命せしめたわけではありません。腹部を刺した後に背中を刺している。これは力の弱い人間が犯人だったという可能性を後押しするものです」

「でも……」後に続く言葉はなく、杏花はかすかにうつむいた。水野さんの話を、聞き入れ始めたのかもしれない。

「そして彼女は、疑いの目を自分から逸らすため、床に嘘のダイイングメッセージを残した。さて、その後が問題です。鍵を持たないサクラちゃんがどうやって密室を作ったのか。これは僕と」水野さんはそこで一瞬、固くまぶたを閉じたままの牧さんを見やり、「牧さんが、現場を調査していた際に発見したことです。あの部屋……書斎と、続く寝室の窓の鍵は、どちらも非常に緩くなっていたのですよ」

「え?」

二ノ宮くんが声を上げた。すると水野さんは、一瞬とても嬉しそうな顔を見せた。「ああ、気づきませんでしたか？」と。

「まあ、細かいところまで触ってみなければ、気づけなくても仕方がないかもしれません。非常に緩くなっていました。窓を揺らせば、その振動で錠が落ちるほどにね。牧さんと実験もしてみたんです。昨日の朝方、ベランダに出て外から鍵をかけられないか試しました。杏花さんも、ちょうどその場にいらっしゃいましたよね」

「あ……ええ。部屋で寝ていたら、音が聞こえて」

その音なら僕も聞いた。誰かが三階に押し入ろうとしているのかと思った。

「サクラちゃんは、書斎のドアの鍵を内側からかけたあと、寝室の窓から出たんです。そして、今言ったように窓を揺らして鍵をかけ、密室を作った。恐らく、寝室の鍵がそうやって閉まることを以前から知っていたんでしょうね。館に来るたびに木登りをしていたとのことですから、ベランダや窓の状態にも詳しかった。地上に降り立った彼女は、食堂に戻って祖父の死を僕らに知らせた」

水野さんはひとつ言葉を切り、唇を舐める。

「さて、この方法での殺害が可能だった人間は他にも何人かいます。夕食の間に席を外し、アリバイが一部ない恋田さんに牧さん。ずっと一人で部屋にいた田中さん。そして、昭吉さんが部屋に戻ってから食堂に顔を出した、僕と一条くんと杏花さんです。このうち、二人目の被害者となってしまった恋田さんが犯人ではないということは、先ほど彼女の自殺説が否定されたことで明らかになりました。また牧さんについても、彼女は高所恐怖症であることから、三階の窓から降りるこの方法は不可能でしょう。まあ僕はもともと、動機が発生し得ないという点から彼女らのことは疑っていませんでしたが……。そして、僕と田中さんは足を怪我している。木をつたって降りるなどの芸当は無理だ。杏花さんは、あのときとても木登りには向かないドレスにハイヒール姿でした。残るは一条くんですが――」

「夕食前は、雨でしたね」

先輩の名前を呼ばれた二ノ宮くんが言った。「そう」と水野さんは頷き、「夕食前にざっと雨が降ったのを覚えています。あのタイミングで外に出ていたら、服や髪が濡れていたでしょう。皆が食堂に集うまで、乾かすような時間はなかった。皆さん誰も、服や髪が乱れていたりはしませんでしたね。昭吉さんの死を知らせに来た際の、サクラちゃん以外は」

水野さんは眉根を寄せて苦し気な表情を作り、頭を振る。

「つまり……残念ながら、犯人はサクラちゃん以外あり得ない。その結論に至りました。最初の事件については以上です。次に、恋田さんが殺された件です。サクラちゃんが犯人であれば、こちらについては不思議なことはなにもありません。石塚さんの上着から鍵を持ちだして扉を開けたことは、既に彼女が認めていることですから。昨日の深夜、サクラちゃんは恋田さんを昭吉さんの部屋に呼び――」

「待ってください」

二ノ宮くんが再び声を上げた。声だけではない。手も挙げていた。右手を高々と挙げたその顔には、勝ち誇ったような笑みが浮かんでいる。水野さんはきょとんとした顔で彼を見た。「え……なんでしょう?」

「今のお話の中に不可解な点があります。いえ、はっきりと、無理な部分がありました。ね、田中さん」

僕たちはそろって後ろを振り返る。長テーブルの近く、こちらからすこし離れたところに、田中さんが気配を消して座っていた。彼は僕らの視線を受け、「う……」と目を泳がせながら、それでも確かに、頷いた。

「え……どういうことですか？」

水野さんが眉を寄せる。二ノ宮くんは鼻の穴を大きく膨らませ、

「簡単な話ですよ。水野さん自身が今おっしゃったように、田中さんはあの日、僕たちが夕食のテーブルに着いている間、ずっと部屋にいたんです。昭吉さんが貸してくれたという本、『生きる力』を読みながらね。その彼が言っているのです。部屋に居る間、不審な物音などは聞かなかったと」

「え、じゃあ」杏花が再び立ち上がった。

「今の水野さんのお話はおかしいです。だって、サクラが窓を揺らして鍵を閉めたっていうなら、絶対に二階に物音が聞こえたはずですもの。水野さんたちが実験してたっていうあの朝、もの凄くうるさかったんですよ。おじいさまの寝室から距離のある私たちの部屋でさえうるさかったんです。真下の田中さんの部屋にいたら、それはもう、絶対にうるさかったはずです」

本当に、ものすごくうるさかったんですから、と杏花は水野さんに詰め寄った。水野さんは大いに狼狽《うろた》えながら、田中さんに「本当に、なにも聞いていないんですか？」とたずねた。田中さんは彼の視線を避けるようにうつむきつつ、「はい」と答えた。「すみません……聞いてないで

す」

「それじゃあ……」水野さんは腕を組み、先ほどまでとは温度の変わった皆の視線を受けて首をひねる。「……なにか、揺らす以外の方法で鍵を閉めたのかな。なにか……なにかを使って」

「なにかって、なんです？」

「ええと……ちょっと今は、思い浮かんでないですけど。でも、そうやってなにかしらの方法を取ったとすれば、窓から出られたのはサクラちゃんひとりだという点は揺るがないわけですから……」水野さんはねばる。

「しかしそのなにかしらの方法がわからない以上、犯人が窓から出たという根拠もないわけで、それでは条件は他の皆と同じです。サクラちゃんに容疑を限定する理屈も通らなくなりますね」はじけるような笑顔で二ノ宮くんが言った。「それにですね、凶器に残されていた手形の問題もあります。あれは子供の手のサイズとするにはいささか大きすぎる。水野さんは、あらかじめ手袋などを用意してきたと推理されましたが、ではその手袋はどのように処分したのでしょう？その辺の推理が手つかずのままですね」

「あ、そうだわ。それに」なにかを思い出したように、杏花が言う。

「水野さんの今のお話では、サクラは犯行後すぐに食堂に戻って、おじいさまの死を皆に知らせたということですよね。でも私たち、あのときサクラに言われて、すぐに三階のおじいさまの部屋に上がっていきましたでしょう？　そのとき、広がった血の表面は、もう乾き始めていたように見えました」

あのとき動揺していたように見えた杏花がそんなことを覚えていたとは、少し意外だった。しかし僕も思い当たることがあり、口を挟む。「そういえば、石塚さんが床の血を踏んだんですけど、そこまでべったり付く感じじゃなかったですね」

「ほう……つまり、昭吉さんの殺害時刻が遺体発見直前ということは、あり得ない」二ノ宮くんが強く言い切る。

水野さんは腕を組んだまま、まだ数秒の間なにか考えているようだったけれど、やがて「……うん。確かに」と苦し気につぶやいた。僕と杏花に向き直り、「僕が間違ってましたね。どうもすみませんでした」と頭を下げる。

「いえ」そうだろうな、と僕にはわかっていた。妹がおじいさまを殺すはずがない。あの子はとても優しい子だから。にこにことご機嫌そうな二ノ宮くんが、「まあ、仕方ありませんよ」とねぎらうように言う。

「水野さん、現場を丁寧に見ていたことは評価しますが、あなたは窓の鍵のゆるみを発見して、そのことで頭がいっぱいになってしまったのではありませんか？　人は信じたいものを信じる生き物ですからね。見つけた情報を妄想の段階の結論ありきで推理に当てはめてしまうなんていうのは、素人にはよくあるミスです」

肩を落とした水野さんを見て、キッチンに行ったサクラたちを呼び戻そうと振り返ると、その出入り口からは既に一条くんが顔をのぞかせていた。「終わりましたよ」と、二ノ宮くんが誇らしげに呼びかける。一条くんは「ああ」と頷き、「実はな、そっちの話、こっちまで聞こえててん」

「え、じゃあ」

「サクラちゃんがめっちゃキレとるわ」

キッチンから現れたサクラの、その目が怒りに燃えていた。窓辺に戻ってきた彼女を前に、水野さんがソファを立った。

「サクラちゃん、あの、僕が間違っていました。本当にすみません」

サクラは憎しみの滲んだ声でひと言、「絶対に許さない」とつぶやいた。

【A―二ノ宮】

水野さんが深々と頭を下げる。もう何度目になるかもわからない謝罪を口にする。このままいくと、もしかしたら土下座まで見られるんじゃないかという期待が高まった。現実で土下座をしている人間なんて見たことがない。貴重な機会だ。

しかしまあ、十一歳の少女を祖父殺しの冤罪で糾弾するというのは土下座に値する罪だろう。素人が軽い気持ちで思い付きの推理など披露するからこういうことになるのだ。実を言えば僕だって一度彼女を疑って、捨てられた証拠品がないか館の周りを歩いてみたりもしたのだけど、それは黙っていた。

「許さない」

そう繰り返すサクラちゃんにひたすら頭を下げていた水野さんが、ついに床に膝をついた。お、来るぞ、土下座だ、と思ったそのとき、水野さんの後ろから妙な音がした。皆一斉にそちらを見る。音の主は、窓辺のソファに横たわる、牧さん。

「瑞帆さん！」

杏花さんが再びその傍らに寄った。彼女の背中越しに、牧さんの口から音と共に緑色の液体が零れるのが見えた。「胆汁やね」と一条さんがつぶやく。

瑞帆さん、と、杏花さんは呼びかけ続けた。水野さんも土下座の構えを解除して、牧さんの側に膝をついてその名を呼ぶ。僕は正直、だめだろうな、という気持ちでいた。さっき見た、白目を剝いて痙攣する牧さんの顔が頭から離れない。しかし数秒後、牧さんの喉から「う」というかすかな音が聞こえた。吐しゃ音でも生理的な呼吸音でもない、確かな発声だった。

「牧さん」

水野さんがほっとしたように息をつく。見ると、牧さんの顔、うっすら開いた瞼の間に、黒目が戻っている。意識を取り戻したらしい。へえ。

「瑞帆さん、水を飲んで。苦しいだろうけど、胃を洗った方がいいだろうから」

杏花さんはローテーブルの上の水差しを手に取り、牧さんの口元に持って行く。牧さんは水を口に含み、しかし、すぐに苦しそうに吐き出す。高級そうなソファに染みを作った。

「あまり素人判断しない方が……」

水野さんが言った。

「だって、素人しかいないじゃないですか」杏花さんが反論する。「警察も来てくれないのに、医者なんてどうやって呼ぶの」

その目の縁に、涙が溜まり始めていた。牧さんの苦しそうな呼吸が重なる。彼女はまだ生きている。でも、今にでも死ぬかもしれない。死出のたむけに聞かせてあげられるとしたら、今だ。

中学時代から憧れ続けてきたクローズドサークルの到達点。それが今、このときなのだ。

「皆さん」

既に感慨に浸り始める胸に手を置き、僕は口を開く。

「先ほどの水野さんの推理は間違っていました。けれど僕は、彼が推理を披露するに至った動機には賛同します。犯人を拘束するべきです。こんなことはもう、やめさせなければ」

「お前」一条さんがはっとした顔で僕を見る。「わかったんか？　犯人」

「はい」

僕は頷く。椅子に座り、ゆったりと足を組んだその人物を、真っすぐ見据えた。最初の夕食のときには直視できないほど端正だと畏れたその顔が、今はただ無味で無機質な仮面のように思える。

「犯人は梗介さんです」


【C──梗介】


「ああ」僕は息をついた。

なんとなく、そんな気はしていたのだ。

何がきっかけだったのかはわからない。けれど、今日の夕食のテーブルに着く少し前から、二ノ宮くんがなんとなく僕の方を警戒しているような気配をずっと感じていた。

皆が息を呑んでこちらを見る。目覚めたばかりの牧さんも、涙と涎に塗《まみ》れたぼんやりとした顔をこちらに向けていた。「どうしてそう思ったんですか?」僕はたずねた。「僕にはアリバイもありますけど」

「今からすべて説明します」二ノ宮くんは答える。「サクラちゃんのように、席を外しますか? 皆の前で責められるのが嫌でしたら、そうしてくれてかまいませんよ」

「いえ……大丈夫です。聞かせてください」

「わかりました」

二ノ宮くんは深く息を吸い、話し始める。

「どうして僕がこの結論に至ったのか。それは、先の推理で語られた密室の謎に関係します。梗介さんは、恋田さんが石塚さんから盗んだ鍵を使って密室を作りだしたものと言った。しかしその推理は一条さんの明瞭な記憶によりはっきり否定されました。キッチンのマスターキーを手にすることができた恋田さん、石塚さんに犯行が不可能だったというのは、既に説明がなされた通りです。次に水野さんの、緩んでいた窓の鍵を外から閉め、密室を作りだしたという推理。これも、すぐ下の部屋にずっといた田中さんが何の音も聞いていないという点から否定されました。つまり、密室の謎はいまだ納得のいく説明がなされていない。そこで僕は考えました。そもそも昭吉さんは、本当にあの三階の書斎で殺されたのだろうか? と」

二ノ宮くんはそこでいったん言葉を切り、皆の反応を確かめる。

「そして……気づいたんです。僕と牧さんが最後に昭吉さんを目撃したとき。エレベーターに乗っていくその姿を見送ったあのとき、ひょっとしたら昭吉さんは、既に刺された後だったのではないか、と」

「え！」

「まさか」

何人かが短く声を上げた。二ノ宮くんは満足そうにうんうんと頷き、話を続ける。

「いいですか。あのとき僕たちが目撃したのは、昭吉さんの後ろ姿だけだったんです。それも、エレベーターの扉が閉まるほんの一瞬のことでした。昭吉さんの背中は、車いすの背もたれに隠れて見えなかった。そのとき既に、彼の腹部には傷があり、背には深々とナイフが突き刺さっていたのではないでしょうか。梗介さんの手によって」

彼はその手のひらを僕に向けた。「流れはこうです」

「あのとき梗介さんは、田中さんが部屋に戻られたことで、この食堂で昭吉さんと二人きりになりました。そこであなたは、あらかじめ東館の広間から持ち出し隠し持っていた短剣で、昭吉さんを刺したのです。まず、車いすの横から腹部を。そして前のめりになった背中を。それでも、昭吉さんはなんとか食堂から逃げ出しました。背中に凶器を突き刺されたまま逃げるなど、普通ならあり得ないことです。しかし、彼は電動の車いすに乗っていた。手元のレバーを操作する指先の力だけで移動が可能でした。僕と牧さんが目撃したのは、梗介さんに襲われ命からがら逃げていく、昭吉さんの後ろ姿だったんですよ」

「でも」杏花がおずおずと声を上げた。「このダイニングに、血の跡などは残っていませんでしたが……」

「ええ。まず腹部への一撃は、昭吉さんが前のめりになった後で凶器が抜かれたのだと思います。返り血も、流れ出た血も、昭吉さんの脚の上に溜まって、床には落ちなかったのでしょう。背中は凶器が刺されたままでしたから、そもそも出血は少なかった」二ノ宮くんは答える。

「そして昭吉さんは三階にたどり着いた。部屋に逃げ込み、扉を閉め、自らの手で鍵をかけた。これが密室の答えです」

「はあ……なるほど」僕はつい頷いた。

「そして昭吉さんは部屋の中で力尽き、ついに車椅子から崩れ落ちます。残る力を振り絞り、あの血文字のメッセージを書いた」

「あ、でも、僕は『T』じゃないですよ」

「ええ、わかっています。僕は……昭吉さんは、あなたを庇おうとしたのではないかと思うんです」

「へえ」意外なことを言われた。

「あなたに襲われ自らの死を覚悟しながらも、彼は自分が死ぬことより、お孫さんであるあなたの身の上を案じた。そこでとっさに、『T』の文字を書いた。下の階にいる田中さんのことが頭にあったかどうかはわかりませんがね。こうしてあなたは食堂から動かずに昭吉さんを殺し、三階の密室で亡くなった彼の事件について、確かなアリバイを手に入れたというわけです。しかし、ひとつ問題がありました。それが恋田さんを殺害した動機です」

「ほう」

恋田さん。あの素晴らしいシェフを、なぜ僕が殺したいと思ったのか？

「最初僕は、恋田さんはあなたが食堂で昭吉さんを襲う物音を聞いてしまったのだと思いました。そのせいで口を封じられたのだと。しかし、夕食前のキッチンには石塚さんもいたはずだ。恋田さんだけが殺された理由としては不十分です。加えて、まだ解明できていない謎もありました。昭吉さんを殺害した凶器に残されていた、指紋のない手形です。その答えは、先ほど一条さんがくれました」

二ノ宮くんは窓辺に立つ一条くんに目配せを送る。一条くんは、なんとも読みづらい平坦な表情で後輩を見つめ返す。

「ラップです。キッチンに置いてあったラップ。あなたは、昭吉さんを殺す前にとっさにキッチンに立ち寄り、ラップを手に取った。昭吉さんの目を盗んで凶器を持つ手を急いでカバーし、犯行に及んだというわけです。キッチンにいた恋田さんは、ラップを持って行くあなたを目にしてしまったのでしょう。ただ、それが何を意味しているのかについてはまったく気づかなかったわけです。昭吉さんの殺害時刻は、僕と牧さんがエレベーターに乗る彼を目撃した後だと思われていましたからね。その前にキッチンに現れた梗介さんの行動など、気にも留めずに忘れていた。しかし、恋田さんに目撃されたことに気づいていたあなたは、なにかのきっかけで恋田さんが思い出すことを恐れた。そして――昨日の深夜、彼女を昭吉さんの部屋に呼び出し、殺害した。石塚さんと同室であったあなたなら、今朝サクラちゃんがそうしたように、眠っている石塚さんの上着から鍵を拝借し、恋田さん殺しの際の密室を作りだすことなどわけないですからね。いまわの際に、彼女はダイイングメッセージを残しました。昭吉さんとは違い、犯人の正確なイニシャルを」

「なるほど」

大きな破綻はないように聞こえ、僕はまた頷いた。「頷いている場合じゃないぞ」と内なる声が喚いているけれど、他にどうしようもない。

「そして最後に、たった今発生した、牧さんを毒殺……しようとした件です。牧さんを狙った動機は、恐らく恋田さんを殺害したときと同じ――不安になったのでしょう。深夜に恋田さんを呼び出したときには、同室の牧さんは眠っていて気づかないだろうと軽く考えた。しかし後から、もしかして牧さんは夢うつつに気づいていたのではないかと心配になった。安直に物事に挑み後から不安に苛まれる、先の見通しを立てるのが苦手なタイプというわけだ。そして、使われた毒についてですが」

「え」杏花が声を上げた。「毒の種類もわかったのですか？」

「ええ――大麻ですよ」

「あ」

黙って話を聞いていた水野さんが口を開ける。大麻。なるほど。

「僕がなぜその情報を知り得たか――それをはっきり申し上げてしまうと、殺人事件とは無関係の人間に違法薬物関連での嫌疑をかけることになってしまいます。なので詳細は伏せますが……梗介さんは先ほど恋田さんの事件の調査中、口を滑らせました。自分は大麻のにおいを知っている、と。驚きました。善良な一般市民が、なぜそんなにおいを知っているのか」

「はあ」余計なことを言ったかな、と思った。

「ここからは推測の域を出ませんが……梗介さんが昭吉さんの殺害に至った動機も、そこにあるのではないかと思います。大麻の所持、使用。その辺りの違法行為を、昭吉さんに知られてしまった。違いますか？」

爛々と輝く目を向け、二ノ宮くんがたずねた。「えっと」僕は言葉を探す。

「大麻のにおいを知っていたのは、調査の際にもお話しした通り、僕の友人がそれにハマっていたことがあるからです。僕はやったことはありません。まあ、正直なところを言うと、その友人から大麻の栽培関係の仕事に誘われてたりもしたのですが」

「ほう」

「でも、断ったんです。おじいさまが死んで……悪いことをするのは気が咎めたというか。その必要もなくなったというか」

「え、ちょっと待ってください」

僕の右手、ずっと黙って立っていた石塚さんが声を上げた。「断った？　昭吉さんが死んで、断ったとおっしゃいましたか？」

愕然としたような彼の顔を見て、あ、やばいな、と思った。また余計なことを言ってしまった。

「それは……いったい、いつの話でしょうか？　昭吉さんが亡くなられて我々が三階に駆けつけたとき……すでに館の通信は遮断された状態でした。昭吉さんの死後に勧誘を断ったというそのご友人とは、いつ、どうやって連絡を取られたと」

「なるほどね」石塚さんの話をさえぎり、二ノ宮くんが納得顔で言う。「おそらく梗介さんは、凶器を調達したのと同じようなタイミングで、館の通信機器の破壊工作も済ませていたのだと思います。こちらの館のＷｉ－Ｆｉはもともと通信が不安定なところがありましたから、それを切断したとしても、誰も即座には気がつかなかった。あなたはその切断直前に、件のご友人と連絡を交わしたわけですね。既におじいさんを殺すことを決断し、罪の意識もあるにはあったわけだ」

「あ、違うんですよ。えっと、実は石塚さんと山を下りたとき、一瞬だけ電波が通じて」

口に出してから、最高に嘘っぽい話だなと思った。案の定、二ノ宮くんにも石塚さんにも「は？」という顔をされた。それで、説明する気力が萎えてしまった。

「梗介さん。どうか、認めてくれませんか」二ノ宮くんが言う。「もう、終わりにしましょう。犯してしまった罪は消せません。それでも、牧さんが意識を取り戻している今のうちに罪を認め謝罪をすることが、せめてもの償いになるのではないでしょうか」

二ノ宮くんはなんとも滋味のある表情を浮かべ、牧さんに向け労《いたわ》るような視線を投げた。けれど彼のそれは演技過剰というか、演出過剰というか、演《や》っています感が明らかに出ていて、ちょっとイラッとした。ぐったりした様子の牧さんの顔にも、一瞬イラッという感情のきらめきが見えた気がした。

「お兄ちゃんは殺してない」

僕の横で、凛とした声が言った。

見ると、サクラが二ノ宮くんを睨んでいる。それは先ほど自分への疑いを否認したときと同じ、刺すような目だった。

「サクラちゃん、お兄さんを庇いたい気持ちはわかるけど」

二ノ宮くんがまた痛ましそうな顔を演りながら言う。

「別に庇ってない。ただ、今のあなたのお話に矛盾点があっただけです」

「へえ」

僕も、へえ、と思った。矛盾点。どこだろう?

「それは、ぜひとも聞かせてくれるかな?」二ノ宮くんは余裕の滲む態度で問う。サクラは綺麗な姿勢のまま、「おじいさまのひざ掛けです」と即答した。

「えっ……と、おじいさまの?」

「ひざ掛けです。おじいさまは、お部屋を出るときにはいつもお気に入りのひざ掛けを掛けていくの。おじいさまが死んでるのを見つけたとき、それはおじいさまのお部屋のコート掛けのいつもの場所に、ちゃんと綺麗なままありました。お兄ちゃんがダイニングでおじいさまのお腹を刺したんだったら、ぜったいにひざ掛けが血で汚れたはずだし、コート掛けに残っていたりしない。だからおじいさまは、お部屋でひざ掛けを外しているときに刺されたの」

僕が彼の誕生日に贈ったカシミアのひざ掛け。確かに、それはおじいさまの部屋に血痕ひとつなく残されていた。

「いや、しかし」と、大麻の話題が出てから静かにしていた水野さんがつぶやいた。「一昨日の夕食時だけ、たまたま部屋に置いてきたということじゃありませんか? 結局食事はとらず、すぐに部屋に戻られたわけだし」

「あ、いえ。一緒にダイニングに降りていくとき、おじいさまは確かにひざ掛けを掛けていましたよ」

僕は言う。しかし腕を組んだ二ノ宮くんは「容疑者の証言は参考になりませんよ」とにべもなく切り捨てる。

「でも、あのときは田中さんも一緒でした」

皆から少し離れた場所で、再び気配を消していた田中さんを振り返って僕は言った。

「二階から降りて来たあのとき、おじいさまは確かにひざ掛けを掛けていましたよね？」

「あ……はい」

田中さんはおどおどと、しかしはっきりとうなずいた。

「本当ですか？　見間違いや記憶違いの可能性もあるのでは？　そんなひざ掛けの有無なんて、意識していなければはっきり記憶に残るものでもないでしょう？」やや余裕の失せた声で、二ノ宮くんが問う。

「いえ、あの……確かです。降りてくるときに、廊下で一度、昭吉さんがあのひざ掛けを落とされて……自分が拾いましたから、その、間違いないかと」

「いや、いやしかし……例えばなんらかの偶然で、ひざ掛けに血が付着しなかった可能性だってあり得るわけで……。そうだ、刺す前に、梗介さんがひざ掛けを取り払ったのではないですか？　そして、後でこっそり昭吉さんの部屋に戻しに行った」

「いつ、どうやって？」サクラが言い返す。「兄には夕食中のアリバイがあるんですよ。そもそもひざ掛けなんてかさばるもの、こっそりなんて持っておけないでしょ」

「いや、でも」

さらに言い返そうと口を開いた二ノ宮くんの前に、横に立っていた一条くんがすっと手を伸ばした。「二ノ宮、悪いけどな、俺も気になった部分がある」と。

「あんな、犯行現場が遺体発見現場の外やったっていう推理はなかなかやと思うたけど、その場合ラップを巻いた手に浴びたはずの返り血はどうした？　昭吉さんとほとんど入れ違いでお前と牧さんが現れたわけやし、キッチンにも恋田さんらがおったから、洗う暇もなかったやろ」

「……ああ」

それはまったくシンプルな指摘だった。なるほどな、と思う。言われてみれば、どうして自分でその反論が思い浮かばなかったのか不思議になる。指摘を受けた二ノ宮くんは少しのあいだ口を閉ざし、それからなにか答えを求めるような目で、僕を見た。

「あ、そうなんです」僕は頷く。「あの、すごく長く喋ってもらって悪いんですけど……僕は犯人じゃないんですよ。誰も殺していないし、毒も盛ってません」

「ではあの、外のご友人と連絡を取ったという話は……」未だ困惑を浮かべた石塚さんがたずねる。僕は「本当に、一瞬だけ電波が通じたんですよ」と答えた。「黙っていてすみません。あ、そうだ。スマホの履歴を見てもらえれば証明できます」

石塚さんは不信感のたっぷり溢れる目をして、それでも「いえ、大丈夫です。わかりました」と一応引き下がってくれた。

二ノ宮くんは再び沈黙し、首を複雑な角度にひねりながら、まだなにか自分の推理に芽がないか考えているようだった。しかし、一条くんの「二ノ宮」という呼びかけに反応し、「わかりました」と顎を引いた。僕にまっすぐ、頭を下げる。

「僕が間違えていたようです。疑ってすみませんでした」

僕は「気にしないでください」と笑った。土下座でもされたら嫌だなと思ったのだ。疑いが晴れたならよかった。

「でも」杏花が言った。

「そうなると……犯人は、誰なんでしょう？　こんなに皆で考えて、どうしてその正体がわからないんでしょうか？」

ダイニングに沈黙が下りた。依然苦しそうな牧さんの息遣いと、時おり鳴る喉が詰まるような音だけが、痛々しく聞こえていた。いつ止まってもおかしくないような、不規則な呼吸だ。

確かに、僕たちは皆で意見を出し合って、わりと頑張って考えた。なのにまだ、犯人がわからない。

「なんだかこのまま、永遠に警察も、救助も、来ない気がするわ」杏花が続ける。

「そしたら私たち……、皆いずれ死にますよね。食べる物もなくなるし……いえ、食べ物にはもう、ぜんぶ毒が入っているかもしれない。どのみち犯人が、また誰か……その、殺すんじゃないかしら」

「そんなことは……」

石塚さんが励ますように声をかける。しかし、彼の表情にも覇気はない。周りを見回すと、誰もが同じような顔をしていた。皆疲労が限界に達してきている。おじいさまが殺されてからずっと楽しそうにしていた二ノ宮くんでさえ、推理の失敗がこたえたのか、すっかり元気をなくした様子で黙り込んでしまった。杏花の言う通りかもしれない。救助や警察が来る前に、皆がくたびれ果てたところを犯人に殺されることになる。そんな気がし始めていた。

そのとき、「すみません」と蚊の鳴くような声が言った。

皆が一斉に振り返る。

長テーブルの側、また気配の消えていた田中さんが、眼窩の影に沈んだ目でこちらを見ていた。

彼は薄く唇を開くと、擦れた声でつぶやいた。

「自分は……犯人がわかりました」

7

【C—梗介】

田中さん。僕はその瞳を見つめ返し、頭の中で彼の言葉を反芻する。

「いや、いやいやいやいや」

二ノ宮くんが動揺したように首を振った。「そんなあっさり、犯人がわかった、なんて」

彼も水野さんも、それから僕も、先ほど田中さんと同じことを言ったのだ。けれど僕たちは全員間違っていた。語った推理は集った面々によりことごとく否定された。それなのに、ずっと怪しげな挙動で輪の外にいた田中さんにそれがわかったなんて、確かに、ちょっと解せない。

「えっと……はい、すみません。もしかしたら間違っているかもしれないんですけれど……でもいちおう、わかったような……というか、ええ、わかった感じ……です」

「というかそもそも、あなたは誰なんですか?」

二ノ宮くんが本当にそもそもの話を持ち出した。田中さんの正体。そういえば、おじいさまの部屋で田中さんが落とした新聞記事のコピーは今、二ノ宮くんが持っている。彼はそれを尻のポケットから取り出して広げ、掲げてみせた。尻の形に皺が寄っている。僕が犯人だという考えに夢中になって、二ノ宮くんもその存在を今の今まで忘れていたんじゃないかな、という気がした。彼はそんなことおくびにも出さない態度で、「これは先ほど恋田さんの事件の調査中、あなたが落とした物です」と言い放つ。かすかに目を見開いた田中さんの手が自身のポケットを探り、二ノ宮くんの発言が事実であると暗に認める。

「私雨邸で六十年前に起こった殺人事件に関する記事です。田中さん、あなたはこの山にもこの館にも偶然訪れたとおっしゃっていましたね。あれは嘘だったわけだ。こんなものを所持していたあなたは、ここが記事にある事件の舞台となった館であるともちろん知っていた。あなたは確かな目的をもってこの館を訪れた。それはずばり、昭吉さんの殺害だった！　違いますか？」

一度くじけた犯人の特定という探偵的見せ場に再び光明が射すのを見たかのように、二ノ宮くんの目が爛と光った。けれど田中さんは「あ、違います……」と遠慮がちに否定した。「すみません、あの……偶然ここに来たというのは、確かに嘘でした……申し訳ございません。でもあの、自分はあの、ええと……ちょっと、この辺りを見ておきたかっただけで……」

「見ておきたかった？　いったいなんのために」

そこで、二人のやり取りを焦れたような顔で聞いていた杏花が「関係ないわ」と口を挟んだ。「田中さんが誰なのかなんて、どうでもいいです。今起きている事件に関係がないなら、見るのもなにも好きになさって。犯人がわかったとおっしゃるならどうかはやく教えてください。誰がおじいさまを殺したのか」

田中さんは杏花と二ノ宮くんを交互に見やり、口をつぐんだ。「いいでしょう」と二ノ宮くんが折れた。「聞かせていただきましょうか。その推理を」

「あの、そんな、推理なんて言うのも、おこがましい話ですが……」

田中さんは猫背の背をさらに丸め、床に向かって話す。

「ただ自分は、あの、皆さんのお話を、遠くから聞いたりなんだりして、その、ある種、盗み聞きというか……」

「盗み聞き？」

「いえ、あの、自分は……あまりその、人と関わるのが、得意ではないので。その……一歩引いたところから、皆さんの話を聞けたというか。皆さんが得た情報を、ただの情報として処理できたというか。その各情報に、ほぼ平等に触れられたので。えっと、情報A、B、Cというような感じで……すみません、うまく説明できないのですが……。だから自分が犯人がわかったのは、皆さんのお力によるところが大きいというか。ほんとうに皆さんのおかげで。皆でたどり着いた答えと言いますか……」

長々と前置きし、田中さんは話し始めた。

【D——水野】

「自分は……廊下で立ち話をされていた一条さんと二ノ宮さんのお話から、昭吉さんの事件の発生と、その詳細を知りました。不可解な点、考えるべき点がいくつかある……とのことでした。現場が密室になっていたこと、凶器に指紋のない手形が残されていたこと、Tというダイイングメッセージ……。自分が最初にそのひとを犯人として疑い始めたのは……そのうちの、密室の答えが出た……と思ったからです。なのでまず……その、密室について、お話しさせてください」

田中さんは細々と語る。

「犯行時刻は、一昨日の夕食時前後で……ええと、その間にアリバイのない方が、何人かいたとのことでした……はい、もちろん、自分も含め。犯人は、そのアリバイのない時間に三階に上がり、昭吉さんの部屋をたずねました。聞いてほしいことがあるとか、悩みがあるとか、そんな漠然とした口上でも、昭吉さんは快く部屋に招き入れてくれたのだと思います。大変親切な方でしたから……」

皆が静かに、彼の話に耳を傾ける。

「犯人は、東館の広間から持ち出した凶器を隠し持って、その手には、指紋を付着させないためのコーティングも、施されていました」

「コーティング?」二ノ宮くんが口をはさんだ。「それは一条さんが言っていたように、手にラップを巻いていたという話ですか?」

「あ、いえ、自分は、違う方法を考えました……。ラップだと、どうしてもゴミが出てしまいます。キッチン以外のゴミ箱に捨ててしまうと、ちょっと不自然に目立つかなと……。事件発覚後の館の捜索では、不審なゴミなども発見されなかったとのことでしたので。いえ、その辺りはもう、想像なんですけど……」

僕は、部屋で一服したいな、と考える。

【A──二ノ宮】

「ええと、その辺は一旦、脇に置かせていただいて……。部屋に入った犯人は、持ち出していた短剣で、昭吉さんを刺しました。返り血を浴びないように、横からと、後ろから。昭吉さんは床に倒れ……恐らくは失血のショックにより……亡くなりました」

「その流れに異論はありませんよ」僕は頷いた。忌々しいひざ掛けとやらが犯行現場が書斎であったことを示している。「問題はそこからですね。犯人は、どうやって部屋を密室にした状態でそこを立ち去ったのか。まだ誰も解答を示せていないのはその点です」

「はい……ええと、犯人はまず、ダイイングメッセージを残しました。自らとは無関係なイニシャル……『T』と。そして……窓の手前に置かれた机の、引き出しの中に入れられていた書斎の鍵を取り、部屋から出て、鍵を閉めた。それで……密室の完成です」

「え？」

何人かが同時に声を上げた。鍵を閉めて密室を作った？　それはつまり……犯人はただ施錠した、と。

「いや、しかし昭吉さんの部屋の鍵は、窓際にある机の引き出しの中に確かに残されていたのですよ。ドアからかなり距離のある机の、それも引き出しの中に鍵を戻すなんてことは現実に不可能でしょう。なにかトリックを……ドアのすき間から糸やなんかを使ったとしても、そんなに都合よく──」

そのとき、隣で一条さんが「ああ」と声を上げたので、僕は口を閉じた。「なるほどなあ」と彼は頷く。「そうかあ……なんで気づかんかったんやろね」

「いえ……自分もあの、ほんと、消去法でそう考えただけなので……」

「でも、せやね。他の方法がことごとく否定されたわけやから、きっとそれなんやろね」

「ええ……はい、あの、恐らく」

「どういうことですか？」杏花さんが声を上げる。僕も同じ気持ちで二人を見る。

「すり替えや」一条さんがあっさり答えた。「鍵のすり替え。そんな珍しいトリックでもないやろ」

「あ――」

まさか。そんな単純な――？

「どういうことです？」

杏花さんが重ねて聞いた。僕以外の人間にはまだピンときていないようだった。

「つまり、机の中に残されとったのは、事件の起こった書斎の扉の鍵やなかったいうことです。犯人は昭吉さん殺害後、机に入れてあった書斎の鍵を持ちだし、代わりに自分の部屋の鍵を入れておいたんやと思います。そういうことですね？ 田中さん」

「あ、はい、そうです……」

田中さんがおずおずと首肯する。しかし――本当にそんな単純な策が使われたのだとしたら、僕たちが先ほど披露した推理とは異なり、アリバイのなかった誰にでも犯行が可能となる。トリックがわかったところで、犯人の特定につながるヒントとはなり得ない――。

「え？　でも」杏花さんが首をかしげた。「それは……無理があるんじゃありませんか？　だって……おじいさまの部屋の鍵と私たちの部屋の鍵は、見た目がぜんぜん違いますもの」

「え？」今度は僕がピンと来ない番だった。「そう……でしたっけ？」

「ええ。私たちの部屋の鍵はこの、真鍮製の古いものですよね」杏花さんはワンピースのポケットから、金色の鍵を取り出して見せた。この館の本館の手すりやドアノブと同様に、年季の入った鈍い輝きを放っている。「でもおじいさまのお部屋は、十年前に改装が入ったから……銀色の、鉄の鍵のはずです」

「ああ」

一条さんが再び声を上げる。そして小さく舌を鳴らすと、「二ノ宮」と僕を振り返った。

「やっぱり、これは俺らが気づくべきトリックやったな。田中さんに指摘されるまで気づかんとは、もうミステリ同好会なんて名乗られへんで」

彼は杏花さんと同じように、ズボンのポケットから鍵を取り出した。僕たちが最初に借りた部屋、東館の二階の部屋の鍵だ。その鍵は……杏花さんが取り出して見せたものとは明らかに見た目が違う。昭吉さんの部屋の鍵と同じ、銀色の、鉄製の——。

「あら？」杏花さんが頬に手をやり首をひねった。「あの、杏花さん」と、なにか察した様子の石塚さんが口を開く。

「東館のお客様方のお部屋の鍵は、昭吉さんのお部屋の鍵と同じ、新しいものなんです」

「まあ……そうなんですか」

「えっと、あの……昭吉さんのお部屋と一緒に東館も大きく改装を行ったと、あの、自分は、亡くなる前の昭吉さんからうかがいました……。そうであれば、きっと鍵も一緒に、より強度の高い鉄製のもので揃えられたのではないかと考えまして……」

田中さんがつぶやく。そうだ。改装の話を、僕たちは二日目の夕食の席で杏花さんから聞いた。

「その通りです」石塚さんが言った。「それから、マスターキーも鉄製に作り直されました」

「はい……あ、ただ、マスターキーは石塚さんにしか持ちだすことができず、その石塚さんにアリバイがあることは、先のお話で証明された通りかと思います……。ですので、あの……鍵のすり替えを行えた犯人は……なんというか、あれです。最初の夜に、東館に泊まられた方で、アリバイのない方に、絞られるかと……」

皆の視線が、さっと周囲を走る。僕も、東館に泊まった人間のひとりだ。しかし僕にはアリバイがある。東館に泊まった中でアリバイがないのは、食事中席を外した牧さんと、食堂に遅れて現れた水野さんと、一条さん。

一条さん？

隣を見る。そして僕は、事件が発生してから今の今まで、この先輩を一度も疑っていなかった自分に気づく。彼は本当に、鍵のすり替えなんていうシンプルなトリックを見落としていたのだろうか？

【C──梗介】

「一条さん」二ノ宮くんが口を開いた。「あなたは……まさか、あなたが……」

「え？」

「あなたが……ああ、だからあなたは、初めから捜査に乗り気じゃなかったんだ。そうだ、死ぬことなんかにびびっているふりをして、僕を捜査から遠ざけ……」

「は？　いや。いやいやいや。なに言うてんねん。いや、ちゃうやん。待てって」

二ノ宮くんに指名された一条くんは大いにうろたえ、いやいや、と繰り返し首を横に振る。しかし二ノ宮くんは止まらず、「そうやって僕を誤った推理に誘導して」と先輩に詰め寄った。ついさっきまで田中さん犯人説に光明を見出しているようだったのに、いつのまにか先輩犯人説にシフトしたらしい。せわしないことだ。

「いや、ちゃうやんお前。思い出せって。俺には鍵のすり替えは無理やて」

「なぜです？　僕たちの部屋の鍵は今あなたが取り出して見せた通り、銀色だ。鍵を手にしていたあなたなら、夕食前に昭吉さんの部屋を訪ね犯行におよぶことも」

「ちゃうやん。お前、マジで言うてる？　あんとき、あの夕食前、鍵を持ってたのはお前やん」

「え？」

「そうですよ」一条くんが気の毒になり、僕は口を挟んだ。

「僕も覚えてますよ。お二人の会話。一本しかない鍵を二ノ宮くんが持っていたのに、施錠せずに先に食堂に来てしまった。だから忘れ物を取りに戻った一条くんも、部屋に鍵をかけることができずそのまま食堂に来たと」

「ですよね？　そうですよね？　梗介さん、ありがとう。ほんまありがとう」

二ノ宮くんは一瞬不快そうな顔で僕を睨み、しかしすぐに自身でも当該のやり取りを思い出したのか、「あ」と短く声を上げた。「ああ……そうでした。そうか、一条さんがアリバイのない時間帯には僕が鍵を持っていたことになるわけで……なるほど、一条さんにすり替えは無理ですね」

「そうやん。いや、ふつうにそうやん。まず疑うなや、先輩を」

一条くんは脱力したように壁にもたれ、深く息を吐いた。二ノ宮くんは「すみません」と軽く謝罪した後、「まあ、一条さんも僕を疑ってたからお互いさまですけどね」と開き直った。

「しかし、それはつまり……」

僕は彼らに投げていた視線を戻し、正面を見た。窓辺のソファに横たわる牧さんと、その傍らに腰を下ろす水野さん。一条くんに犯行が不可能となると、鍵のすり替えを行えた人間は二人のうちどちらかに絞られる。二人とも、驚いたような、困惑したような、あくまで善良な無実の人間の顔をして、皆の視線を受け止めていた。

「あの、水野さん」気になることがあって、僕は口を開いた。「さっきもちらっと話題に出ましたけど、水野さんって、その……なんていうか、大麻やってますよね?」

オブラートに包んだ言い方が思い浮かばず、僕はそのままたずねた。水野さんは嫌な臭いでもかいだかのようにぐっと顔をしかめ、それから、ふっと息を吐いた。「なにか誤解があるようですが」と、抑えた声で話し始める。

「日本だって、大麻に関わるすべてが違法とされているわけではないのですよ。ヘンプシードやヘンプオイル、CBDオイルなんかは健康や美容のために個人で取り入れることが認められていますし、医療用大麻だって解禁に向けた動きが進んでいます。大麻イコール悪という決めつけは勘弁願いたいですね」

「ああ、それはすみません。でも、水野さん、思いっきり葉っぱって感じのにおいがしてたものですから」

「まあ、確かに僕はそっちもやってますけどね」

水野さんはあっさりと認めた。

「しかしね、僕が嗜んでいるのは海外では合法なものですよ。酒やタバコほどの依存性もない。二ノ宮くん、君はさっき、牧さんに盛られた毒は大麻だ、なんて推測を口にしていたけれど、とんでもない。大人が盛られて気がつかないようなちょっとした量の大麻を口にしたところで、こんな重篤な症状が現れるなんてあり得ないですよ。せいぜい眠くなるか、怠くなるか、体質に合えば元気になるくらいのもので」

「だから警察に調べられるの、あんなに嫌がってたんだ」僕の隣で、サクラが呟いた。「おじさん、おじいさまが死んだ後からずっと言ってたもんね。疑われるのは嫌だって。ばれたら捕まるような、悪いことしてたからだったんだ」

水野さんはそこでちらっと後ろめたそうな表情を見せたけれど、すぐに気を取り直して「しかし、田中さん。もしそのことから繋げて僕が昭吉さんを殺したと考えているなら、それは間違いですよ。僕は人を傷つけるような犯罪は犯していない。僕はただちょっと、自然に囲まれた山の中で誰にも迷惑をかけず一服するのを趣味にしているだけの人間です。そりゃまあここ数日は、こんな特殊な状況のストレスのせいで、ひとり部屋で嗜むこともありましたが」

「はい」田中さんもまた、あっさりと頷いた。

「あの……これもまた、聞いた話で恐縮なのですが……昭吉さんの事件後に、皆さんで侵入者の有無を確認しに館を回られた際……水野さんが、自室の施錠をしっかりとされていて、皆をあまり長く部屋に留めたくない様子だったと……あの、昭吉さんの事件の翌日、遊戯室でパズルをしながら、二ノ宮さんが一条さんにお話しされていたのを聞きました」

「そうでしたね」二ノ宮くんが言う。「確かにそのとき、なにか甘いような独特なにおいを嗅ぎました。あれは水野さんが部屋で吸っていたにおいだったわけか」

「つまり水野さんは……施錠ができたということです」

田中さんが呟く。

「ええと、つまり……その時点で間違いなく、自室の鍵を持っていたということです。鍵のすり替えを行った犯人は、水野さんではありません」

「え……では」杏花が振り返った。僕たちも、皆一斉にそちらを見た。

血の気の失せた顔で、ぼんやりとした目で、まだ状況がのみ込めていないような曖昧な表情で、彼女はソファに横たわったまま、田中さんを見つめ返していた。

「牧さん」

田中さんはどこか痛むところでもあるような、苦し気な声で呼びかける。

「自分は……あの、すみません。あなたが犯人だと思いました……。でも、もちろん、当然、間違っている可能性だってあると思います。他の皆さんの推理が間違っていたように……。ですからあの、どうぞ、否定してくださってかまいません……」

田中さんの言葉が終わるのと同時に、牧さんは目を閉じた。そのまぶたのあまりの白さに、あ、彼女は死んでしまったのでは？　と一瞬思った。毒が全身にまわって、殺人の容疑を否定する体力も肯定する体力もなく、力尽きたのでは——。

けれど彼女はすぐにまぶたを開くと、弛緩していた口元にわずかに笑みを作り、意外なほどはっきりとした声で言った。

「否定なんてさせる気ないくせに」

【D——水野】

僕はソファを横にずれ、牧さんから距離を取った。それで、彼女の表情がよりはっきりと見えた。凶悪な殺人犯の顔——と思えるような特徴はどこにも見当たらなかった。昨夜、恋田さんを交え楽し気に酒を飲んでいたときと、なんら変わらない。

「瑞帆さん」彼女の傍らに膝をついた杏花さんが、張りつめた声で言った。「本当なの？　本当に瑞帆さんが、おじいさまを殺したの？」

牧さんは杏花さんをちらりと見やり、それからまた田中さんに視線を移し、「はい」と、ごく簡潔に頷いた。

「そう……」

「いや、いやいや。待ってくださいよ」

思わず口をはさんだ僕を、牧さんが胡乱《うろん》な目で見上げた。「そんな……認めるんですか？　鍵をすり替えることができた、ただそれだけの理由で犯人呼ばわりされて？　それに、恋田さんは？　恋田さんも牧さんがやったっていうんですか？　そんなのおかしい。だって、動機が……昭吉さんを殺す動機だって……おかしいですよ。説明してください。本当に牧さんが犯人だっていうのなら」

「いいですよ」牧さんは答える。「あの、でも私、今あんま喋る体力ないんで。もう全部、田中さんが説明してくれますか？　全部わかったたっていうなら」

「いえ……全部がわかったわけではないのですが……はい。ええと、では、最初からお話しさせていただきます。あの、間違っているところがあったら、もちろんすぐに言っていただいて……」

牧さんはそこでまた小さく笑みを浮かべた。それはどこか自嘲的に見える、彼女のいつもの笑みだった。

「ええと……繰り返しになりますが、犯行の順を追ってお話しします。……まずは、昭吉さんの事件です」田中さんは細々と語る。

「一昨日の夕食の時、牧さんはいちど席を外されたと聞いています……それが犯行のタイミングだったのでしょう。彼女は静かに三階に上がり、昭吉さんの部屋をたずねた。夕食が始まる前には既に、東館から持ち出した凶器を服の下にでも隠し持って、手にはコーティングも終えていた」

「ああ。さっきも言ってましたが、そのコーティングというのはなんなんですか？」二ノ宮くんが口をはさむ。「それに、夕食前に準備を終えていたと言いましたが、食事中、彼女はずっと素手でしたよ。僕は牧さんの隣の席でした。手になにか巻かれていたりしたら、さすがに気づきます。ねえ？」

二ノ宮くんがこちらに同意を求めた。「ええ」と僕はうなずく。確かに、彼女は素手だった。

「あの、糊《のり》じゃないかな……と」

「糊？」

「はい……完成したジグソーパズルを固定するための糊を、手のひらに塗って乾かしたのだと思います。あの日の昼間、牧さんはずっと遊戯室でパズルの前にいたと……」

二ノ宮くんはぽかんと口をひらいた。

「あの……事件の翌日、自分も遊戯室に行ってみたんです。そうしたら……牧さんの作っていたパズルと、残りのピース、糊を延ばすためのヘラは箱の中にありましたが……糊の袋はありませんでした」

「そんなすぐ乾くんですか？」窓辺に立っていた一条くんがたずねた。「昼に手に塗って、夜までに乾くもんなんですかね？」

「あ、はい……。自分は子供の頃、あの、図工とかで使う糊を、手に塗って遊ぶのが好きで……手のひら全体にしっかり塗っても、二時間もあれば、完全に乾きます。それに……きれいに乾くと透明になります。パズル用の糊であれば、より透明度は高いものだったでしょう。あ、あの、自分、昔から友達とかいなかったので……おかしな遊びだと思われるかもしれませんが」

「いやいや、そんなことないですよ」

「なので食事中は、素手に見えたと思います……。ナイフやフォークを扱っていれば、手のひらを表に向けることはない」

では、あの夕食時……恋田さんの作った料理を美味しく食べながら、牧さんは既に昭吉さんを殺すと心を決めていたのか？

「そして、昭吉さんの部屋を訪ねてから……一連の犯行を終え、鍵をかけて出るまでは、先ほどお話しした通りです。ダイイングメッセージを残したり、鍵をかけたりという動作は、すべて左手で行ったものと思います。そして、トイレか洗面台……おそらく三階の……で、右手に付いた血を洗い、手に塗った糊をぼろぼろと剝がして、流した。そして……食堂に戻り、食事を続けました」

「あ、では、もしかして」石塚さんがはっとしたように声を上げた。「今も書斎の机の中にあるのは、牧さんの部屋の鍵なのですか？　でしたら、それが物的証拠に……」

「いえ……」田中さんは首を振った。「おそらく牧さんは、事件の翌日に二度目のすり替えを行ったのだと思います。おっしゃる通り、昭吉さんの鍵をいつまでも持っていることは、ばれたときのリスクが大きいですから。自分は……事件翌日の早朝、昭吉さんの部屋をたずねて、素人ながら現場を観察しました。その際、机の引き出しの中に、銀色の鍵が残されていたのを確かに見ました。あの時はまだ、鍵のすり替えがどうだとか、ましてや牧さんが犯人かもしれないなどという考えは頭にありませんでしたが……ただ、その鍵が本当にこの書斎の鍵なのか、何気なく確かめようとしたとき……牧さんと水野さんも、現場にやってきたんです」

「あ……」

言われて、思い出した。昭吉さんの事件の翌朝。僕が現場を見に行くと言うと、牧さんも付いてきて――。

「……すみません、自分はつい、人が来たことに焦ってしまって。すぐに部屋を出てしまったので、はっきりと見た訳ではありません。後になってからの推測ですが……恐らく、その際に牧さんは鍵をもとに戻したのではないでしょうか。本当に、自分の話は推測ばかりで……あの、ここまでの話は、合っているのでしょうか？」

問いかけた田中さんに牧さんはかすかに顔を上げて、「はい」とうなずく。

「田中さんの言う通りです。指紋は、そう、パズルをしてたら、箱に入ってた糊を見つけて、思いついたんです。私も子供の頃、糊を手に塗る遊び、やってたんで。あと、ダイイングメッセージを残したのは、なんかそういうの、二ノ宮くんたちが喜ぶかなと思って。ちょっとした、サービスのつもりでした。あと、田中さんが疑われたらいいなと思って。すみません。密室にしたのは、すぐに死体が見つかったら、席を外した私が犯人って、ばれると思って。最初に客室に案内されたときに、机のなかに鍵が入ってたから、昭吉さんの部屋もそうかなと思ったら、ほんとに入ってて。行き当たりばったりで恥ずかしいんですけど、ぜんぶ、田中さんの言う通りです」

「そうですか……」田中さんは悲しそうに視線を落とした。

「では……次に、恋田さん殺害の件です。こちらに関しては、不思議な点は多々あれど、状況そのものに関する謎はそう多くありません。またしても推測になりますが……牧さんと恋田さんは、昨日の深夜、水野さんが東館に戻られた後に、ふたり連れ立って昭吉さんの部屋を訪れたのだと思います。どのようなやり取りがありあの場所に至ったのかはわかりませんが……そこで、牧さんは恋田さんを刺した。凶器は、キッチンにあった包丁などを使ったのではないかと思います。キッチンに一番近いのは牧さんたちが滞在していた部屋です。一人になった牧さんなら、事件後、夜中のうちに血を洗って戻しておくチャンスはいくらでもあったでしょうから……」

昨夜。加熱式のタバコを吸い続ける恋田さんを見ていて、自分も一服したくなった。それで東館の部屋に戻ったのだ。その間に――牧さんが恋田さんを殺した？　僕があの場を去らなければ、あるいは――「いや、でも、やっぱり待ってください」激しく回転する頭に手を当て、僕は田中さんの話を止める。

「牧さん――あなたが犯人だというなら、どうして恋田さんの殺害現場にダイイングメッセージを残したりしたんですか？　田中さんに罪を着せるためだったのなら、昭吉さんの部屋に書いたものと同じように『T』と書くべきだったでしょう。それに、僕は話したじゃないですか。ダイイングメッセージなんて非現実的なものを残して死ぬ人間なんていないって。なのにどうして」

「ああ」

牧さんはぐるりと目だけを回して僕を見た。

「あれ、私が書いたんじゃないです」

「え？」

「だから私もびっくりしました。恋田さんがそんなの書いてたの、ぜんぜん気づかなかったんで。翌日知って、なんで、なんのために？　って思った。でもたぶん、あれは――田中さんは、わかってるみたいですけど」

「『K』の文字ですね」田中さんはかすかにあごを引く。「自分は……あくまで想像ですが……あれは犯人を指し示すためのメッセージではなく、死を目前にした恋田さんの、ただ、最後に書き遺したかったこと、なのではないかと」

「書き遺したかったこと？　それがＫだったたって言うんですか？」

「はい。あれはたぶん、途中です」

ますます悲しそうな声で、田中さんは言う。

「自分は、実は……昭吉さんが殺された夜、恋田さんの部屋の前を通りかかって……聞いてしまったんです。恋田さんが自分の過去を、牧さんと水野さんにお話しするのを」

「あ」ふいに梗介さんが声を上げた。「その現場を僕たちは見たかも。ね？　サクラ」

兄の言葉に、サクラちゃんは大きくうなずいた。「田中さん、盗み聞きしたことを恋田さんに怒られてましたよね？」

「あ……はい。そうなんです。そう、そのとき聞いた話を踏まえての推測ですが……恋田さん、彼女が書こうとしていた文字は、たぶん、『犬』じゃないかと。最後の点を書く前に、力尽きて……」

そのとき、ほんの微かな笑い声が聞こえた。「そんなこと、推測だけでよくわかりましたね」と。笑っているのは、牧さん。

「私は最初、ぜんぜんわかんなかった。恋田さん、なにを書いたんだろうって」

「いえ……自分も、それが合っているかはわかりません」

「合ってますよ。たぶん」牧さんは言う。「昨日の夜、恋田さん、私に言ったんです。『犬じゃなかった』って」

「犬じゃなかった？」

牧さんの目が再び僕を捉え、「はい」と苦しそうに答える。

「恋田さん、私たちに嘘ついていたんですよ。彼女の事故の話。轢いたのは犬じゃなかったんです」

「犬じゃないなら……」

なんなんだ、と言いかけて、気がついた。事故についての恋田さんの話。『犬だった』という部分のみが嘘だったのだとしたら――『馬鹿で小さくて可愛い』『街中を歩けばどこにでもいる』『なき声が聞こえてくる』

「私、恋田さんのこと殺すの、嫌だったんですよ」牧さんが言う。

「でも、脅されたんです。昭吉さんを殺したことをばらされたくなかったら、私を殺してって」

「恋田さんに……ですね？」

「はい。昨日の夜中、寝てたら、起こされて。恋田さん、酔いが醒めるとき気分が落ちるんだって、言ってました。罪悪感で苦しくなって、もう生きてたくないって。でも、今まで何度も死のうとしても、自分じゃ怖くてできなかったそうです。それで……あなたは昭吉さんを殺したんだから、もう一人殺すくらいできるでしょ、やってよって」

「恋田さんは……牧さんが犯人だと気づいていたんですか？」田中さんがたずねた。

「あの人、勘で当てたんですよ」

牧さんは力なく微笑む。

「昭吉さんが殺された夜だけ、私が、料理の写真を撮らずに食べてたことに気づいたんです。ほら、糊が塗ってあったから。スマホを構えると、手のひらが外を向いちゃうから、さすがにばれるかなあと思って、撮れなかったんです。そしたら恋田さん、あの日の前菜は食用花まで使って最高に写真映えする一皿に仕上げたのに、おかしいって。彼女、自分の料理が撮られるかどうか、毎回チェックしてたみたい。それで、あの日あなたは人を殺すことになる罪悪感で撮れなかったんでしょ、とか言って」

「たったそれだけで？」二ノ宮くんがどこか悔しそうに言った。

「はい。それで、殺してくれなきゃみんなにばらすって。三階のあの部屋まで連れていかれて。嫌だったけど、確かに私、もう人殺しだし、まあいいかなって思って。お酒も回ってたし……。あとは、田中さんの言った通りです。刺して、逃げて、色々洗って、シャワーを浴びてまた寝ました。ダイイングメッセージは、そう。『犬じゃなかった』って、書きたかったのかも。水野さんに嘘ついたまま死ぬこと、気にしたのかもしれないですね」

「そんな……」

僕は頭上を仰ぎ、そこに横たわる恋田さんの姿を思い浮かべた。死に瀕した人間の脳裏にどんな情景が浮かぶかなど誰にも予想はできないと、僕が自分で言ったのだった。事実、僕にはまるで予想できなかった。

「そして……牧さんは、昭吉さんのときと同じように鍵をすり替え、密室を作った……」

「はい。その通りです」牧さんはどこか投げやりに頷く。「そしてその証拠は今、田中さんが持ってるわけですね」

「証拠？　証拠まであるんですか？」二ノ宮くんがまた悔しそうに言った。

田中さんは少しの逡巡を見せた後、ズボンの尻ポケットから、なにか取り出した。銀色に輝く小さなそれは――鍵。

「パズルをしながら一条さんと二ノ宮さんの会話を聞いたときから、もしかしたらと思っていたんです。なので……恋田さんの事件後、現場検証の際にまた鍵のすり替えが行われ、証拠が回収されることを危惧しまして……自分は牧さんより先に部屋に入り、昭吉さんの机に残されていた鍵を取りました。すみません、勝手なことをして……。だからこれは、もし自分の考えが当たっていれば、牧さんの部屋の鍵……ということになります」

「私の部屋の鍵です」牧さんが穏やかな声で言った。

「本当に、びっくりしましたよ。引き出しを開けて、またこっそり鍵を取り替えようとしたら、そこに無いんだから。かなり焦りました。だから、最初から私に反論なんてできないって、わかってたんでしょ。田中さんもけっこう性格悪いですよね。私が犯人だって知りながら、皆が次々見当はずれな推理を披露していくの、黙って聞いてたわけですから」

「いえ……鍵を取った時点では、本当にすり替えが行われたのかどうか、まだ確信を持てませんでした。皆で固まって過ごすことになったので、自分の取った鍵が牧さんの部屋のものなのか、東館まで確かめにいくタイミングもなく……。確信が持てたのは、皆さんが他の可能性を検証して、消していってくださった……つい先ほどのことです」

そこで、田中さんはゆらりと立ちあがった。彼は真っ直ぐ牧さんを見すえて言った。「どうしてですか？」と。

「どうして……彼らを殺したんですか？　ふたりとも、とても、良い人だったのに」

田中さんは絞り出すようにそう言って、目元を拭った。暗い瞳に滲んだのは、黒く濁った墨などではもちろんなく、ただの涙だ。

「ふたりとも、こんな自分に……とても親切にしてくれました。皆さんもう、わかってると思いますが……自分は、死のうと思って山に登りました。昔から、自分の周りでは不幸な出来事ばかりが起こります……。だからもう、生きていないほうがいいのだと……それでも最後に、この館を見たいと思ったんです。自分の不幸のルーツはここにあるのではないかと思い……かつて祖父が殺された、この館に」

「え？」

かつて、祖父が？

「祖父というのは、え？　殺されたって、それはつまり……あなたは、私雨さんの？」

「はい……孫に当たります。すみません、黙っていて」

僕の問いかけに、田中さんはおずおずとうなずく。

「祖父がこの別荘で殺されたとき……祖母はちょうど初めての子供を身ごもっていて……それが、僕の母でした」

「なんと」石塚さんが同情の滲む声で言った。「それは、大変だったでしょうね」

「はい……自分も聞いた話でしかありませんが……祖母が臨月に差しかかり、都内の自宅で安静に過ごしていた折に、あの事件は起こったのだといいます。祖母はそれまで愛人の存在なんて露知らず……、彼女は夫の死とその裏切りの知らせを同時に受け取ってしまって……事件の後、母の誕生を待たずして、この館を売り払ったと聞いています」

昭吉さんが最初の晩餐の折に「ありふれた事件」と評した殺人が、田中さんの陰鬱な声で肉付けされていく。「この館はもともと、脚の悪かった祖母のために建てられたものだったそうで」

と彼は続ける。昭吉さんが殺された翌朝に乗ったエレベーターの、細やかな装飾が脳裏に浮かんだ。

「そうして母が生まれたわけですが……その後もまあ、いろいろありまして……」

「いろいろと言うのは？」興味を持ったらしい石塚さんがたずねた。

「それが……祖母は、死んだ祖父をずっと許せずにいたみたいです。夫が愛人に殺されたという醜聞にさらされながら、祖父に似た顔に育っていく母を不自由な脚で、ひとりきりで育てていく中で……その恨みは、母に向いた」

「まあ」

田中さんの正体に興味の薄そうだった杏花さんまでもが、そんな声を漏らした。

「祖父の死後、すぐに傾いた事業は立て直す人間もおらず、畳むこととなったそうです。豊かとはいえない生活の中で、祖母からは祖父への恨み言とともに彼の生前の写真や事件の記事を見せられて育ち……母もいつしか、祖父を憎むようになったと。やがて父を婿養子に迎え、生まれてきた自分は……祖父の幼い頃の写真に瓜二つだったと聞きました」

恨んでいたのに、写真を取っておいたのか。そんなことをぼんやりと思った。いや、恨んでいたからこそか？　人間の感情の機微など、もう僕にはよくわからない。

「そして自分が物心つく前に、父が亡くなり」

「え！」二ノ宮くんの目がちらりと輝く。「殺人ですか？」

「あ、いえ、事故だったと聞いています。しかし、詳しいことはわかりません。自分はただ……母から、お前のせいだと教えられたことしか、記憶になくて。自分が小学校に上がる前に、その母も亡くなり」

「そちらは殺人……？」二ノ宮くんがしつこく口をはさむ。

「いえ、そちらは病気でした。しかし……やはりそれらの死は自分が呼び寄せたものだと。私雨の男子の血が、その一族に局所的な雨のように不幸を呼び寄せているのだと、祖母からはずっと聞かされて育ってきました」

「非科学的ですね」

僕は言った。田中さんはどこか自嘲的な笑みを浮かべ、「おっしゃる通りです」とつぶやいた。

「しかし自分には、そうは思えなかった。祖父から濃く受けついでしまったこの血が、本当に呪われているもののように感じられ……いつか自分も誰かに刺され死ぬことになるのではないかと、恐れてきました。先日、祖母が大往生で亡くなり……天涯孤独の身となって、思ったんです。こんな血は早く絶やしてしまった方がいいと。ちょうど同じタイミングで、勤めていた工場も経営不振から閉鎖が決定いたしまして……。最後にこの館をひと目見て、あとは誰にも迷惑をかけぬよう、山の中で……と。しかし……どうしても死にきれなくて。のたれ死ぬ勇気もなくて、結局は、この館に助けを求めた。こんな迷惑な人間、本当に、情けない……。でも……、昭吉さんは温かく迎え入れてくれて、ずっと話を聞いてくれて、ご自分の話を聞かせてくれて……見ず知らずのこんな人間に、本を貸してくれました」

「ああ」梗介さんがひとり言のようにつぶやく。「あれ、ご迷惑じゃなかったんですね」

「恋田さんは、こんな自分の部屋まで、温かい料理を運んでくれました。自分なんて、客じゃない、彼女の仕事には無関係な人間だったのに……」

恋田さんの仕事に対する情熱は、本物だったと思う。事故のせいで仕方なく選ぶことになった職だと言っていたけれど、それだけではとても務まらない丁寧さと熱量で、他人のために料理を作っていた。

「いえ……、恋田さんが牧さんに、自ら殺してほしいと申し出たというのは、信じます。自分も、そこは否定できない。死にたくて森をさまよっていたあのとき、目の前に殺人者が現れたら、同じことを頼んでいたように思います。でも……昭吉さんは、なぜですか。どうして殺したんですか」

「瑞帆さん」

小さな声で、杏花さんが言った。

「私も気になる。教えて」

牧さんを見下ろす、杏花さんの顔。寂し気で途方に暮れたようなその表情は、どこかあどけない、少女のようにも見えた。

「嫌いだったから」

牧さんは短く答える。

「嫌い？」

杏花さんがかすかに首をかしげる。

「え、しかし」僕はつい口を挟んだ。「牧さん、昭吉さんに会ったのは今回が初めてだって言ってましたよね？　会ったばかりの人間を、そんな、殺意を抱けるほどに嫌いになったりできますか？　ほんの一時、ちょっと会話をしたくらいで、殺人に至るほどの感情を抱くなんて、そんなの無理じゃないですか？」

「いいえ。昭吉さんが嫌いだったんじゃなくて……。私が嫌いだったのは、昭吉さんの前にいるときの、杏花」

【B―牧】

雨目石杏花について、覚えていることがいくつかある。これといって特殊なエピソードではないけれど、入学式の朝、靴箱のところで挨拶をされたとか。二年の夏休み明け、教室で課題について話しかけられたとか。同じ年のクリスマス休暇が始まる前日、私の古い通学鞄をバカにしたクラスメイトにちょっとした皮肉を言い返したとか。

修学旅行で姉妹校のあるフランスのレンヌへ行った。私たちは違う班でずっと別行動だったけれど、最終日前日にパリからモン・サン＝ミシェルへ観光に向かうバスで、偶然席が隣になった。どういう話の流れだったかはもうすっかり忘れてしまったけれど、彼女は自分の祖父がうんざりするほど古い価値観で生きる老人なのだと愚痴を言った。それで、私も自分の当時の父親について、二、三の文句を返したのだったと思う。当時、既に私と二番目の父は折り合いが悪く、不満ならいくらでもあった。でもそのとき、私は杏花の打ち明けた愚痴に対して、自分にも語れる不幸があることを嬉しく思い、胸の中で父に感謝すらしたのだった。

「私たちって似た者同士だね」

杏花は言った。似た者同士。雨目石家のお嬢さまと、この私が。そんな言葉にうなずけるほど身の程知らずではなかった。私はへらへらと卑屈な笑いを浮かべ、「いや、それはないでしょ」と答えた。

「ううん、似てるよ。ほんとはね、前からそんな気がしてたんだ」

「いやだって、まず、家柄がさ」

「そんなのくだらないって思ってるくせに」

杏花は小さくいたずらっぽい笑みを浮かべて、大切な秘密を打ち明けるように囁いた。「私も同じ。私の家柄につられて集まってくるひとたちのこと、ほんとはちょっと馬鹿にしてるの」

「え……そう、なんだ」

「うん。でも、そんな家に誰より縛られてるのは自分だってことも、わかってる。瑞帆さんも同じなんじゃない？　家に縛られて、なにも自由にならない。いつだってそんな自分と戦ってるの」

杏花のまっすぐな目に見つめられ、私は自然にうなずいた。杏花は本当に嬉しそうな笑顔で、「やっぱり！」と弾む声を上げた。

「負けないでいようね、私たち」

「え？」

「今は自由にならなくても、負けないで、ちゃんと自分のままで大人になるの。今の気持ちを忘れないままで」

「ああ……うん。そうだね」

「ね。絶対、そうしよう」

私は馬鹿な子供だった。でも、雨目石杏花は馬鹿じゃなかった。

愚かでも、我が儘でもない。八年前の私がこんなふうになれたらいいのにと願った雨目石杏花は、エネルギーに満ち溢れ、健やかで、明るくて優しい、それでいて地に足の着いた理性的な女の子だった。こんなしょうもない世界でも、心のままに笑ったり、怒ったりしながら、強かに生きていく力を持った人間だった。彼女がどんな大人になるのかはわからない。でも、少なくとも、どんな仕事だってまっとうにこなせるし、浮世離れしたお姫様みたいな口調で喋ったりもしないだろうことは、確かなはずだった。

「でも、そうじゃなかった。昭吉さんといるときの杏花は」

華やかなだけの、無知で無力な女。親の金に甘えて生きる、陽気なだけのお嬢様。昭吉さんが杏花をそんなふうに見ているのがわかった。あの老人は言ったのだ。杏花に、私の爪の垢を煎じて飲ませたい、と。なにもわかっていない。杏花のことをなにひとつわかっていない。そんなふうに見られて、杏花は怒るでも反発するでもなく、むしろ彼の思い描く、その人物像をなぞるように振る舞っていた。あんな耄碌《もうろく》した、時代錯誤の老人の願う通りに。

「私……上司から、雨目石の館での仕事って、話を聞いて。つい引き受けたけど、本当は会いたくなかった。私は、見た目だけいろいろ変えてみても、高校の頃から変わらない、さえない人間だったから。会わないで、帰りたかった。でも、いざ会ってみたら杏花は、変わってた。あんな雨目石杏花は、嫌だった。だから、死んでほしかった。昭吉さんに……」

この館——私雨邸にいる杏花は、本当の杏花じゃなかった。そう——夕食の席で、誰かが「私雨」という言葉の意味について触れたとき、杏花はそれを「知らなかった」と言って、自分の無知を笑って見せた。あんなの嘘だ。高校の時、彼女が他のクラスメイトにその言葉の意味を語っているのを聞いたことがある。かつての彼女なら、なにかを知らないフリをすることなんて、自分を無知な人間とアピールすることなんて、決してなかった。

私は彼女に、彼女のままでいてほしかった。二度と会う機会がなかったとしても、ああいう女の子がこの世には確かにいて、今もどこかで自分らしく生きているのだと思うだけで、この世界にまだ希望を持てると思っていたから。私は、杏花が負けたなんて思いたくなかった。

「でも……、ごめんなさい。どうかしてた」

動悸が止まらない。世界が揺れる。

「殺すなんて間違ってた。わかんないけど……昭吉さんを殺してすぐ、後悔した。殺さなきゃよかったと思った。でも、人って死んじゃったら、取り返しがつかないし」

ぐるぐる回る頭の中、恋田さんの言葉が浮かぶ。

「こんな環境じゃなかったら、殺さないで済んだのにって、思った。閉じ込められてなかったら。過去に殺人事件の起こった館じゃなかったら。ミステリ好きな人間が近くにいなかったら。人を殺そうなんて発想自体、浮かんでなかったと思う。だって私、もっとずっと憎んでる上司のことだって、殺してないんだから。ああ……でもこれ、ぜんぶ言い訳です。けっきょく私が、殺した。本当に、すみませんでした」

また胃が跳ねた。内臓ごと出そうとするかのような強烈な吐き気に身体を丸める。でも、もう吐くものも残っていない。

「瑞帆さん」

杏花が背中をさする。どうしてこんなに優しくできるんだろう。祖父を殺した私に。貧乏臭さが隠せていないと、クラスメイトたちに陰で笑われていた私に。杏花はまったく変わってしまったと思っていたけれど、優しいところは変わっていなかったな。

「牧さん、それ、なにを飲んだんですか？」

足元で誰かがたずねる。イントネーションで一条くんだとわかった。「毒を飲んだのは芝居じゃないですよね。演技で胆汁は吐けんでしょう」

「恋田さんの、タバコ……お味噌汁に入れました」

「ニコチンか」一条くんは苦々しくつぶやく。「猛毒や」

目の焦点が合わない。皆の気配のする方に向かって、私は喋る。

「大丈夫です。苦くて、あんまり量、飲めなかったから。逮捕されるのが嫌で、飲んだけど、駄目でした。すみません、こんな、迷惑かけて」

牧さん、と誰かが私を呼ぶ。答えようとして、また吐き気がこみ上げた。口の端から唾液だけが出た。恋田さんの言った通りだ。自分で死ぬのは難しい。

「でも、あの……もう、大丈夫です。もう、動けませんから。タバコを入れたのは、私のお味噌汁だけ。他の食べ物は安全です。だから後は、安心して、天候の回復を待ってください。もう、なにも起こりません。本当に、すみませんでした。お騒がせいたしました」

【D――水野】

少しして、牧さんは再び意識を失った。それでも先ほどまでよりは、若干呼吸が落ち着いている気がする。僕たちはしばし呆然として、しかし、二ノ宮くんの「終わっちゃったんですね」という悲しそうな言葉をきっかけに、なんとか気持ちを取り戻した。「皆さん、部屋で休みましょうか」と石塚さんが提案し、皆それがいいと賛成した。疲れ果てていたし、もう固まって過ごす理由もなくなった。

「私はここで、瑞帆さんを見ています」

杏花さんだけはそう言った。

「お医者様に見せるまではあまり動かさないほうがいいだろうし、私もここのソファで休みます。ここなら、助けが来たときすぐに気づけるでしょうから。少しでも早く、病院に運べるように。皆さんはどうぞ、お部屋に戻ってください」

気丈に微笑む彼女を残し、僕たちはダイニングを出た。杏花さんの体力は心配だったけれど、意識を取り戻したとき、杏花さんが近くに居てくれたらきっと牧さんは嬉しいだろう。僕は二ノ宮くんと一条くんと共に東館に戻った。「クローズドサークルが終わる……」と、二ノ宮くんはやっぱり落ち込んでいた。

「死なんで済んでよかったやん」一条くんがはげます。「亡くなったお二人には悪いけどなあ、ほんまに俺は、ほっとしたわ。なあ、死ぬとかマジで怖すぎやろ。意味がわからん。エロ履歴の削除だって済んでへんのに」

「え……一条さん、見られて困るほどの履歴なんてないって言ってませんでした？」

「あ？　あんなん嘘やん。ああ水野さん、じゃあ、おやすみなさい」

「ええ……おやすみなさい」

部屋に入って、シャワーも後回しにベッドに倒れ込む。枕の下に隠していたジョイントの箱を手探りで見つけ、同じく隠しておいたライターで火をつけた。これから警察が来るであろう場所で一服するなんてどうかしていると思ったけれど、精神の疲労が限界だった。深く煙を吸い込むと、全身に心地よい痺れが広がり、まあ、大丈夫だろうという気持ちが強くなった。死体が二つと瀕死の犯人がいる館で、葉っぱの匂いなんて些事《さじ》を気にする人間なんてそういない。朝、シャワーを浴びて換気すれば問題ないだろうと納得すると、すぐに睡魔が押し寄せるのを感じた。

夢と現《うつつ》の縁で、牧さんの顔が頭に浮かぶ。

彼女が殺人犯だったなんて。

まったくわからなかった。

他人の内面なんてまるでわからない。この数日でそれがわかった。

静けさに目を開けると、もう朝だった。

カーテンを閉め忘れた窓から、瑞々しい光が差している。

雨が上がったらしい。つまり、救助が来る。そう理解するのに数秒かかった。僕は顔を洗い、部屋を出た。東館の広間まで降りてきたとき、遠くにヘリコプターの羽音を聞いた。

「来た」

本館を目指し、足を速めた。これで牧さんを病院に連れて行ける。二人の人間を殺した恐ろしい殺人者なわけだが、それでもどうやら僕は、彼女に助かってほしいと思っている。たった数日を共に過ごしただけのまるで理解のできない他人に、なぜこんな気持ちを抱くのかはわからない。彼女だけではなく、僕はこの館で共に過ごした理解の及ばぬ他人たちに、なぜか奇妙な親しみを覚えていた。勢いもあったとはいえ、大麻の秘密を打ち明けてしまうほどには。まあ、会ったばかりの相手に殺意を覚える人間だっているのだから、環境次第では人が誰にどんな気持ちを抱いたって不思議はないか。まるでわからない未知の他人に、それでも人は心を寄せる。身勝手に、一方的に、僕は彼女が生きていくことを望んでいる。

渡り廊下を抜け、玄関ホールに出るとヘリの音が大きくなった。杏花さんと牧さんにも聞こえているはずだ。ダイニングの扉を開く。大きな出窓からの陽光が、高く降り注いでいる。

窓辺のソファ。横たわる牧さんの影が見えた。

「牧さん」

ひと気のない長テーブルを迂回し、そちらへ歩み寄る。

朝日を浴びた牧さんの横顔。穏やかに閉じられた瞳。

その胸に、深々と、ガラスの短剣が突き刺さっていた。

染み出した鮮やかな赤い血が、陽の光にきらきら輝いている。

僕は吸い寄せられるように彼女の首に触れる。

既に脈はなかった。

牧さんが死んでいる。

杏花さんの姿はどこにもなかった。

8

（七月一日）

【D――水野】

五日後の朝。

押し入れの大麻を陽にあてようとベランダを開けたところで、電話がかかってきた。ディスプレイを見ると、あの日館を出た後、連絡先を交換した二ノ宮くんからだった。

「もしもし」

鉢植えを抱えながら、スピーカーで通話を繋ぐ。ベランダに出ると、頭上にはあの日ずっと待ち焦がれていた、晴れ渡る青空が広がっている。『おはようございます』と、既にもう懐かしく感じる声が言った。

「おはよう。元気にしてました？」

『はい、元気ですよ。もうすっかり日常って感じで、今日もふつうに大学です。水野さんはお元気でしたか？』

「ああ。僕も日常に戻りましたよ」

あの日、牧さんの死体を発見した後。空からのヘリとほとんど間を置かずに陸路からも救助隊が現れ、僕たちは閉じられた環境から解放された。娘が予定通り帰宅しないことを心配したサクラちゃんの母親により、夜のうちに警察への通報はされていた。殺人事件発生の一報は速やかに通り、館にはほんの数時間のうちに警察の人間がぞろぞろと集まった。

道をふさいでいた土砂も、雨が上がった夜中のうちから撤去作業を開始してくれていたらしい。開通したばかりのその道を、夜も明けきらない早朝、一台のバイクが無言で下りて行ったそうだ。牧さんが乗ってきたオフロードバイク。フルフェイスのヘルメットで顔は見えなかったものの、背格好から見て運転していたのは杏花さんで間違いがなさそうだった。

顔面の怪我のため病院へ運ばれた石塚さんの役割を継ぐように、主に梗介さんが警察への対応を行ってくれた。昭吉さん、そして恋田さんが殺害されたときの状況、昨夜語られた田中さんの推理、牧さんが犯行を認めていたことなど、彼がすべてを説明してくれたおかげで、僕たちは当初危惧していたような容疑者扱いは免れ、所在を明らかにした上での帰宅が許された。

牧さんの殺害については、杏花さんの書き置きが見つかった。窓辺のテーブルにあった小さなメモ用紙にひと言、『私は』とだけ、丁寧な筆致で残されていた。まったく意味がわからない。血文字のダイイングメッセージと同じレベルの情報量だ。

杏花さんの足取りは依然つかめず、ただ、牧さんの胸に刺さった短剣からは確かに杏花さんの指紋が検出されたと、数日前に石塚さんが教えてくれた。彼女がどうして牧さんを殺したのか、僕はずっと気になっていた。昭吉さんの復讐か？

『その話なんですけどね』

電話口で、二ノ宮くんが言う。

『杏花さんの指名手配、解除される方向で進んでるそうです』

「え、なんでですか？　お嬢さまだから？」

雨目石家の力が働いたのか？　一瞬でそんな想像をした。

『違いますよ』

二ノ宮くんが笑う。

『ついさっき梗介さんから連絡があったんです。司法解剖やなんかで、牧さんが刺されたときの状況がわかってきたらしくて。それでどうやら、牧さんが胸を刺されたとき、その心臓は既に止まっていたそうなんです。彼女が飲んだニコチンのせいだろうって。つまり、杏花さんは牧さんを殺したわけじゃない。既に死んでいた牧さんの胸を刺した、と』

「ああ……」

そうだったのか。

『それで、殺人容疑から死体損壊容疑に切り替わったわけですね。緊急性？　みたいなものが下がったと見なされたようです。まあ、もしかしたら水野さんの言う通り、彼女の家柄も考慮されたかもしれないですけど』

「そうか。教えてくれてありがとうございます」

『いえいえ』

「でもやっぱり、わからないな。どうして杏花さんは牧さんを刺したんだろう?」

『さあ、それは僕にもわからないですね。順当なところで言えば、祖父を殺された怒り、といったところでしょうが……しかし、あのとき杏花さんは、死にかけの牧さんを本当に気に掛けていたように見えました。そこからどのような感情の推移があったのか』

「ああ、そしたら、推理してくれませんか? ミステリサークルのメンバーで」

『いや、もううちの同好会は駄目ですよ。一条さん、牧さんまで死んでしまって、結局三人もの死を見たことがだいぶショックだったみたいで、ミステリは一切読まなくなっちゃいました。今は「若草物語」とか読んでます』

「へえ……それは随分、嗜好が変わりましたね。二ノ宮くんは大丈夫なんですか?」

『え、なにがです?』

「いや、だからその……人が死ぬところ、いっぱい見たわけですけど。フィクションの殺人も読めなくなったりしてないのかなって」

『ああ、僕はそういうの平気なんで。まあ、せっかくのクローズドサークルだったのに推理を外したのはだいぶへこみましたけどね。でも、チャンスが一回きりだなんてネガティブなことを考えるのはよそうと思い直したんです。きっとまた次がありますよね? 今回については、僕たちはちょっと生き残りすぎたと思いませんか? 次はもっとテンポよく、限界まで人数が絞られるようなものを期待したいですね』

「ああ……そうですか」

あの数日の中でも思ったけれど、二ノ宮くんはだいぶ変わった子だ。もっと人の命の尊さについて考えるべきだと思う。一服しながら瞑想でもして、少し落ち着いたほうがいいんじゃないか。僕は大麻の長細い葉を撫でながら、そんなことを考える。

『あ、それと、もうひとつお伝えしたいことがあったんです』

「へえ、なんでしょう」

『あの、水野さんの大麻のことなんですけど』

「えっ」

うん、と頷きながら、やや胸がざわつくのを覚える。なんだ？　急に、こんな電話口で。

『あの、僕らだれも、警察に言ったりしなかったじゃないですか。あの日、牧さんが死んで杏花さんがいなくなって皆驚いていたし、それに、同じクローズドサークルを乗り越えた水野さんのこと、皆ちょっと、仲間みたいに感じてたっていうか。館を出たあの瞬間は、大麻なんて小さなこと警察にチクったりする必要も感じてなかったっていうか』

「うん……それは、うん。ありがとね」

『でも、昨日になって田中さんが』

「田中さん？」

『はい。あ、田中さんじゃなくて私雨さんか』

彼の墨のように黒い、ぬめった瞳を思い出す。田中というのは偽名だった。その正体は、あの館に名前を冠した初代の持ち主の孫。僕は彼とは、連絡先の交換をしなかった。館を下りても彼にはどこか、人を寄せ付けない雰囲気があった。

『やっぱり言った方がいいんじゃないかって、梗介さんに相談してきたらしいです。梗介さんはほら、同類のお友達もいらっしゃるから、別にどっちでもいいんじゃないかってスタンスらしかったんですけど……でも、サクラちゃんが。サクラちゃん、水野さんに犯人呼ばわりされたことをまだ許してなかったみたいで。彼女の後押しもあって、警察に言っちゃったみたいですよ。まあ、よくよく考えてみればそれが正しい市民の義務って感じもしますよね。あれから一週間近く経って、皆ようやくクローズドサークルハイみたいなのが抜けてきたっていうか。あ、僕はほら、水野さんとは推理対決なんかもした仲じゃないですか。だから一応、教えておいてあげようと思って。いきなり警察に踏み込まれるっていうのも気の毒というか……心の準備とか、要りますよね？』

陽光を受けた大麻の葉が黄緑色に輝く。

玄関の呼び鈴が鳴った。

【E―雨目石杏花】

素晴らしいお天気で、微弱な風が吹いていた。

岸を離れる瞬間が見たくて、甲板に出た。太陽の光を受けた波間が白く輝き、靴の下にエンジンの微かな振動を感じる。クルーズを選んでよかった。陳腐な表現だけれど、これは新たな人生の船出。

誰も私のことを知らない場所に行きたかった。そうする必要があると思った。

そのことに、瑞帆さんが気づかせてくれた。

私はいつだって他人の中にしか生きられなかった。おじいさまの中。両親の中。友人たちの中。恋人の中。物心ついたときから、私は自分というものが、自分の中にはいないと感じていた。私の人格は周囲の期待に添って際限なく形を変え、彼らが私を白だとみれば白くなり、黒だとみれば黒くなった。

瑞帆さんは高校時代の学校での私こそ、本当の私の姿なのだと信じていたようだったけれど、それもまた作られた私でしかなかった。希望に満ちた若い生命を期待された私はそのように振舞った。教師の目があって、クラスメイトの期待があって、瑞帆さんの視点があって、はじめて成立した人格。誰かが私の中に孤独を抱えた少女を求めれば、私は孤独であるように振る舞い、陽気で衝動的な女を求めれば陽気に衝動的に振る舞った。誰かが私を、それでも本当は愛情あふれる慈悲深い人間なのだと期待すれば、私は本当に愛情あふれる慈悲深い人間になれた。

おじいさまの前では奔放な孫。石塚さんの前では扱いやすい令嬢。サクラの前では美しく強かな大人の女。梗介の前では同じフラストレーションを抱えたおじいさまの孫仲間。なにかと知識を披露する一条くんはよく褒めて、二ノ宮くんの前では小まめに胸を寄せつつおじいさまの事件を任せてあげて、恋田さんの料理は美味しそうによく食べ、秘密を抱える水野さんの前では鈍感に、田中さんには適度な距離感をたもちつつ同情を寄せる。

館を訪れた牧瑞帆さんが高校時代のクラスメイトの一人だということには、すぐに気がついた。こちらに向けられた憧れと諦めの入り交じった眼差しが、当時となにも変わっていなかったから。けれど最初のうちは、私は心から彼女を知らないふうに振る舞った。彼女がそれを望んでいたようだったので。

　これからも、そうやって生きていくのだと思っていた。自我の在り方に疑問を持ったこともなかった。でも、おじいさまが死んだとき、私は心底すっとしたのだ。

　瑞帆さんがおじいさまを殺して、おじいさまの中にいた私を消してくれた。作られた私が一人死んで、私は少し自由になった。それから、私はもっと自由になりたいと思った。

　瑞帆さんが恋田さんのタバコを自分の食事に入れたことに気づいたので、彼女の意識が戻ったときに水を飲ませた。タバコの葉はそれ自体よりも抽出液が毒となると知っていたから。彼女が犯行を認め、皆が部屋に戻っていった後は、彼女の弱っていく心音を最後まで確かめた。

　最後に一度だけ意識を取り戻したとき、「ごめんね」と瑞帆さんは言った。

「気にしないで、私もおじいさまに死んで欲しいと思っていたの。やっぱり私たち、似た者同士ね」

　それは彼女の中の私が発した最後の言葉になった。

　結局、心音だけでは確信が持てず、おじいさまを殺した短剣を持ってきてその胸を刺した。疑いようもなく彼女が死んで、彼女の中にいた私も死んだ。そしてまた、私は少し自由になった。

　私を知る人間が皆死んだら、私は完全に自由になるのだと思う。そう考えると、館で眠る人間を全員殺してまわったら、どんなに気持ちが晴れやかだろうと心惹かれた。けれどそれよりも、逃げた方が早いとわかった。誰も私を知らない場所に行く。作られた私から、私は逃げる。

　しかし――それも難しいと、逃げてみてわかる。今もまた、甲板をすれ違った見知らぬ乗客が、私を見とめて笑みを浮かべた。私は、与えられたものと同じ種類の笑みを返す。期待された人格をなぞる自分がいる。それじゃあ駄目、また自分が増えてしまうだけだとわかっているのに。

私は真の自由を得たい。

他人の目ではなく、自分の目で、自分の視点で世界を見たい。

空を仰ぐと、遠く東の水平線に、黒く垂れ込める雨雲が見えた。

本書は『小説推理』二〇二一年一二月号〜二〇二二年六月号に連載された作品に加筆、訂正をしたものです。

渡辺 優　わたなべ・ゆう

一九八七年宮城県生まれ。大学卒業後、仕事のかたわら小説を執筆。二〇一五年に「ラメルノエリキサ」で第二八回小説すばる新人賞を受賞しデビュー。他の著作に『自由なサメと人間たちの夢』『アイドル　地下にうごめく星』『悪い姉』『カラスは言った』などがある。

私《わたくし》雨邸《あめてい》の殺人《さつじん》に関《かん》する各人《かくじん》の視点《してん》

二〇二三年四月二二日　第一刷発行
二〇二三年六月六日　第四刷発行

著者　渡辺 優
発行者　箕浦克史
発行所　株式会社双葉社
〒162－8540
東京都新宿区東五軒町3－28
電話　03－5261－4818（営業部）
　　　03－5261－4831（編集部）
http://www.futabasha.co.jp/
（双葉社の書籍・コミック・ムックが買えます）

印刷所　大日本印刷株式会社
製本所　株式会社若林製本工場
カバー印刷　株式会社大熊整美堂
DTP　株式会社ビーワークス

ISBN978-4-575-24623-0 C0093